Los astronautas

Laura Ferrero

Los astronautas

ALFAGUARA

Papel certificado por el Forest Stewardship Council®

MIXTO
Papel | Apoyando la
silvicultura responsable
FSC® C117695

Penguin
Random House
Grupo Editorial

Primera edición: marzo de 2023
Cuarta reimpresión: octubre de 2023

© 2023, Laura Ferrero
© 2023, Penguin Random House Grupo Editorial, S.A.U.
Travessera de Gràcia, 47-49. 08021 Barcelona

© Diseño: Penguin Random House Grupo Editorial, inspirado en un diseño original de Enric Satué

Printed in Spain – Impreso en España

ISBN: 978-84-204-6127-4
Depósito legal: B-904-2023

Compuesto en Arca Edinet, S. L.
Impreso en Unigraf, Móstoles (Madrid)

AL61274

Este libro es para Kuki

Todo esto sucedió, más o menos.
                    KURT VONNEGUT, *Matadero cinco*

Felices los normales, esos seres extraños.
                    ROBERTO FERNÁNDEZ RETAMAR

Si el rey es la única pieza negra en el tablero, se trata de un problema de la categoría «Solus Rex».

S. S. Blackburne,
Terms and Themes of Chess Problems

Solus Rex es una expresión que designa un problema de ajedrez. Se usa cuando el rey es la única pieza negra que queda en el tablero después de que las otras hayan sido capturadas. La partida termina en «ahogado». Un rey solo, a pesar de su poder, no puede hacer nada. Un rey solitario no puede dar jaque, mucho menos jaque mate. Sigue siendo rey, pero un rey inútil y avejentado. De su poder solo queda el nombre.

En el invierno de 1939-1940, Vladimir Nabokov escribió su última prosa en ruso. Data de sus tiempos en París, antes de irse a Estados Unidos, donde se pasó los siguientes veinte años escribiendo obras de ficción únicamente en inglés. En París se quedó una novela sin terminar y a la que nunca regresó. Solo sobrevivieron dos capítulos y unas cuantas notas. Todo lo demás lo destruyó.

Solus Rex es el nombre de esa novela inconclusa de Vladimir Nabokov. El primero de los capítulos se titula «Ultima Thule» y se publicó en 1942. El segundo, que comparte el título, había aparecido ya en 1940. Ambos pueden leerse hoy en el volumen *Una belleza rusa*, y dada su naturaleza fragmentaria pocos críticos se ocuparon de ellos. Me gusta su reticencia a la interpretación, cuando dice: «Entiendo que ya no existen freudianos, así que no es necesario que les advierta que no toquen mis círculos con sus símbolos».

En «Ultima Thule» se cuenta la historia de Sineúsov, un artista que pierde a su mujer a causa de la tuberculosis y trata de acercarse al misterio último de las cosas para volver a reencontrarse con ella. «Solus Rex» es el relato de cómo el príncipe heredero de Thule, un reino inexistente, es asesinado. Su primo R. es, de manera inconsciente, el instigador de la persecución. En un momento de la narración, dice así: «Tendemos a atribuir al pasado inmediato lineamientos que lo hacen relacionarse con el presente inesperado [...]. Nosotros, los esclavos de los hechos concatenados, tratamos de llenar los huecos colocando anillos fantasmales en la cadena».

La mente solo puede soportar los caprichosos saltos y traspiés que da la vida si le es posible descubrir signos de solidez en acontecimientos anteriores.

Quizás Nabokov tratara de hablar de un deseo, de poner orden donde no lo hay, de esa estrategia fallida que consiste en pensar que el arte nos acerca lo que falta, lo que nos falta. De que en un país llamado Thule las cosas pueden ocurrir de otra forma, exactamente como uno hubiera querido y, es más, necesitado. Todo relato bebe de esa tiranía, la de saberse esclavo de los hechos concatenados, y si esa concatenación no existe, habrá que inventarla.

I. Ultima Thule

El 1 de enero de 2019 la sonda espacial de la NASA New Horizons divisó Ultima Thule, el objeto celeste más lejano que la humanidad ha explorado nunca, situado en el Cinturón de Kuiper, una colección de cuerpos helados a unos seis mil quinientos millones de kilómetros de distancia del Sol.

En latín, Ultima Thule significa «un lugar más allá del mundo conocido». Después de aquí no hay nada, indica, o no hay nada que nosotros podamos conocer.

O peor.

Quizás, como se decía en la Antigüedad, *hic sunt dracones*. Es decir, a partir de aquí, dragones.

Yo tenía una familia, pero nadie me lo contó.

No es que a una haya que contarle que tiene una familia, la tiene y punto —o al revés, no la tiene, y punto—, pero en mi caso la certeza de que mis padres —que no habían muerto individualmente pero sí se habían extraviado como pareja y ecosistema— habían existido como un todo me llegó con treinta y cinco años de retraso.

Tampoco es que yo no supiera quiénes eran mi madre y mi padre. Claro que lo sabía. En el registro familiar figuran sus nombres y llevo sus apellidos, y físicamente nadie podría negar que soy hija de mi padre, pero nunca hasta entonces, el 26 de diciembre de 2020, había utilizado ese sintagma, mi familia, para referirme a ellos.

La certeza me llegó en esa fecha concreta, después de que mi padre entrara en el salón de casa de mis tíos quejándose de la cantidad de vueltas que había tenido que dar para comprar turrón de yema. Su mujer, Clara, le recriminó que, si tanto le gustaban las anchoas, al menos podía haberse asegurado de que las que compraba estuvieran un poco más limpias. Mi hermana Inés, ajena a todo, en ese mutismo eterno que la caracteriza, tecleaba veloz en su teléfono y deslizaba con furia el dedo de un lado a otro de la pantalla, aislada por esos auriculares —enormes, rojos, nuevos, que envolvían su cabeza pequeña y delicada y destacaban sobre la melena rubia como si fueran una diadema— que no se había quitado desde que había llegado.

Mi padre desoyó el comentario de las anchoas, se sentó a la mesa con nosotros y se fijó en el regalo envuelto que mi tío Carlos le señalaba.

—¿Y esto? —le preguntó a mi tío, al que apodan Charly desde siempre.

Rasgó el papel de renos y adornos navideños y apareció un álbum de fotos en cuyas tapas de lino gris se leía «Family album». Fue entonces cuando abrió aleatoriamente una de las páginas y apareció aquella imagen. Una fotografía inocente en la que una pareja joven sonríe a cámara y, en la falda de la mujer, descansa una niña con un peto azul agarrada a un trozo de pan. La niña no tendrá más de un año, un año y medio a lo sumo. Mi padre y yo nos quedamos mirando la foto. A pesar del intento de sonrisa, la madre tiene una expresión intranquila, vigilante.

Cuando me fijé en la imagen completa, porque me había detenido únicamente en esas tres personas, reparé en que al otro extremo de la mesa a la que aparecen sentados están también mis tíos. Un porrón de vino tinto preside la reunión y hay unos platos ya terminados sobre el mantel de cuadros. Restos de costillas y alioli. Mi padre y yo estuvimos en silencio un rato más. Tardé en comprender la imagen, no porque no supiera a qué época pertenecía aquel hallazgo o qué ocurría en aquella escena —no era más que una vulgar instantánea familiar—, sino porque nunca, hasta ese momento, había visto una foto en la que yo apareciera con mis padres juntos. Es decir: nunca había visto una foto de mi familia y, por ello, simplemente fui olvidando que yo también formaba parte de una.

Permanecimos concentrados en aquella imagen unos instantes más, mi padre aún agarrado a su turrón de yema recién comprado, que terminó apoyando sobre la mesa, mientras Clara iba trayendo de la cocina, perfectamente emplatados, anchoas, gambas, pastas saladas, dátiles con beicon —aunque ya nadie tomara dátiles con beicon—, y ambos, él y yo, en una especie de secuestro temporal, observábamos cada uno de aquellos detalles. Supuse que a él también le ocurría como a mí, que había olvidado el episodio y a su antigua mujer, y trataba de ubicar a aquella hija suya y aquella familia en un tiempo, pero qué tiempo, si aquel era un fósil de imposible datación.

Mi padre rompió el encantamiento con un suspiro de cierto fastidio. Quizás llevaba todos aquellos años tratando de convencerse de que mi nacimiento había sido por generación espontánea. No recordaba, o había querido olvidar, que un día, durante muchos años, toda su juventud, él tuvo una novia, que se casó con ella el 12 de junio de 1981, y que un día esa novia se quedó embarazada y dio a luz a su primera hija, allí presente, detenida en el mismo álbum de fotos.

Pero la memoria es un truco. No existe aquello que no vemos y aún menos existencia posee lo que no queremos ver, y no sería arriesgado decir que el miedo es lo que da entidad al punto ciego del ojo, esa zona de la retina en la que no hay células sensibles a la luz. Así, su primera hija había llegado en un momento de su vida en que él era demasiado joven y no sabía aún lo que quería, si es que alguna vez llegó a saberlo. De manera que su nacimiento lo pilló a trasmano, antes de que fuera el de ahora y tuviera esa otra familia —su mujer Clara, mi hermana y sus auriculares—, la familia oficial.

Yendo un poco más lejos, podríamos decir que la existencia de su hija le había resultado siempre un poco complicada de definir. Y, en realidad, aunque quizás sea una afirmación un poco arriesgada y tendenciosa, cabría la posibilidad de afirmar que su hija, la narradora de esta historia, ni siquiera existe.

Pero de pronto se abrió la veda de los aperitivos, Clara se llevó finalmente el turrón de yema a la cocina, para los postres, y mi padre habló, con la vista fija aún en la fotografía.

—Qué gracia —dijo—. Charly, ¿qué pasó con ese reloj que llevo aquí?

Entonces, por primera vez, me fijé en el reloj dorado en la muñeca de mi padre, como si hubiera una infinidad de capas de información a las que nunca terminamos de llegar, que se nos van revelando lentamente, y miré a mi padre sin saber si la gracia se la había hecho el reloj o ver la foto de mi familia.

Mi tío se acercó para fijarse mejor y dijo:

—¿No es ese que le diste a papá?

—¿Sí? Lo perdí de vista y nunca más supe... Mira que era bonito. Me da rabia perder estas cosas.

—Pobre, tu madre —me dijo mi tío—. Con lo guapa que era y qué mal salía siempre en las fotos.

Asentí, fijándome en la mueca de mi madre, pero regresé rápidamente al reloj, que no me pareció gran cosa, y, como dando por zanjada la conversación, mi padre cerró el álbum, lo apartó —a mí, a mi madre, al reloj fascinante— y, malhumorado, le recordó a mi hermana que, por favor, el móvil en la mesa no, que se quitara esos malditos auriculares. Luego volvió a contar la historia que yo había escuchado nada más llegar a casa de mi tío, antes de que se marchara a buscar el turrón de yema que había olvidado.

—Lo que me costó encontrar estas anchoas. Primero me fui a El Corte Inglés, después al Carrefour. Pero a la tercera va la vencida, porque me metí en aquella tienda gourmet de la calle Ayala. ¡Qué carísimas estaban! Pero como es Navidad..., y como sé que a mis niñas —y nos miró a Inés y a mí— les encantan las anchoas...

Mi tío abrió la botella de vino blanco y lo sirvió en unas copas de un cristal finísimo de intrincados dibujos y brindamos por la Navidad, por los ausentes, deseando que ojalá el año que estaba a la vuelta de la esquina fuera mejor. Cuando empezamos a comer, mi padre me acercó las anchoas y me serví una.

—Anda, ¿solo una?

Pinché otra con el tenedor y se quedó satisfecho. Las miré: aceitosas, saladas, con esas espinas minúsculas que a pesar de su tamaño amenazan con quedarse atascadas en la garganta. Cogí un trozo de pan y las escondí en la miga, engulléndolas sin pensar. Me intrigó, pero supe que aquel no era el momento adecuado para preguntar de dónde había sacado mi padre eso de que a mí me gustan las anchoas.

Las comidas de Navidad tienen algo fúnebre, algo de la tristeza que se deriva de la obligatoriedad de todo lo que por fuerza tiene que ser alegre, motivo de celebración. Alrededor de la mesa, con cristalería fina, el foie y las gambas, los servilleteros asfixiando servilletas bordadas de tela, y las bocas y el marisco, y el recuerdo de los ausentes que se atraganta como las espinas de las anchoas. Sí, las comidas de Navidad tienen algo fúnebre, de alabar a los muertos ahora que ya no están. Como mi abuela y tampoco mi prima Irene, pero Irene no estaba muerta, sino camino de Punta Cana con sus dos hijos, los gemelos, de siete años, en un viaje que ganaron en el sorteo de la agencia donde ella trabaja. Mi única prima es hija de Charly, mi tío y padrino, y de Luisa, su mujer, mi tía querida. Ellos tres fueron, a lo largo de mi infancia, mi referencia de lo que era una familia, unos padres y su función en la vida de los hijos. Imagino que Irene lo daba por sentado y, sin cuestionárselo demasiado, había disfrutado de ese sintagma que yo acababa de descubrir, un sintagma que, en un análisis sintáctico, era bien fácil: adjetivo posesivo y sustantivo. Mi familia. Porque los nombres alumbran y los posesivos nos vinculan con las realidades, nos sitúan en el mundo para darnos un lugar.

Inés, la hija de mi padre y de Clara, tiene ya veintiséis años y a mí me sigue sorprendiendo que hable bien. Que pueda articular una frase tras otra y usar los adjetivos adecuados. Que de niña fuera modelo y que ahora sea odontóloga. Que acabe de dejar a un novio que conoció en el aeropuerto cuando se marchaba hacia Bristol, donde vive. Para mí, Inés sigue teniendo tres, cuatro años y no habla, su mutismo es perpetuo, un castigo hacia esos padres que le han tocado, uno de ellos mi padre, que la arrastraron de plató en plató, de agencia en agencia, obnubilados por esa belleza particular, alejada, cegadora. Es extraño, supongo, que mi hermana se quedara sin palabras y que yo las necesite para vivir. Que estén en mi interior —adjetivos, adverbios, sintagmas desconocidos, esdrújulas y latinajos— anudando los días, estrechándome en el tiempo.

Inés y mi padre tienen una relación de complicidad que se basa en los silencios que comparten, que ya es mucho más de lo que yo he compartido con cualquiera de ellos. Los dos se parecen: son callados, se muestran ausentes, pero existe entre ambos un vínculo que intuyo que tiene que ver con haber convivido, con hacerse mutuamente partícipes de sus ensimismamientos, con conocer la marca de queso en lonchas que les gusta, con cómo doblan las camisetas antes de guardarlas en el cajón o con el programa de radio que escuchan al levantarse. La vida está ahí, en los detalles. Y también Dios, o eso dicen, pero lo que yo creo que está en los detalles son las familias.

Es difícil saber cuántos detalles hacen falta para crear la imagen de algo, y si no será que la vida al final se reduce al cúmulo de detalles inconexos y casuales que solo mediante la escritura se ordenan, se convierten en imagen.

En el salón de casa de mis tíos, mientras Inés cantaba brevemente y con esa seriedad que la caracteriza las bondades de sus nuevos auriculares Bowers & Wilkins, pensaba en ellos tres, Clara, Inés, mi padre, en esa familia que siempre me ha resultado tan escurridiza, una familia colateral a la primigenia, de la que yo formaba parte y que desapareció. Y se me ocurrió que nos encontrábamos en el mismo lugar físico, el salón de casa de mis tíos, pero habitábamos cada uno una región distinta, como si estuviéramos anclados a una capa diferente de la realidad. Por un lado, estaba la región de los hechos, por otro, la de los sentimientos y, por último, la del pasado. La de los hechos era la más clara, discurría frente a nosotros: en ella estaban los restos de comida y las copas de cristalería fina, el discurso de Inés sobre la importancia de comprarse unos auriculares de marca buena, como los Bowers & Wilkins, frente a otros más económicos, amparándose en que «lo barato sale caro», dijo Inés, que era muy de refrán fácil, y mi tía partió un pedacito de turrón de Jijona con las yemas de los dedos mientras asentía, y mi tío interrumpió a mi hermana para dirigirse a su mujer: «Luisa, para dejarte esta birria ya te lo terminas», pero fue él, sin embargo, el que acabó cogiendo el trozo que sobraba, y después se zanjó el tema de los auriculares y mi hermana volvió a su silencio habitual. De manera que la capa de los hechos era fácilmente reconocible, no así la de los sentimientos y emociones, de naturaleza y contornos más confusos, más ambiguos. Aunque podían intuirse algunos de ellos —la rabia, las tristezas y pesadumbres, la alegría de las fiestas, la serenidad con la que mi tía hablaba, la frustración por las ausencias y por los kilos de más—, no la veíamos, solo nos relacionábamos con ella a través de la intuición, olvidándonos de lo que decía Flaubert, que lo que da forma al collar no son las perlas, sino el hilo, y el hilo no son, desgraciadamente, los hechos. Ahí, entre sentimientos, habitan mis tíos, que siempre han podido relacionar los hechos con lo que los hilvana.

Por último, merodeábamos todos, sin decirlo, alrededor de ese otro nivel, el del pasado, el de todo aquello que estuvo presente y perteneció en un momento dado a la categoría de los hechos —el porrón de vino de la mesa, ese reloj que mi padre no había podido olvidar—. Pero el pasado es traicionero porque nadie puede verlo ya, ni siquiera intuirlo. Ha desaparecido y resulta incomunicable, intransferible, un mensaje encriptado en una lengua que no conocemos y que necesita de nuestra interpretación. Y así, de todas las esferas, la del pasado resulta la más difícil de explicar, de acotar, y es esa, supongo, a la que pertenezco para muchas de las personas que me rodeaban en esa mesa de Navidad.

Hay gente que no viaja entre las capas, como mi padre, al que imagino atrapado en el nivel de los hechos, de manera que lo que ocurre en su presente, *ahora*, nunca guarda ninguna conexión con lo que ya no existe, y él explica su vida como si fuera una entrada de Wikipedia, saltando de hecho en hecho, armándose de fechas y conectores causales, y así su existencia no es del todo comunicable porque no hay hilo ni intención, solo regiones aisladas que no se rozan.

En la sobremesa me dediqué a observarlo, sus ojos celestes, ligeramente caídos, perdidos en algún otro lugar, mientras su mujer contaba que por nada del mundo se hubieran planteado volver a vivir a Barcelona.

—Eso fue antes, cuando la niña —y me miró a mí— era aún pequeña. Pero cuando cumplió los dieciocho y se marchó fuera a estudiar, ¿qué narices hubiéramos hecho Jaime y yo aquí?

Clara no decía toda la verdad, aunque nadie la contradijo porque ya nos hemos acostumbrado si no a las mentiras, sí a ese tipo de versiones que introducen elementos nuevos en la ecuación familiar, elementos que suavizan el resultado, aunque este siga siendo el mismo: desafortunado.

Siempre se ha referido a la pareja que forman mi padre y ella como «Jaime y yo». Nada raro si no fuera porque mi padre, en realidad, se llama Jaume. Durante una época de su vida, desde que nació hasta que se separó de mi madre, se llamó así. Después hubo un tiempo ambivalente: como de aproximación al cambio, en el que algunos le llamaban Jaime y otros Jaume. Clara, nacida en

Málaga y criada en Madrid, y sus infructuosos acercamientos al catalán —sigue diciendo *Yaume* o *pantumaca*— siempre habían sido fuente de risas en aquellos momentos en que uno aún podía reírse de determinados temas sin que formaran parte de esa subcapa de la vida tan delicada y ponzoñosa que es la política. De manera que hay dos padres: Jaime, el de mi hermana Inés, y Jaume, que se había perdido por el camino, o estaba ausente, o fuera de cobertura, que había desaparecido.

Mi padre y mi madre, los originarios, son ambos de Barcelona. Para más confusión, mi madre también se llama Clara. Y siempre fue Clara, sin diminutivos ni motes, al igual que la otra Clara, de manera que no había manera de distinguir sus nombres. Cronológicamente hablando, primero llegó la Clara que era mi madre y años después la segunda Clara, a la que, según la versión de mi madre, mi padre conoció antes de que yo naciera. Cuando cumplí un año y medio, mi padre se marchó de casa. Vivimos todos en Barcelona hasta que yo tuve dieciocho y me fui a estudiar fuera, el mismo año en que a mi padre le dieron por fin, después de haberlo solicitado largamente en el banco donde trabajaba, el traslado a Madrid, ciudad a la que Clara siempre había querido regresar.

—Pero tal y como está el tema —volvió Clara, que es mucho de insistir con el mismo argumento reversionado—, con esta barbarie que está ocurriendo aquí, yo me hubiera largado mucho antes. Bueno, a ver, que estaba la niña, pero ahora... Ay, Jaime, por favor, no saques más polvorones que a la niña —esta vez se refería a Inés— no le haces ningún favor, que desde que está en Bristol...

Mi padre dejó un plato lleno de polvorones delante de Inés.

—Un día es un día —soltó él, muy de refranes también, como su hija menor.

—No, Jaime, es un día detrás de otro y despúes la niña se pone fina.

Y entonces entró mi hermana en acción y repitió, claro, lo que acababa de decir mi padre:

—Mamá, joé, un día es un día.

Aplastó con las palmas de las manos un polvorón de almendra y Clara puso los ojos en blanco.

En casa de mi padre, la delgadez y la belleza son los grandes pilares sobre los que se sustenta todo lo demás. Porque puedes ser tonto, no haber leído un libro en tu vida, decir que prefieres Ortega a Gasset, escribir «haber si nos vemos», asegurar que el Taj Mahal está a las afueras de Nairobi o que un lustro son mil años, que no ocurrirá nada. Pero no se puede jugar con la delgadez y la belleza. En la vida se puede ser de todo menos feo. O gordo.

Cuando llegaron los cafés, mi tío volvió a abrir las páginas del álbum y apareció una fotografía de la que se rieron un buen rato. Esa sí que la había visto: soy yo —debo de tener siete años— con un huevo enorme de Pascua rodeado de plumas de colores. En la foto sonrío con la mandíbula apretada, dejando ver los dientes aunque me falta una de las paletas. Llevo mi camiseta favorita de todos los tiempos, una del centro de la NASA en Houston que mi padre y Clara me trajeron de uno de sus viajes. Esa camiseta fue la envidia de mi clase. En ella aparecen un par de astronautas flotando y el logotipo de la NASA. Allí empezó aquella historia rocambolesca, la mentira que terminó con una llamada de teléfono a casa de mi madre, donde yo por entonces vivía.

Casualmente atendí yo la llamada y, al otro lado, la voz conocida de mi tutora de curso me pidió que por favor le pasara con mi madre. Estuve tentada de decirle que había salido a comprar, pero desistí antes de empezar con otra mentira. Le acerqué el teléfono y escuché el tono grave de mi madre mientras yo fingía estar tranquila y deshacía los grumos del ColaCao de la merienda.

La tutora llevaba días pidiéndomelo a mí en clase, dejándolo escrito en mi agenda, «Desearía hablar con usted sobre un asunto concerniente a su hija», y, sin embargo, cuando llegaba a casa y mi madre me preguntaba por mis clases, yo le hacía un relato pormenorizado de la jornada y de las tareas que debía hacer, de manera que ella no tuviera necesidad de comprobar mi agenda. Quería alargar mis últimos días de felicidad, disfrutar de la sensación de popularidad en clase. Imaginaba cuál era el motivo de la llamada, y lo que me producía esa mezcla de tristeza y rabia por adelantado, más allá de lo que se avecinaba, el consiguiente castigo de mi madre cuando se enterara de que su hija era una mentirosa, era el desprestigio que yo misma iba a sufrir en mi clase cuando los demás niños descubrieran la verdad: que mi padre no era astronauta, que mi padre no vivía en Houston ni volaba en arriesgadas misiones y que, por tanto, esa no era la razón que explicaba que nunca fuera a las reuniones, a los cumpleaños y a las fiestas de final de curso.

La culpa fue de aquel dibujo que nos pidieron el Día del Padre en clase de plástica. Nuestras creaciones empapelaron durante días las paredes del aula de segundo de primaria: padres enfermeros, profesores, taxistas, adiestradores de perros, electricistas. La mayoría de los dibujos estaban encabezados por variaciones de «Para el mejor papá del mundo». En el mío, sin dedicatoria, en flamantes letras plateadas, había escrito simplemente «Houston» y, debajo, un hombre flotaba en medio de la cartulina negra con un traje blanco —NASA, se leía en su pecho—, y a pesar de que la escafandra de mi pobre padre me había quedado un poco pequeña y tenía la cabeza aprisionada en aquella aureola, el dibujo destilaba esa clase de grandeza que otorgamos a lo idealizado.

Mi padre era un héroe.

Un astronauta que vivía en Houston desde que yo había nacido. Aquella fue la mentira que me convirtió en la niña más popular de clase y que empezó a tocar a su fin ese día, con mi madre al teléfono acordando una cita con mi tutora, y terminó definitivamente dos días más tarde, cuando regresó a casa después de hablar con ella y, sentándome en el sofá, con el dibujo en la mano, me preguntó:

—Quién es: ¿Jaume o papá?

Con «papá» hacía referencia al que ostentaba el título oficial de padre, su marido y padre de mi hermano Marc, que nació en 1988. Dibujar aquella escafandra permitió que no se viera el pelo rubio de mi padre, y así aquel astronauta servía para contentar a todos.

—Jaume.

—¿Qué he hecho mal para que lleves dos años de tu vida diciendo que Jaume es astronauta?

No dije nada.

—¿Y lo de que vive en Houston con tu abuela y un perro? ¿Qué abuela, qué perro? Pero si tu abuela vive en la calle Córcega. Por favor...

Me quedé en silencio. No añadí que había dibujado una luna pequeña y redonda, agujereada como un queso gruyer, porque la luna me recordaba a ella, a mi madre. Tampoco que el gurruño que se quedó flotando entre la luna y mi padre era el intento de representar un astronauta pequeño que hubiera sido yo, porque aquella fue la primera y única tentativa que hice de hablar de mi familia, ese sintagma que se fue desdibujando.

Los había juntado a ambos, padre y madre, en un dibujo lleno de secretos y homenajes. Todo lo que yo, a mis siete años, era capaz de pergeñar. De alguna manera inconsciente había empezado ya a dar forma a este relato, pero eso no se lo pude decir a mi madre, en primer lugar porque yo no lo sabía, pero especialmente porque sospecho que eso sí hubiera decantado la balanza hacia la reprimenda y el castigo.

—No quiero ver más astronautas por aquí —sentenció ella, como si «aquí» fuera un lugar determinado—. Que luego la tutora me llama y yo no sé qué decir.

De manera que le dije que lo sentía y sospecho que mi madre debió de pensar que algo malo habría hecho ella para que yo hubiera ideado toda aquella historia porque, contrariamente a lo que yo esperaba, no me riñó ni me prohibió la tele o me requisó mis libros fantasiosos, como ella los llamaba. Solo me pidió que por favor contara la verdad, y yo no le respondí, por ejemplo, «qué verdad quieres que cuente», así que pocos días después, en clase, cuando mis compañeros me preguntaron si había vuelto ya mi padre de la misión, les respondí que sí, que había regresado definitivamente para trabajar en un banco a las afueras de Barcelona.

Aquel día, sentada en el sofá con mi madre, aprendí una lección: es más fácil pasar desapercibido. A partir de entonces me limité a imitar lo que pintaban los demás. Más tarde, cuando alguna vez me volvieron a pedir que dibujara una familia, pensé que si representas lo que comúnmente se entiende por una familia puedes fingir el resto de tu vida que también tú perteneces a una.

En la mesa de Navidad todos se reían de los mofletes de la niña con la camiseta de la NASA, les hacía gracia aquel viejo amor mío por los astronautas que marcó gran parte de mi infancia hasta la adolescencia.

—¿Y cómo se llamaba aquella mujer que se murió en aquel... cohete? —preguntó Clara.

—¿Cohete? —La miró mi padre—. Transbordador, querrás decir.

—Bueno, la profesora de rizos —siguió Clara.

—Christa McAuliffe... —respondí.

—Eso. Pobre mujer.

Pero a nadie le interesaba Christa en especial, solo era uno de los nombres propios con los que contaban mi infancia, de manera que dejé que siguieran hablando de mí, de la niña que aparecía sola en la fotografía. Es tan mona, decían. Qué graciosa era, Jaime, ¿verdad? Qué niña tan lista, además, y qué ojos, qué guapa. Eso siempre era necesario remarcarlo.

—Ay, fíjate que en esta foto aún no estabas tan delgada como ahora —añadió mi padre fingiendo preocupación. Para él era un orgullo que nunca hubiera pesado más de cuarenta y ocho kilos.

—¿Y te acuerdas de esa manía que tenías con lo de querer ir a Houston, a ver el Centro Espacial de Houston de la NASA? —dijo Clara—. Suerte que se te pasó, porque ya me dirás qué sitio para una niña: Houston. Y qué coñazo de ciudad, ¿no, Jaime?

No pude contarles que ir a Houston habría sido la constatación, delante de los niños de mi clase, cuyos padres estaban todos casados —a mediados de los ochenta—, de que yo tenía un padre que, a pesar de que me quería tantísimo, no podía ocuparse de mí no porque se olvidara o le diera pereza o no quisiera inmiscuirse en mi familia oficial, como en apariencia ocurría, sino porque vivía lejos, en Houston, en el espacio. Aquella sí era una razón de peso. Nunca le conté a mi padre que mi amor por aquellos hombres que llegaron más lejos que nadie, que vieron desde fuera su propio planeta, que cuando volvieron después a su salón se sentaron en su sofá para preguntarse, «bueno, ¿y ahora qué?», eran la imagen preciosa que yo me había construido de él, era mi manera de agarrarme al salvavidas que ofrece lo que nunca existirá. No quería ni podía creerme que mi padre, que vivió hasta mis dieciocho años a dos kilómetros de mi casa, solo quisiera verme dos veces al mes y que cuando me recogía en el colegio ni siquiera se bajara del coche por miedo a que se lo llevara la grúa. Llegaba en su Alfa Romeo rojo y aparcaba delante de los contenedores de basura de la calle Mallorca, y después hacía sonar el claxon dos veces para que viera que estaba ahí.

Quería un padre y, por tanto, tenía que inventármelo, era necesario que me acercara a aquel amor tan grande e incomprensible desde otra disciplina, me hubiera valido el arte, la ciencia, la literatura, pero me enamoré de Houston, del espacio, de la Luna. De las misiones espaciales, la guerra fría, el Challenger, Christa McAuliffe. Todos aquellos nombres que rozaban lo que estaba fuera de nuestro alcance aludían no solo a él, sino a ellos, a mis padres, que se habían ido y cuya unión pertenecía al nivel de las cosas que ya no se ven. Y no solo eso, sino que al marcharse habían destruido todas las evidencias de su existencia, las imágenes, los recuerdos, pero se habían dejado una pequeña prueba, a mí, atrapada en el nivel de los hechos.

En la infancia, los niños se inventan un mundo para poder sobrevivir. La idea infantil de los astronautas, en esa fantasía de irse lejos para observar lo que tenemos tan cerca, me sirvió durante muchos años para bordear el tabú de todo lo que no podía nombrar, para inventarme una familia.

Me despedí de todos, de mi hermana en esa galaxia lejana que habitaba, una galaxia exenta de afectos y reciprocidad; de mi padre explicando que nunca había podido entender que a la gente le gustara el mazapán, discurso que interrumpió para darme dos besos y preguntarme si quería algo de regalo de Navidad, a lo que respondí encogiéndome de hombros, de manera que decidió que me haría un ingreso, como si alguna vez me hubiera hecho un regalo. Entonces Clara me abrazó, y mi tío me hizo un gesto para que lo acompañara a su despacho y ahí, sobre el cristal de la mesa, descansaban algunas de las fotos que acabábamos de ver en el álbum de mi padre.

—Hice copias para ti, incluso hay algunas que al final no cupieron. Pensé que te gustaría tenerlas. Aún no están todas, calculo que en un par de semanas ya estarán listas. Te haré una caja para que te las lleves.

Me emocionó que se hubiera acordado de mí y le di las gracias.

—Cuando te vaya bien me paso a buscarlas.

Le di las gracias de nuevo a mi tío y él me acompañó a la puerta. Cuando llegó el ruidoso ascensor hasta aquel octavo piso, con ese chirrido de correas, desaparecí hacia la calle y, frente al portal, me detuve unos instantes.

No sé cuánto tiempo estuve ahí, en el umbral, extrañamente inquieta. Pero no se debía a lo poco que me gustaban las navidades o al hartazgo de las gambas y los polvorones.

Empecé a andar en dirección a mi casa y de camino me llamó una amiga para felicitarme las fiestas. Tras el cómo estás de rigor, al que yo siempre respondía, sin importar la circunstancia de la que se tratara, «bien», le conté que había visto por primera vez una foto de mi familia y ella me escuchó confusa. «¿Qué familia? Quiero decir, ¿cuál?», preguntó. A ella, una de mis más antiguas amigas de infancia, le ocurría lo mismo que a mí, que sabía de la existencia de ambas pero nunca le había quedado del todo claro cuál era la mía, si es que había alguna que pudiera responder a ese adjetivo posesivo. Le conté brevemente sobre aquella foto en el álbum de mi padre y el desconcierto que me producía pensar que me había pasado toda la vida sin ver una imagen de mi familia. Una confusión perpetua. Asombrada e irónica exclamó: «La verdad es que ya nada me sorprende», e hizo una larga pausa antes de seguir: «Pero ahí tienes tu historia». Reímos, cambiamos de tema y no le di más importancia y, cuando colgamos, después de desearle una feliz entrada de año, todas esas frases hechas y clichés que yo aborrecía pero repetía igualmente, seguí andando, agarrándome al bolso como si temiera perderlo, con un ánimo extraño, como si me hubiera quedado también yo, como mi padre, fuera de lugar. Mientras lo pensaba me llegó el aviso del ingreso que me acababa de hacer con el mismo asunto de cada año, que variaba según la efeméride. A la palabra «Regalo» le seguía o bien «Navidad» o bien «cumpleaños».

Mi padre, en esa capa de la vida en la que a veces hemos tenido la fortuna de cruzarnos, la de los sentimientos, viaja de incógnito para que nadie le reconozca y, sobre todo, para que nadie pueda pedirle explicaciones.

El ingeniero escocés James Nasmyth llegó a la Luna antes que nadie: el 12 de marzo de 1874.

Cansado de inventar los más complejos artilugios —entre sus hallazgos se encuentra el martillo pilón—, se retiró pronto para poder estar en su casa, donde, gracias al telescopio que él mismo fabricó, pudo dedicarse a su verdadera pasión: la observación del cielo y, sobre todo, de la Luna.

Ávido dibujante —había aprendido de su padre, el paisajista Alexander Nasmyth—, empezó a plasmar todo cuanto veía a través del telescopio y, sin embargo, aquellas aproximaciones, a pesar de su realismo, no lograban convencerlo. Además de la astronomía le interesaba la fotografía, pero por aquel entonces la técnica no estaba lo suficientemente avanzada: la débil luz de la Luna apenas lograba dejar una impresión en las primeras placas fotográficas.

A pesar de que Nasmyth dedicó incontables horas al estudio del satélite, no tenía los medios ni los recursos necesarios para retratarlo. ¿Cómo podía acercarse a ella? ¿Cómo podía acortar la inconmensurable distancia que los separaba? Ni el dibujo ni la fotografía habían resultado, pero gracias a la ayuda del astrónomo James Carpenter decidió fabricar su propia luna. Una luna de escayola.

En el libro que James Nasmyth y Carpenter publicaron en 1874, llamado *The Moon: Considered as a Planet, a World, and a Satellite*, Nasmyth compartió todos los conocimientos que había adquirido a lo largo de su vida para dejar constancia de su viaje al satélite. Era un viaje imaginario, claro, pero ninguna ley no escrita especifica que el primero en llegar a un lugar deba hacerlo literalmente. En realidad, quizás pueda decirse que un lugar es de quien lo sueña primero.

La particularidad del libro de Nasmyth reside en que, de todas las fotografías que contiene, solo una es una imagen real de la Luna. Para lograr representaciones más fidedignas y demostrar sus teorías se valió de los materiales que tenía a su alcance: la escayola, la piel arrugada de una manzana, incluso de su propia mano. De hecho, para plasmar la formación de las cordilleras de la Luna fotografió el dorso arrugado de su mano con la esperanza de que al hacerlo lograría captar cómo el satélite se contrae y se marchita, igual que nuestra piel con el paso del tiempo. En las páginas del libro, como si los hubiera sobrevolado con un globo aerostático, había fotografiado los Apeninos lunares, el cráter Copérnico y el Mar de la Tranquilidad. Parecía haber estado ahí.

Hoy en día, fotografiar los cráteres lunares no reviste ya ninguna emoción ni complejidad porque han sido inmortalizados y topografiados hasta la saciedad por los telescopios de las agencias espaciales. Pero, justicia poética, uno de ellos, de setenta y siete kilómetros de diámetro, localizado en la región suroeste de la cara visible del satélite, lleva justamente el nombre de James Nasmyth. De manera que el ingeniero vive en ella para siempre.

Nada más sabio que lo que hizo Nasmyth: asumir que no tenemos los medios ni las palabras para acercarnos a las realidades que más deseamos, que más nos determinan. Que somos pobres, que nos han dado el mundo pero no podemos conocerlo. James Nasmyth me enseñó que hay más realidad en el dorso de una mano arrugada que en las miles de páginas escritas sobre la Luna.

Pensé en James Nasmyth después de que mi madre me respondiera que hiciese lo que me diera la gana, así, con esas mismas palabras, pero que ella no pensaba salir en ningún libro. Le había contado que, tras ver esa imagen de mi familia por primera vez *quizás, subjuntivo, suposición, hipótesis, tal vez, podría ser que, a lo mejor* sería interesante escribir sobre el pasado, mi infancia, nuestra vida. Y subrayé el *nuestra* intencionadamente, pero no dio ninguna señal de entender que aquel plural la incumbía también a ella.

La observaba, de espaldas a mí, frente a la encimera de mármol de la cocina, mientras echaba el queso emmental sobre la fuente de los canelones el día de Reyes de 2021, su melena anaranjada recogida en un coletero de terciopelo negro, en aquella reivindicación de feminidad y belleza que supone para ella tener el pelo largo —«jamás me cortaré el pelo como un paje», afirmaba—. Se volvió y, mirándome, como una advertencia, me repitió que no pensaba salir, y el verbo salir, en ese contexto, lo entendí como un sinónimo de aparecer, figurar, de ser reconocible. Se refería a la literalidad de su melena anaranjada, de destellos cobrizos, impresa sobre las páginas de un libro.

«Te quedará una historia muy bonita, seguro», dijo con una voz que pretendía sonar risueña, pero su rictus se tensionó de nuevo y cuando le pregunté si por casualidad quería ver a qué foto me refería me respondió que no, que no quería ver ninguna foto de esa época. Y hubo un énfasis invisible en *esa época*, de manera que zanjamos el tema sin ni siquiera adentrarnos en él.

«Dile a papá que en media hora esto estará listo, y llama a tu hermano para que se acuerde de comprar agua con gas», dijo, y entendí rápidamente que yo, que no tengo habilidades con la escayola ni soy conocedora del funcionamiento de los telescopios, iba a necesitar de otras fórmulas y materiales para acercarme a ellos. Para llegar a mi familia.

Llegó mi hermano, sin el agua con gas, que olvidó, pero mi madre le dijo que daba igual, que entonces beberíamos agua normal, como ella la llamaba, y Marc dejó el roscón de Reyes sobre la mesa de la cocina.

«Qué nervios —empezó mi madre—. A ver a quién le toca pagar este año», frases que pronuncia religiosamente cada día de Reyes para darle un poco de emoción, siempre apegada a las tradiciones, a la repetición, en un eterno ritual de las mismas celebraciones, como si eso asegurara algo, quizás la pertenencia, quizás el control.

Era mi abuela, la madre de mi madre, quien, como si fuera la conocedora de un truco que a los demás se nos escapaba, se hacía siempre con la figurita del rey escondida en el interior. Luego se ceñía su corona de cartón, y hay fotos de ella todos los años hasta que murió y el trono se quedó vacío.

Antes de empezar con el roscón, en ese léxico familiar repetido a lo largo de los años, mi madre anunció: «Cuidado, a ver si por no pagar os vais a atragantar con el haba», y al cortar los pedazos hacía teatro, como si el camino del cuchillo se viera entorpecido por la resistencia que desvelaba el paradero del haba o del rey.

Pero por primera vez fue mi madre la que se encontró con la figurita: el rey Gaspar, con su barba pelirroja, apareció dentro de un plástico moteado de restos del bollo. Y mi hermano encontró el haba.

—¡Pagas tú, Marc!

Y hubo risas, y mi madre se coronó a sí misma con aquella tiara de cartón dorado, dejando al pequeño Gaspar olvidado sobre el verde de un membrillo escarchado que abandonó en el plato. Se dejó la corona un buen rato, la melena suelta, sin el coletero de terciopelo, y yo la observaba gesticular con manos rápidas. Estaba en un extremo de la mesa. La reina autocoronada. Así había sido siempre.

Después de recoger la mesa, Marc quiso ver la fotografía de mi familia y, sorprendido, me preguntó quién la había tomado. Dijo que era una imagen muy triste, aunque no sabía exactamente por qué.

—Quizás es mamá, esa expresión como de... ¿resignación? Y tu padre, qué contento está, ¿no?

Entonces mi madre entró en la cocina, yo aparté la foto y ella nos preguntó si queríamos un tupper con los canelones que habían sobrado, pero Marc y yo respondimos al unísono que no, que ya no podíamos más de comida y de fiestas.

—Pues entonces los tiraré.

—A ver, mamá, si vas a tirarlos...

Mi madre sabía que diciendo eso Marc se los llevaría.

Mientras los ponía en un tupper, la pequeña lengüeta de su corona se escapó de la ranura y se deslizó por su pelo hasta terminar sobre la bechamel, ya un poco reseca, que había quedado en la fuente.

—Vaya —dijo—, suerte que he podido ser reina un ratito.

Con un mohín de fastidio, tiró la corona a la basura.

Aquella costumbre era muy suya, desechar lo que ya no servía, sin más dilaciones, ya fuera ropa, comida o una corona de cartón, y pensé en cómo en los gestos más cotidianos, en las costumbres más arraigadas se esconden todas esas realidades que constituyen la forma de ser de una persona, de un entorno, de una familia.

Pero siempre estamos llegando por partes, por capas.

Mi madre no volvió a preguntarme por la foto y Marc y yo nos marchamos, clausurando al fin la temporada de festejos navideños, aliviados de regresar a la vida normal el día siguiente.

Cuando nos despedimos, ya en la calle, cada uno hacia una dirección opuesta, mi hermano me preguntó si estaba pensando en empezar a escribir algo y le dije que no lo sabía, que quizás intentara escribir una historia. Y estuve tentada de mencionar aquel concepto tan manoseado, el de «historia de verdad».

Sin embargo, conforme lo pensaba entendí que cualquier historia no cuenta la verdad, sino una verdad. No cuenta la historia, sino una historia. Los telescopios, en su magnificente omnipotencia, adolecen de un defecto: que únicamente miran hacia fuera. Si solo pudieran recorrer el camino inverso, apuntar al interior del cráter, de las cordilleras, de los valles que somos nosotros... Al interior de las familias que, como el dorso de la mano de Nasmyth, se repliegan sobre sí mismas.

Es un aula de P4, pero en 1988 se denomina aún párvulos, parvulitos en ese lenguaje lleno de diminutivos que es el idioma de la infancia. La profesora se llama Sofía y tiene el pelo largo y negro, se le hacen unas ondulaciones en el flequillo, que se le parte en dos. Y continuamente se esfuerza en ponérselo bien, pero el resultado nunca es de su agrado porque busca constantemente su imagen en el reflejo del espejo que cuelga del final del aula.

Las niñas llevan unas batas de cuadros azules y blancos y los niños la infantil de los escolapios, con los cuellos y los puños negros, el cinturón del mismo color.

A la niña le gusta ser niña para no llevar esa bata tan antiestética, tan de No-Do, aunque ella no sepa ni por asomo qué es el No-Do. Pero es una bata en blanco y negro.

En aquellos primeros años, en sus evaluaciones las profesoras marcan la casilla de «siempre» —de entre «a veces», «poco», «nunca»— en el apartado donde se lee «Quiere llamar la atención». Tiene cuatro años y medio y desea ser la favorita de las maestras. Por eso dibuja tan bien, por eso no se sale del recuadro cuando utiliza las ceras Dacs. Le gusta estrenarlas, pero no cuando se parten en trozos de distintos tamaños y se pierden por los bordes de la caja. Le gusta, además, cuando Sofía reviste de barniz fijador —Manley, las letras en azul sobre el blanco en ese bote, y los pinceles de madera— los dibujos de sus compañeros. A veces los niños lo hacen solos, pero son pequeños y les quedan grumos.

A la niña le produce un extraño placer recoger. Después de seguir la línea con el punzón e ir rasgando las formas sobre la cartulina, recoge rauda las alfombrillas y el punzón. También las piezas de los puzles, esparcidas por los rincones de la clase, o los cojines, los lego, partes de Mr. Potato diseminadas, la nariz, las gafas, los restos de plastilina seca.

La niña, digo, es ordenada, limpia, ha desarrollado un profundo sentido estético y distingue las cosas bonitas de las cosas feas. A veces corre detrás de sus compañeros para coger lo que tiran al suelo y dejarlo en su sitio. Intenta poner orden, es como si lo que está fuera de su estantería, de su cajón, le produjera cierta desazón para la que aún no encuentra palabras. Sofía la observa sin que ella se dé cuenta, tratando de descubrir patrones, hilos, explicaciones. Pero no puede leerla, algo se le escapa siempre, como si el cristal a través del que la mira estuviera empañado y eso le impidiera verla, comprenderla, escondida entre ángulos ciegos.

Habló hace poco con su madre y barajaron la posibilidad de pasarla de curso porque está aprendiendo a leer por su cuenta a pesar de que solo tiene cuatro años. Hay niños así, ella lo sabe. Niños que nacen con una extraña sensibilidad, una inteligencia que no está claro si se relaciona con la mera superdotación, porque en esos años están muy de moda los test de coeficiente intelectual, sino con una capacidad, un don para ver lo que los demás no ven. Es imaginación. Fantasía. Y los adultos se relacionan mal con lo que no es susceptible de ser etiquetado.

Un día, sin embargo, Sofía se da cuenta de que la niña, cuando recoge los juguetes, va recogiendo también otras cosas del suelo. Pelos. Pero no de cualquier tipo: solo pelos largos. Cae en la cuenta cuando se fija en que de su puño cerrado y pequeño sobresalen varias hebras que cuelgan. Le pregunta qué lleva y la niña responde que nada, pero no abre la mano y se marcha con su botín.

Sofía lo olvida, quiere creer que es un episodio aislado. Y además, se autoconvence de que si la niña quiere recoger pelos tampoco hay nada malo en ello. Sin embargo, en otra ocasión la observa masticar durante la clase, mientras trabaja con el punzón, distraída, y mueve la boca como si mascara chicle. Sofía, intrigada, se acerca y suavemente le voltea la mandíbula hacia ella. Se la abre, sin resistencia, y ahí ve una bola de pelos.

Le dice que no se comen pelos y, dócil, la niña asiente y la escupe sobre la palma de su mano. Se sorprende de la obediencia y también de la mirada de la niña, confundida, desprovista de la habitual agudeza, de esa sensibilidad que la hace distinta. La niña se vuelve mansa, como si la voz de Sofía le llegara con dificultad y no comprendiera del todo las palabras.

Pero, al fin y al cabo, se convence de nuevo Sofía, no es tan raro que los niños se metan cosas en la boca: monedas, papeles, gomas de borrar. Sin embargo, la niña empieza a faltar a clase y la madre la llama para decirle que tiene problemas digestivos. Que vomita mucho y la están llevando al médico a hacerle pruebas. Que le hicieron una ecografía y encontraron una bola de pelos en el estómago y no supieron qué pensar.

Sofía le pide entonces mil disculpas por adelantado por aquella omisión, por no haber pensado que era algo recurrente. La madre al principio se enfada, pero la inquietud se impone. ¿Qué es eso de que su hija va recogiendo pelos y se los come? ¿Cuánto tiempo lleva haciéndolo? ¿Padece eso que ha buscado en la enciclopedia y que se llama tricotilomanía? (No, porque eso sería comerse sus propios pelos. Al menos, se dice, no se los arranca).

Se trata, en realidad, como le dice unos días más tarde el psicólogo del colegio, de una patología llamada tricofagia, también conocida como síndrome de Rapunzel. Es un trastorno psicológico que consiste en el acto de comer pelo propio o ajeno de forma compulsiva e incontrolada. Suele causar, como a la niña, obstrucciones intestinales.

La profesora intenta hablar con la niña y le pregunta por qué le gusta comer pelo y esta se encoge de hombros y dice «no sé». El psicólogo la define como completamente normal, alegre, adaptada, resolutiva, menciona aquello de la superdotación y la sensibilidad, pero en realidad nadie puede establecer una relación entre comer bolas de pelo largo —porque siempre es largo— y ser inteligente, o más inteligente que la media. Nadie la castiga porque nadie entiende por qué lo hace.

¿Puede ser que en el entorno de la niña exista alguna particularidad...?

¡El padre se ha ido! ¡No hay padre! (Bueno, no el suyo). Será eso, claro, la ausencia.

La madre, desconsolada, no sabe qué hacer para controlar que no coma más pelo en el colegio, las profesoras no le quitan el ojo, pero la niña sigue encontrando momentos y hebras para tragarse. Lo hace con disimulo porque ha comprendido que nadie quiere que coma pelos, pero ella, aunque es una niña obediente y buena, lo sigue haciendo. Parece que le dé paz. Sofía observa que a veces solo lleva los pelos encerrados en su puño, que no hace nada con ellos, solo tenerlos.

Pero pasan los meses y en clase de manualidades la niña estrena una caja de Dacs y con ellas dibuja una mujer con una melena larguísima y naranja. En el pelo anida un bebé y el bebé es la niña. Quizás, se dice la profesora, ¿quizás?

Llama a la madre para tener una tutoría con ella y entonces la ve llegar, pelirroja, y el pelo, la melena, casi por la cintura. La mujer del dibujo, claro.

La madre cuenta que, siendo un bebé, «se quedaba dormida cuando la acunaba así» —y hace un gesto con el brazo derecho al lado del pecho—, «y la niña me agarraba entre sus dedos un mechón de pelo. Todos los niños lo hacen, ¿no?».

No todos.

Sofía encuentra por fin la relación, aunque ella no sabe la clave, el significado, pero para eso están los psicólogos, para tratar de hilar lo invisible y ofrecer una explicación que nombre lo innombrable. Y así, el veredicto es que la niña no tiene ningún problema de tricotilomanía o tricofagia. O, en realidad, esa es la consecuencia, el problema, como en todo en la vida, se encuentra antes, en el origen, pero aquí ni siquiera los psicólogos pintan nada porque en el origen suele haber oscuridad.

La madre cuenta que hace tiempo que no acuna a la hija porque se ha hecho mayor y, además, la madre tampoco pasa por un buen momento (¿dice eso o lo añade la niña de adulta en su relato?). El psicólogo afirma que la pequeña relaciona el pelo de la madre con el cariño. ¿Le está pasando algo a la niña?

¡Pero es el padre el que no está!

Bueno, es que es demasiado inteligente, podemos pensar que dice la madre. Pero le responden que eso no tendría por qué ser un inconveniente, sino todo lo contrario. La madre repite entonces que es demasiado sensible.

Hace una mueca de incredulidad cuando escucha una frase, «la niña te busca a través de los pelos que va recogiendo», porque está claro que no es así, ya que ella está en casa y no tiene ningún sentido que su hija la busque. Después, a su marido le mencionará la palabra «charlatán», pero en ese momento simplemente asiente cuando el psicólogo le aconseja que se corte el pelo. ¿Cómo va a cortarse el pelo? ¿Cómo puede estar seguro de que eso es lo que causa la adicción de su hija a comer pelo?

Pero la madre intuye, en el fondo, que no tiene que ver tanto con el pelo sino con eso que le pasa a ella: que no puede abrazar a su hija, y quizás cuando era un bebé sí que podía, pero ocurrieron cosas y los brazos se le quedaron fríos, rígidos, agarrotados. Porque las cosas eran distintas, y bueno, quién sabe. Además, es que la niña... La niña es igual a su padre *real*. Las facciones, la sonrisa. Ese pelo fino y lacio que se le pega a la frente. Los ojos ligeramente caídos.

Pero la culpa es del padre, infieren todos, el padre se ha ido.

Aunque, por si acaso, la madre se corta el pelo.

Y la niña sigue dibujando madres con largas melenas anaranjadas, caobas, bebés que asoman del pelo, que lo habitan, hebras largas los acunan, los adormecen, y ellos apresan el amor con sus deditos en una vida llena de diminutivos. Hay que decir que aprende la lección pronto, al igual que aprende a leer sola, a descifrar el mundo de los adultos con su mirada curiosa, casi detectivesca. Aprende que una cosa es dibujar pelos y otra comérselos. Sus dibujos, como ocurrirá después con sus escritos, en los que empezará a utilizar la tercera persona para fingir distancia, estarán llenos de evocaciones, de miedos, de dolor. De atrocidad, muerte, extrañeza. Pero nada de eso traspasará la realidad. El arte es un refugio para el malestar, para la locura, pero en él no hay un juicio moral, los hijos pueden comer pelos y eso es una expresión de otra cosa que no se nombra, pero no importa porque es arte.

La niña pasa de curso, siempre pasará de curso, de clase, de carrera, de doctorado. Es la más clarividente, la más sensible, justo por eso come pelo. Justo por eso se convierte en escritora. Los niños así, con ese don, tienen más problemas, dice la madre, orgullosa y feliz con una niña triste debido a su inteligencia, y ella con su flamante corte de pelo a lo *garçon*.

La pregunta que atravesó mi infancia, ya fuera en colegios, en consultas de psicólogos o en cualquier conversación, fue simple y ramplona, formulada en ocasiones desde el presente de indicativo: ¿dónde está tu padre?, aunque más a menudo en pretérito imperfecto, ¿dónde estaba tu padre?, con lo cual el interrogante que se cernía sobre él, sobre Jaume, era absoluto. No quedaba lugar para la duda: mi padre no estaba localizable ni en la cotidianidad de los días ni en aquel territorio extraño que conforma el pasado.

En presente, la cuestión era formulada en cualquier momento y por cualquier persona, porque en la época de la infancia las preguntas sobre los padres permeaban todas nuestras actividades. La temática familiar era el centro indiscutible de dibujos, redacciones de tema impuesto, dictados, primeros pinitos en un idioma extranjero, «*My father is...*», rellena los puntos suspensivos. Pero preferimos el sentido a la verdad y yo tardé poco tiempo en aprender que las interacciones, en un nivel social, no requieren tanto de verdad como de fórmulas que damos por válidas porque no atascan la conversación. Así como cuando te preguntan *qué tal* nadie te está preguntando realmente eso y, por tanto, no conviene responder «pues verás, me dio un brote psicótico», asimismo llegué pronto a la conclusión de que, en determinados ambientes, la pregunta sobre dónde estaba mi padre no requería de aquella historia desconcertante, y que bastaba con asumir tristemente un «no sé». Después del episodio del astronauta entendí que era mejor salir del paso diciendo obviedades que sirvieran para que la conversación continuara, que resultara cómoda para el interlocutor, por ejemplo, que mi padre trabajaba mucho, que por eso no venía a las reuniones, a los cumpleaños o carnavales o demás festividades, que por eso no estaba presente en mi vida en un plano general.

La pregunta de «dónde estaba tu padre» revestía más complejidad. Porque el uso del pretérito imperfecto solía utilizarse con el fin de clarificar su función en mi vida, desde mi nacimiento hasta el momento en que aquella conversación estuviera teniendo lugar, y como nadie se atrevía a lanzar hipótesis ante aquella ausencia, la cuestión conducía invariablemente a una afirmación que parecía extraída de una vulgar telenovela: tu padre te abandonó. Lo cual no era cierto, o al menos no del todo, pero ocurría que cuando algún psicólogo, maestro, el marido de mi madre, mi abuelo formulaba la cuestión, ya existía en el origen de su formulación un sesgo cognitivo, un interés que deseaba decantar la versión de la historia hacia una respuesta que refrendara la negación, la ausencia: mi padre no estaba.

No estar implica una decisión, pero también una negligencia, un olvido permanente, un despiste, una imposibilidad, una vagancia, una incapacidad, una pereza extrema, una laboriosa e intrincada manera de estar en el mundo, una desafección, una estrategia, un desapego, una renuncia.

Desde la propia ausencia no pueden dirimirse las razones de esta porque la ausencia no explica la ausencia, y por ello son tan prolíficas y potencialmente mitificables en un sentido positivo o negativo de la historia. Son más golosas porque dan lugar a las hipótesis, a la adivinación. Algunas ausencias explican mucho más que la presencia, especialmente por su virtud más notable: la comodidad. Si llegan los problemas y si una niña fantasiosa empieza a padecer determinados comportamientos extraños, siempre existe la opción de que estos —TOC, anorexia, pesadillas recurrentes con la muerte— se deriven de un agujero negro, de una ausencia, de esa pregunta de «dónde estaba el padre»

47

cuya respuesta, como las ondas concéntricas de esa piedra que se lanza al lago en calma, alcanza la orilla y la vida: la abandonó.

Las palabras tienen claras implicaciones. Uno dice abandono y no imagina el silencio, sino la ausencia clamorosa y el desgarro.

Durante años, guardé dos cosas de mi padre. Un fragmento de su cara junto a la de mi madre en una foto que rompió mi abuelo y un mocasín de color marrón oscuro Sebago, talla 43. Cosido, de piel, con un antifaz en la pala. Me lo llevé de su casa en la mochila del colegio y algunas noches, cuando todos dormían ya y mi habitación solo estaba iluminada por la claridad que procedía de la lamparita del baño, me lo probaba. Lograba meter mis dos pies dentro de aquel zapato barca, su huella había horadado la piel de la plantilla y yo la recorría con mis dedos, que apoyaba sobre aquellos surcos. Nunca le di el sentido que ahora le hubiera dado a ponerme un zapato de mi padre, como si el zapato me consolara, como si viniera a suplir la falta de huellas. Un zapato que sustituye un vínculo, y así fue como luego me relacioné yo con las cosas, como si ellas fueran ramificaciones de los otros. Probarme un zapato era el acto sagrado que me conectaba a mi padre.

Él se volvió loco buscándolo. Preocupado, me hablaba de aquel misterio, «cómo puede haberse extraviado un zapato dentro de casa, a ver quién se lleva solo un zapato, ¡con lo caros que son! Al menos me los compré de rebajas», solía consolarse, e incluso cuando pasó el tiempo y el misterio se fue olvidando, yo seguía recordándoselo a mis catorce, mis quince. «¿Apareció al fin ese zapato?». Supongo que era una manera de afianzar la mentira, de que no se olvidara de que ocurrían hechos desconcertantes que no pertenecían a ninguna capa de la vida en particular, sino al azar o a una hija permanentemente deseando llamar su atención. Pero uno también se acostumbra a lo que no puede explicarse, y así el zapato perdido pasó a formar parte del relato mítico de mi infancia y yo nunca llegué a contar lo que ocurrió; que lo tiré por el balcón del cuarto piso en el que vivíamos después de que mi madre estuviera a punto de encontrar mi objeto de adoración. Angustiada, decidí deshacerme de él lo más rápido que pude y vi cómo caía entre las zarzas del descampado que llenaba el descomunal patio de manzana que era, años antes de la llegada de las nuevas promociones inmobiliarias y sus flamantes terrazas, un basural. Y lloré al perderlo de vista porque sentí que era yo la que abandonaba a mi padre.

El zapato era mi padre.

En el relato «El tercer y último continente» la escritora india Jhumpa Lahiri cuenta la historia de un bengalí que se marcha de la India en 1964 en busca de una vida con más oportunidades. Primero recala en Inglaterra, y más tarde, en 1969, cuando le ofrecen empleo en el departamento de adquisiciones de la biblioteca del MIT, en Boston, se marcha a esa ciudad. Mientras su avión sobrevuela el puerto de Boston, el comandante anuncia que el presidente Nixon ha declarado día de fiesta nacional porque dos norteamericanos acaban de llegar a la Luna.

Después de pasar las primeras semanas durmiendo en el alojamiento que le ofrece la universidad, conoce a una mujer diminuta y anciana, con el pelo blanco como la nieve recogido en un moño minúsculo sobre la cabeza. Es la señora Croft, de ciento tres años, que se convertirá en su casera. En la entrevista inicial, ella, prácticamente sorda, le dice al poco de llegar: «¡Han plantado una bandera americana en la Luna!». Y el bengalí se limita a asentir. Ella, que necesita que comparta su entusiasmo, no se da por vencida hasta que él termina respondiéndole: «¡Magnífico!», en un tono de voz lo suficientemente alto como para que la anciana lo escuche.

A partir de entonces, el ritual entre ambos es el siguiente: todas las noches, él regresa a casa, cansado después de un día largo, y la señora Croft está esperándole para decirle: «¡Han plantado una bandera americana en la Luna!», y la única respuesta que le permite a su arrendatario es: «¡Magnífico!». Y así, día tras día, esa palabra sella un acuerdo, una cotidianidad entre dos personas que habitan dos realidades que no se tocan más que por esa celebración reiterada.

Determinados eventos nos parecen inauditos dependiendo del momento en que nazcamos. Para una mujer nacida en 1866, lo inconcebible era que una bandera estadounidense ondeara en la Luna.

El relato de Jhumpa Lahiri no trata, o no solo, sobre la conquista lunar, sino sobre la soledad y el aislamiento. Sobre la inmigración y la dificultad de mudar de piel.

Hacia el final del relato, el protagonista dice:

«Aquellos astronautas, a los que siempre consideramos héroes, solo pasaron unas horas en la Luna; yo, en cambio, llevo casi treinta años en este nuevo mundo. Sé que mi logro no tiene nada de extraordinario. No soy el único que se marchó a buscar fortuna lejos de su tierra y, desde luego, no soy el primero».

Lo inconcebible es también eso: los parámetros con los que medimos hazañas, la decisión, a partir de cierto momento en la Historia, de que lo heroico se encuentra siempre lejos.

De que para ser un héroe es preciso marcharse; pero de dónde y en qué dirección nadie lo especifica.

Por eso confundimos términos y héroes.

Y un héroe es un astronauta, pero no un hombre que lo deja todo en busca de una vida mejor.

La primera persona que utilizó la palabra escritora para referirse a mí fue Imma, mi profesora de Literatura del colegio. Fue en la época de máximo apogeo de mis delirios espaciales. Esa fue también la última vez que me pillaron en falso ya no comiendo pelo, porque lo literal dejé de arrastrarlo asustada por sus consecuencias, igual de reales, sino en un desliz imaginativo en el que fui señalada por confundir realidad y ficción.

La frase de Imma, escrita con tinta de Pilot verde en el margen superior del folio, decía exactamente: «¡Esta niña tiene madera de escritora!». Ante la consigna de «describe un personaje histórico», yo había hecho algo bien —tomar el ejemplo de un personaje histórico y muerto, Christa McAuliffe—, pero no me había basado en la vida real de aquella astronauta, sino que la había convertido en la mejor amiga de mi madre, y de ella contaba en la redacción que le gustaba el suizo y las ensaimadas de la calle Petritxol «porque en su país hay hamburguesas».

Era una redacción inocente y bobalicona de Lengua Castellana, deslavazada y cómica en su estructura y llena, como no puede ser de otra manera, de lugares comunes, en la que ya únicamente el nombre de Christa contenía dos faltas de ortografía —por no hablar de las que contenía su apellido—. A lo largo de la media carilla de folio cuadriculado mencionaba el colegio donde había ido —el mismo que el de mi madre— y que era alérgica a la piel del melocotón (como yo). La redacción es una suma de invenciones que a día de hoy me resultan vergonzantes, pero despiertan en mí la ternura de quien entiende a la niña que un día fui.

Imma me puso un notable alto y en el margen inferior del folio de la redacción, titulada además «Vida de la Krista McCaulife de Barcelona», suponiendo ya de entrada que hubiera dos Christas, había una llamada de atención en forma de asterisco: «*Se trataba de inspirarse en la realidad, con fechas y hechos concretos que ocurrieron de verdad».

Aquel subrayado me inquietó.

En casa, cuando le enseñé orgullosa la redacción a mi madre, volví a ver la inquietud en su mirada. Entendí que no era la primera vez que ella recibía aquel tipo de llamadas de atención, que aquella charla sobre si yo distinguía o no la realidad de la ficción era una conversación que había mantenido ya antes. Aquel día fue la última vez, después de esa llamada de teléfono en que mi tutora averiguó el paradero de mi padre astronauta, en que mi madre y yo tuvimos cierto asomo de conversación alrededor de algo llamado verdad, no entendida en su significado metafísico —qué es la verdad—, sino sobre la adecuación de los hechos a la realidad. Con tacto, con suavidad, empezó:

—Tú sabes que esas historias no son reales, ¿verdad? La gente se puede confundir.

—¿Qué quiere decir que tengo «madera» de escritora? —pregunté para desviar la atención y esperando el elogio.

—Pues eso. Que tienes mucha imaginación.

—¿Eso es bueno?

—No tanto. La imaginación claro que es buena, pero si es mucha no te hace más feliz ni más inteligente. Tu profesora te estaba pidiendo una redacción sobre un personaje real. ¿No ves que te estaban pidiendo un Napoleón, o un Gandhi, o..., qué sé yo, Marie Curie, que descubrió el radio?

Me quedé callada.

—Porque... te acuerdas, ¿no? Que descubrió el radio y que su marido se llamaba Pierre Curie. Lo vimos en Naturales.

—Sí. Pero Christa es real.

Ignoró mi comentario y siguió.

—Pero tienes que prometerme que harás un esfuerzo —dijo seria— por distinguir entre realidad y ficción. Yo ya sé que te cuesta, pero es que una cosa es una cosa y otra cosa es otra cosa.

Ojiplática, mientras la observaba cortar zanahorias para el sofrito, no pude responderle lo que hubiera querido porque aún no había encontrado las palabras. No pude decirle que había descubierto que escribir era entrar en otro lugar donde la gravedad, como en el espacio, era otra. Ya sabía que McAuliffe estaba muerta, pero cada vez que se cumplía otra efeméride, y el año repetía sus días, entendía que en algún lugar, además de en la memoria, como en mi vieja redacción de colegio, Christa McAuliffe seguía viva.

Pero una cosa es una cosa y otra cosa es otra cosa, así que no lo dije.

—Yo no quiero... molestarte —murmuré con miedo.

Porque aquel era uno de los pensamientos que más angustia me provocaban; ser inconveniente, resultar un problema para los demás, especialmente para mi madre.

—No se trata de molestar o no.

Me puse a ayudarla a cortar cebolla con el cuchillo en trocitos minúsculos, con sumo cuidado, y mi madre me dejó sus gafas de sol para que no llorara, pero terminé llorando igualmente y a la vez me dio la risa floja. Las lágrimas de la cebolla me resultan divertidas, un estado emocional difuso porque no puedes no llorar y sin embargo no sientes nada, solo picazón, enrojecimiento. Acabé riéndome sin ningún motivo y mi madre me imitó.

—No digas más esas cosas, que luego me llaman a mí tus profesores. Por favor... ¿Me lo prometes?

Asentí con la cabeza.

—Solo tienes que fijarte bien. Si te piden algo real, como que nombres los afluentes del río Ebro, no hables de *En busca del valle encantado*.

No mencionó de nuevo aquella muletilla —una cosa es una cosa y otra cosa es otra cosa—, pero su sombra se proyectó durante todos los años de mi infancia como una señal inequívoca de mis confusiones, hasta que lentamente desterré la fantasía para atenerme a los códigos de la realidad, donde los muertos estaban muertos y las películas no tenían ningún correlato con la vida de verdad. Y donde los finales no eran modificables.

Siguió riéndose un ratito, sin hacerme partícipe de aquello que tanto la divertía, pero me sentí feliz, al menos, de haber provocado aquel momento de ligereza. Encendió el fuego y me pidió que le anudara más fuerte el delantal, y después me marché de la cocina con la redacción que aún a día de hoy custodio entre retales de esa época confusa que no sé si acabó en algún punto, pues desconozco si esto que escribo ahora viene de aquel folio, de aquel asterisco en Pilot verde.

Fue ahí, en la cocina, mientras ayudaba a preparar un sofrito, cuando aprendí lo que es un pacto narrativo y qué significaba el subrayado debajo de verdad, y desde entonces me ceñí a él para que nadie volviera a llamarla pidiéndole explicaciones.

Mi madre jamás entendió aquella pasión mía por los astronautas porque sospecho que, en realidad, la pasión no eran los astronautas en sí, sino el circunloquio mediante el que, alejándome, me acercaba para entender mi propia realidad. Lo importante en la narrativa no es la verdad: es la utilidad. Por eso existen las lunas de escayola.

No llegué a ninguna conclusión con respecto a lo que significaba tener madera de escritora. Fue una afirmación que no interioricé, así que no se me ocurrió, por ejemplo, ante la pregunta de qué te gustaría ser de mayor, responder con aquel oficio, escritora, porque aquello que yo hacía, unir una palabra tras otra, más que un trabajo era un hechizo y también una manera de procesar la información, de tejer el relato que me ayudó a atravesar los primeros años de mi vida.

Empecé a intuir ahí, en aquella cocina de la infancia, que en la escritura todo se juega en eso tan difuso, tan inabarcable, que es el deseo de escribir.

Ultima Thule se llama ahora Arrokoth, y tampoco a mí me llaman siempre por mi nombre, el que figura en el DNI, el que me pusieron mis padres el 11 de abril del 1984, sino también por un nombre corto de cuatro letras con el que me rebauticé cuando tenía siete años.

Me lo contó mi tía Luisa cuando regresé a su casa una tarde después de ver la fotografía.

Ella y Charly fueron los únicos que aceptaron aparecer en esta historia. No eran sus protagonistas, pero sí quienes se convirtieron, en especial mi tía, en los interlocutores principales, al menos los más fiables, de la memoria de la familia de mi padre.

Se me hizo extraño entrar en su casa un martes cualquiera, un día laborable. Las casas que conocemos solo en fiestas, adornadas para la ocasión, con manteles y servilleteros de marfil, lucen extrañas y desnudas en la cotidianidad, como si fueran otras. El ruido de la lavadora, el aspirador, las ventanas abiertas a través de las que se cuela el ruido del tráfico. Mi tía acababa de volver del mercado y estaba limpiando el pescado. La Thermomix, al lado, cocía unas verduras. Me senté con ella en la cocina y la miré mientras preparaba las pescadillas.

Me sorprendió ver que tenían apilados, al lado de la basura, cuatro listines telefónicos.

—¿Y eso?

—Tu tío los encontró el otro día en el altillo. Siempre me olvido de tirarlos. Son como una reliquia.

Recordé la fascinación que me producía pensar en los listines, en que todo estaba ahí, que potencialmente, si tenías las claves adecuadas, podías dar con el número que buscaras. El infinito. Los números de teléfono de Barcelona aún sin el prefijo. Busqué, por ejemplo, el de mis abuelos, la dirección de aquel piso soleado de la calle Córcega.

Luisa dejó las pescadillas y se sentó delante de mí, secándose las manos en el delantal.

—Se me quedó grabada la escena: tú, pequeña, a lo sumo siete años tendrías, entrando en el salón donde estábamos adormilados. Creo que todos dormían menos yo. Habíamos ido a aquel merendero que luego cerraron por salmonelosis, ¿te acuerdas?

Pero negué con la cabeza.

—Pues Irene y tú veíais alguna película de Disney en el cuartito de la entrada, puedes imaginarte que sería *La Sirenita* o *La Bella Durmiente*, no sé, la que tocara por la época que era. Y de repente apareciste en el salón, como queriendo que te prestáramos atención, pero todos estaban dormidos, así que solo yo te miré. Dijiste, me acordaré toda la vida: «*Tieta. Ara em diré Kuki*». Lo repetiste varias veces, como si con una no fuera suficiente. Y te pregunté por qué, pero no me respondiste nada más que «porque sí», que era una respuesta muy tuya cuando no querías seguir hablando.

Podía imaginarme la escena perfectamente, a todos recostados sobre el sofá de polipiel blanco, que a mí me parecía entonces el colmo del glamour. Esa tarde solo Luisa empezó a llamarme así, y desde aquel momento nunca dejó de hacerlo, a pesar de que con el paso de los años me sintiera extraña enfundada en ese diminutivo, pero creo que mi tía trató al menos de respetar los deseos de una niña: intuyó que ahí residía algo importante. Con el tiempo, una parte de la familia empezó a llamarme también así, Kuki, aunque el nombre solo se mantuvo como apelativo cariñoso. A veces pienso que podría haber escogido un nombre con más credibilidad, pero quién sabe qué buscaba. Quizás se gestaba ya en mí ese deseo de que los nombres implicaran cambios, que me liberaran de un espacio inhabitable, pero Arrokoth sigue siendo para mí Ultima Thule, así que imagino que Kuki solo es un intento de modificar el curso de los acontecimientos.

Cuando le pregunté por qué creía que había decidido cambiarme el nombre, me miró pensativa.

—Igual fue una cosa tonta. Con los niños a veces es difícil ver el límite entre la realidad y la fantasía. Al principio pensé que era un juego, o que algún personaje de dibujos animados se llamaba así. Además, tenías tanta imaginación... Pero por otro lado lo que me llamaba la atención es que siempre tuviste ganas de..., no sé, de ser otra persona. Igual no otra persona, pero ya me entiendes. Y eso me da pena. Y no lo digo solo por ti, sino por todos nosotros. Qué poco nos hubiera costado, ¿sabes? Claro que nos dábamos cuenta de lo que ocurría. Quizás fue cobardía. No lo sé. Supongo que tienes tu vida y sopesas los pros y los contras de meterte en la de los demás. ¿Sabes de qué me acuerdo? De que cantabas mucho, de niña te pasabas el día aprendiendo canciones, las que fueran. Tu padre compraba vinilos, luego cedés, que venían con las letras dentro. Aprendiste inglés antes que todos nosotros. Mike and the Mechanics, Phil Collins, Crowded House, Roxy Music. Pero luego, de repente, me asombró que te volvieras tan callada y silenciosa. Se lo comenté a tu padre: ¿por qué la niña ya no canta? Pero no lo sabía, me dijo que te habrías cansado, que así eran los niños. Pero ya no eras tan niña, ¿diez años tendrías? Bueno, soy fatal para las fechas. Eso te lo dirá mejor tu padre.

Enarqué las cejas.

—¿Mi padre?

—En fin, igual no. —Se quedó pensativa—. Por cierto. ¡La caja!

—¿La caja?

—Si es que aún me iba a olvidar de lo importante... Charly me mata, con la de tiempo que lleva guardándote fotos.

Desapareció de la cocina unos instantes y volvió con la caja que mi tío me había prometido.

—Pensaba que aún no la había terminado.

Luisa, expectante, me observó mientras la abría. Fui extendiendo las fotos sobre la mesa. Las había visto ya. Sin embargo, de entre ellas, dispuestas sin ningún tipo de orden, la vi: apareció aquella imagen que mantuve escondida en una hucha publicitaria del BBVA durante tantos años. Era un cerdo de plástico rosa, sus ojillos soñadores mirando hacia el cielo, como si estuviera suspirando. En uno de sus flancos se dibujaban tres tréboles verdes, y en el otro se leía «El libretón». Ahí vivió en cautiverio un pedazo importante de mi vida. Permanecí en silencio y la agarré por uno de los extremos.

—¿La habías visto? —me preguntó Luisa.

Y me quedé atrapada no solo por la fotografía, sino por el recuerdo de aquel día, por la angustia que sentí la primera vez que la vi. Los colores de la foto estaban desgastados, casi tanto como las personas que la habitaban. En la imagen, lo primero que me llamó la atención, tantos años después, fueron los dedos de mi madre, que se aferraban al brazo de mi padre. Dispuestos a lo largo de una especie de semicírculo aparecían ocho personas más alrededor de una mesa en forma de herradura, y cerraba la media circunferencia mi abuelo paterno, en el extremo izquierdo de la fotografía. Mi abuelo, aún con el pelo negro, pasaba la mano por encima del hombro de mi tía Luisa. Sobre la mesa, los cafés ya terminados y también botellas de Soberano y Drambuie.

Me pareció una mesa llena de muertos: mis abuelos, que lo estaban, ambos bajo tierra, y otro tipo de muertos, los primos de mi padre, también separados.

Ver juntas en fotografías a parejas que llevan muchos años separadas es parecido a ver a muertos hipotéticamente resucitados. Parece una contradicción lógica. Porque a los muertos, a los que efectivamente han desaparecido, no nos los hemos vuelto a encontrar. Nuestro recuerdo coincide exactamente con las últimas fotografías que guardamos de ellos. Sin embargo, no ocurre lo mismo con aquellas parejas que emprendieron caminos distintos y cuya unión hallamos burlada y traicionada en nuevas fotografías, sin los colores sepia del pasado, sin pasar por los filtros rejuvenecedores de las nuevas tecnologías. Se me vino a la cabeza que era una mesa llena de muertos, pero no se lo dije así a mi tía. En su lugar, me salieron otras palabras.

—Es una pareja llena de muertos.

Se rio.

—Una mesa, quiero decir.

—Qué pena que nunca hubieras visto estas fotos.

Me quedé sin decirle que muchos años atrás había visto una copia de la que sostenía en las manos en ese preciso instante, pero que acabó rota en la basura. La encontré en casa de mi abuelo materno y, feliz, fui a enseñársela. Estaba ilusionada. Existían: mis padres existían al menos en una fotografía. Nunca hasta ese momento había visto una foto de ellos juntos. Cuando mi abuelo la vio, sus ojos se empequeñecieron tras los gruesos cristales de las gafas. Hizo un gesto de fastidio, también de incredulidad, como quien incurre en un fallo, en un descuido molesto.

Sin decir nada, cogió la foto de mis manos, la rompió en varios pedazos y se dirigió al cubo de la basura. Accionó el pedal de plástico, la tapa se abrió y se tragó la única constancia que yo había tenido jamás de mi familia. Más tarde, cuando nadie me prestaba atención regresé a la cocina, volví a abrir el cubo y ahí, entre granos de arroz y cabezas de gambas y cigalas, aparecieron los trozos de la fotografía. Descarté rápidamente los que no me interesaban, y finalmente di con mis padres en un triángulo desgarrado. Las manos de ella, las uñas rojas, un café y un plato sucio. Ellos dos, mi familia. La guardé en el bolsillo como si fuera una delincuente y por la tarde, ya en mi habitación, encerré aquel triángulo bajo mil capas de papel y celo y lo puse en el interior de aquella hucha de un cerdo rosa llamado con un nombre tan poco poético como «El libretón». Y ahí vivió y la olvidé, olvidé al cerdo y lo que custodiaba, hasta que tantos años después la volví a ver por segunda vez.

La pregunta de mi tía me sacó del encantamiento.

—¿Quieres quedarte a comer?

La sonda New Horizons llegó a 2014 MU69, un objeto con forma de muñeco de nieve aplanado, de unos treinta y cinco kilómetros de largo, situado a una distancia de seis mil seiscientos millones de kilómetros de la Tierra, en el lejano Cinturón de Kuiper, la inmensa «tercera zona» del sistema solar, más allá de los planetas terrestres internos y los planetas gigantes de gas externos. Se formó a partir de la colisión de dos astros similares que, una vez juntos, decidieron seguir navegando transformados en una suerte de muñeco de nieve, que también, según cómo, parece la ecografía de un bebé. Al principio, los investigadores llamaron a este cuerpo Ultima Thule. Sin embargo, la polémica se desató al desvelarse que esa misma nomenclatura, procedente de la Edad Media, que designaba cualquier lugar lejano más allá de las fronteras del mundo conocido, también fue utilizada por los nazis para designar a un pueblo imaginario del norte de Alemania que habría sido la cuna de la raza aria. Por eso la NASA decidió rebautizar a 2014 MU69 como Arrokoth, un término nativo americano que significa «cielo» en el idioma powhatan. En un alarde de originalidad, el nombre era un homenaje a la costumbre ancestral de mirar al firmamento y preguntarse por las estrellas y los límites de nuestro mundo. Fue lo que afirmó el principal investigador de la sonda New Horizons, que añadió, claro, sentirse muy feliz de unirse a la comunidad powhatan.

Somos así: pensamos que el lenguaje se mancha, se estropea, que no se puede limpiar con un nuevo uso sino desterrándolo al ostracismo. Lo mismo que adelantó Paul

Celan después del Holocausto, que la lengua de la poesía y la filosofía es también la de la barbarie.

—Kuki, hija, que si te quedas a comer —volvió mi tía.

Le respondí que no, pero me quedé unos minutos más mirando cómo la piel de las patatas caía sobre el plato de Duralex igual que uno de esos tirabuzones acartonados de laca de los peinados de boda.

1969

Murió Gombrowicz; los americanos andaban por la Luna,
saltando con cuidado, como temiendo que se hiciera añicos.
Erbarme dich, mein Gott, *cantaba una mujer negra en*
una iglesia.
Fue un tórrido verano, el agua de los lagos dulce y caliente.

Y mi madre cumplió doce años y estrenó, en la verbe-
na del mes de junio, aquel vestido verde jalonado de botones dorados que mi abuela había cosido para ella, y que
languidece ahora en una maleta de piel con remaches oxi-
dados. Fue aquel verano de sus doce años, estío largo y
caluroso, cuando se enamoró de un chico de L'Ametlla de
Mar, pueblo que en 1969 era, más que cualquier otra cosa,
un cúmulo de azules, posibilidades y futuro donde mis
abuelos compraron una pequeña parcela en la que cons-
truyeron una casita de muros encalados.

El chico, niño aún, que se llamaba Tomás, y mi madre
se dieron un beso casto en los labios el último día de verano y ella llevaba de nuevo aquel vestido, el verde y dorado,
y el suyo fue un amor lleno de primeras veces, de verbenas,
de farolillos de papel que cuelgan en casinos de pueblo y
excursiones en el Seiscientos hasta el delta. Los relatos de
aquellos veranos de su adolescencia, de sus trece, catorce,
quince, dieciséis, diecisiete, como si fueran las distintas en-
tregas de una serie de libros de Enid Blyton enmarcada
en un mismo lugar, me parecían ya los de alguien adulto y
salpicaban las expectativas de esos veranos eternos que,

con mi hermano, pasábamos también en un pueblo, en nuestro caso de la Costa Brava. Secretamente, esperábamos correr una suerte parecida a la de mi madre, tener un amor de verano, que es para lo que están los veranos, pero tuvimos que conformarnos con habituarnos a ver, tarde tras tarde, después de terminar las actividades de los cuadernos Santillana, telenovelas que tenían nombres parecidos a *Te sigo amando* o *Corazón salvaje*. También secretamente nos convencimos, o al menos eso hice yo, de que el amor no nos llegaba por una simple cuestión geográfica. Si nos hubiéramos quedado aquella casa de L'Ametlla, tal vez. Pero la vendieron.

Cuando mi madre nos hablaba de Tomás, su voz, de por sí neutra, adquiría un tono tierno y afectuoso muy poco frecuente en ella. Existen algunas fotos de esa época, Tomás y mi abuelo en la moto con sidecar o montando una tienda de camping, el patio de la casa decorado con farolillos de papel, cenas alrededor de enormes fuentes de sardinas y sangría en la que se entrevén los trozos de melocotones macerándose.

Los intuyo, a mi madre y a sus padres, siempre felices. En mi imaginación, mi madre procede de un bloque monolítico de felicidad, de unos padres presentes que, como ella ha repetido a menudo, la hicieron sentir siempre muy querida, la mejor.

Fue la única hija de una de esas parejas que podrían definirse como de «adelantados a su tiempo» cuando se habla de las pequeñas e importantes conquistas en épocas sombrías. Nunca supe, si los hubo, de problemas, e incluso cuando mi abuelo empezó a ser mayor, a convertirse en un cascarrabias, como a menudo le achacaba mi abuela, se quisieron. Y eso me basta. No hay nada más útil que la presunción de felicidad para no seguir preguntando.

A ellos me recuerdan olores, texturas del día a día: el bocadillo de sobrasada caliente, mi abuela untando el pan directamente en la sartén, con el resto de la sobrasada de esa tonalidad anaranjada. El pollo con pisto, la tortilla de calabacín, el chorizo de Cantimpalos, el pan sin sal, el reloj de cuco de su salón, los calendarios de La Caixa colgados de un imán de la nevera, el ritual semanal de comprar la revista *TP* o la cubierta roja de tela de *Archipiélago Gulag*, uno de los pocos libros que había en aquella casa y que nadie leyó jamás. O el hecho de que continuamente se les estropearan los electrodomésticos y llamaran a mi madre para que se los arreglara. O aquella orgullosa afirmación suya ante quien quisiera escucharlos de que mi madre era capaz de cualquier cosa que se propusiera, desde pintar un cuadro a arreglar la aspiradora, cocinar un solomillo Wellington o convertirse en médico para recetarles remedios a sus propios padres. Su hija era simplemente la mejor hija que cupiera imaginar. Clarita, su melena del color de la sobrasada caliente, las pecas sobre la nariz ligeramente respingona.

Si tuviera que escoger una imagen que resumiera aquel pequeño universo que formaban mis abuelos y mi madre, esta procedería de los últimos años de vida de mi abuela. La ingresaron por una bronquitis y me quedé una tarde con ella para que mi madre librara. Me di cuenta de que estaba grave, de que tenía mucha fiebre, cuando empezó a acariciarme el dorso de la mano. Me acerqué más a ella y, recostada sobre la cama, enredó sus dedos delgados entre mis mechones de pelo. Mi abuela estaba en otro lugar, en un lugar lejano en el que podía ser otra persona porque ese tipo de gestos, de acercamiento, esa manera de demostrar cariño en una dimensión física me era tan extraña que la achaqué a la fiebre. Me di cuenta, mientras entreveraba sus dedos en mi pelo, con esas uñas permanentemente cuidadas, de que me hubiera gustado mucho poder manejar aquel código del tacto, que la piel no me fuera ajena y casi amenazante.

Cuando mi madre volvió al hospital y entró en la habitación para darle la cena se le cambió el semblante. «Clara», dijo, «Clara». El tono de su voz era frágil, quebradizo, como si en algún momento hubiera dudado de su regreso. Entonces dejó de existir todo lo demás y solo existía ella, su hija Clara. Mi madre la besó en la frente y le dijo: «*T'estimem molt*».

A veces hay vidas que se cuentan en un segundo, en una imagen. Todo lo que sé del amor que se profesaban mis abuelos y mi madre procede ya no de las fotos, el sidecar y los farolillos, sino de cuando mi abuela dijo «Clara» y ese nombre me abrió una puerta, la puerta de aquel mundo que ellos tres habían compartido.

El verano de 1969 mi madre se enamoró por primera vez. Estrenaba aquel sentimiento con todas las cautelas del mundo, pero se dejó ir, y cuando ella usaba esa expresión, la de dejarse ir, era fácil imaginar un tobogán por el que fue deslizándose todos los años que salió con Tomás. Una entrega tras otra de esa serie de libros que recibimos mi hermano y yo, la herencia del relato feliz de nuestra madre adolescente.

No sé si nunca dejó de salir con él, los amores se deslizan también por nuestras vidas sin acabarse del todo, una vuelta más, la música no termina y sigue el movimiento. Y ahí está siempre Tomás, de la mano de mi madre, mi abuela preparándole un bocadillo de tortilla de calabacín al que intuía que sería su yerno, su hijo.

Cuando mi madre cumplió diecisiete, se fueron los cuatro a París. Tomás tenía dos años más y estaba en el servicio militar. De aquel viaje sé que fueron a hacer un paseo en barco por el Sena, a Maxim's, y que visitaron la plaza Furstenberg, donde años después se rodó la última escena de *La edad de la inocencia*. Y mi madre recuerda las luces atravesando la noche de regreso hacia el hotel, esa sensación de que todo estaba por estrenar, de que era inmensamente feliz, bendecida por aquella familia, aquella vida, aquel Tomás que había pasado de ser su compañero de *la colla* —como llamaba al grupo de verano— a ser ese novio, reflejo perfecto de esas primeras relaciones que hacen pensar que la vida puede ser una repetición de inocencia, placidez, pureza, descubrimiento.

Todo lo repentino asusta, y mi abuelo, que fue bombero toda su vida, contaba siempre que la peor de las muertes imaginables era la inesperada. Él la capeó en todas las situaciones de riesgo, fuegos, atropellos múltiples, derrumbes de edificios. Pero recuerdo que en algunas conversaciones me contaba con una inmensa tristeza acerca de algunos compañeros que había perdido y de cómo, ante esas pérdidas repentinas, nunca había dejado de esperar el momento de volver a verlos, de que entraran de nuevo por la puerta de su casa.

Tomás murió el 2 de enero de 1972 en un accidente de tráfico. Conducía una Vespino roja y, mientras estaba detenido en un semáforo, un coche le golpeó levemente por detrás. Perdió el equilibrio y se golpeó la cabeza con el bordillo.

No sufrió. Eso fue lo único que sé de la muerte de Tomás.

Fue mi abuelo el que cogió el teléfono, que sonó a una hora tranquila, las cuatro de la tarde.

Pero mi madre nunca me habló de ese día y tampoco yo supe preguntarle, de manera que todo lo que enmarcaba la muerte de Tomás, los días siguientes a la noticia, su entierro, la vida de mi madre y mis abuelos después de su desaparición, se esfumó del relato. Quedó la felicidad añorada, pero sobre todo quedó una angustia familiar ante lo repentino, un temor que nos alcanzó a mi hermano y a mí, un recordatorio heredado de que la desgracia es a veces la factura que se esconde agazapada tras el exceso de felicidad.

Tomás permaneció en la memoria familiar como el recuerdo de la inocencia y la ternura, como aquel chico de pelo ensortijado que fue el primer amor de mi madre y multiplicó la felicidad de aquel matrimonio ya dichoso que eran mis abuelos.

Mi abuelo, que tampoco hablaba de la muerte de Tomás, me contó que nunca se había olvidado de sus compañeros desaparecidos. Sufrió de insomnio mucho tiempo y, cuando más tarde le pregunté si no había querido ir a algún sitio —dije sitio y no terapia— o a que le recetaran algo —y dije algo y no pastillas—, me respondió serio que eso significaría olvidarlos. Con el paso del tiempo fui entendiendo aquello que, en su parquedad, me contaba: que agarrarse a la tristeza y al dolor era una manera como otra de mostrar lealtad a los muertos.

Como si el dolor funcionara también como recompensa, una caja de oscuridad, pero un regalo al fin y al cabo.

Tomás no sufrió, así explicaban su muerte. Pero mi madre —mi madre enamorada, la vida por delante, la felicidad como esa proyección que es una suma de posibilidades, de París, de Barcelona— sí tuvo que sufrir. O lo imagino yo.

Y llegó un momento en que quizás dejó de hacerlo, o lo olvidó, o decidió ponerlo —al sufrimiento, al dolor— en algún lugar donde no se tropezara continuamente con él. Una vieja maleta donde también guardó un vestido verde, los botones dorados descascarillados ya, el plástico que asoma bajo el esmalte.

Cuando habían transcurrido unos meses desde el fallecimiento de Tomás, en esas compensaciones que a veces otorga la vida, se subió a un autobús, en el interior miró a un chico y el chico le devolvió la mirada. Tenía los ojos celestes.

Ya había perdido a alguien, pero ¿y si...?

Mis abuelos vendieron la casa de L'Ametlla de Mar y se compraron otra parcela, mucho menos luminosa, en la Costa Brava, donde mi hermano y yo pasamos nuestra infancia a la espera de un amor de verano que nunca llegó.

Aquel episodio aciago, el sinsentido de la muerte brutal de un chico joven, de un niño, se convirtió en una demoledora advertencia. No confíes demasiado en lo que tienes: por mucho que resplandezca, que sus destellos cegadores inunden la vida, la tuya, puede desaparecer de la noche a la mañana.

Nadie está a salvo del tiempo. Tampoco del abandono.

Y el poema de Adam Zagajewski termina así:

Seguía la guerra fría, los rusos ocuparon Praga.
Nos encontramos por primera vez ese año.
Solo la hierba, amarilla y cansada, era inmortal.
Murió Gombrowicz. Los americanos andaban por la Luna.
Tiempo, ten piedad. Destrucción, ten piedad.

Eran nadadores entre las estrellas, sus movimientos lentos, esas coreografías impuestas por la ausencia de gravedad, los convertían en una liturgia, como si estuvieran bendiciendo el aire o tratando de alcanzar algo invisible que se les resistía una y otra vez.

Habían ido lejos, más que cualquiera de nosotros, y acarreaban la maldición de no poder volver del todo, como si una parte de ellos mismos se hubiera extraviado al regreso y lo que volvía fuera un relieve, una copia defectuosa.

No recuerdo por qué me enamoré de ellos, a veces pienso que fue por esa lentitud, por esa manera de estar flotando sin estar. O quizás por aquello que intuía, por aquella solemnidad que desprendían encerrados en rígidos trajes blancos, saltando de un montículo a otro. Unos trajes herméticos que los aislaban aún más, bajo cientos de capas que no dejaban intuir la piel, la realidad.

Los había visto en unas imágenes que resultaban cómicas con el paso de los años, manejando aquel vehículo, el Lunar Roving, sobre el polvo del satélite. Pero en realidad no había paisaje que ver sino una oscuridad total, el firmamento convertido en un manto negro que enmarcaba el polvo duro y gris sobre el que se desplazaba el deslavazado y flamante coche con aquella antena dorada que simulaba un paraguas al revés. Una antena que hacía pensar en una suerte de Mary Poppins a punto de levantarse hacia el cielo, pero en qué dirección si todo era oscuridad.

Encontré en los astronautas un alivio. La prueba fehaciente de que había otros mundos. Mundos de los que no se terminaba de regresar del todo. Había visto documentales, películas, y existía algo desgarrador en la experiencia de aquellos pioneros que dejaron atrás a Amundsen y a Colón que me desarmaba. Regresaban, en apariencia alegres, confiados, triunfadores. Héroes. Pero había un velo que oscurecía sus semblantes en momentos en los que las cámaras los cogían desprevenidos, como si hubieran visto algo que no pudieran contar, y era eso, la incomunicabilidad, aquello que los encerraba en una escafandra para siempre, lo que me conmovía.

Después llegaban todos a sus casas, a sus familias añoradas, a sus jardines y piscinas, a ese sueño americano estereotipado hasta el último de sus componentes, pero faltaba algo. Todo cuanto pudieran hacer en la Tierra, cualquier intento de exploración, no pasaría de ser una pura redundancia. Después de haber viajado tan lejos, los posteriores destinos no serían más que sombras de un viaje que ya había terminado.

Contaron que era más difícil adaptarse a la Tierra que al espacio. Hubo anécdotas cómicas, de cómo, de manera inconsciente, a su regreso, empujaban una mesa para que se desplazara flotando o dejaban un objeto en el aire para que se sostuviera en una estantería invisible. Había que aprender a vivir en la gravedad porque aquí, en la Tierra, las cosas pesaban más.

De vuelta al mundo, fueron hombres perseguidos por la incapacidad de encontrar un significado, de descifrar aquello tan extraordinario que les había ocurrido. Y en esa búsqueda de sentido, algunos astronautas sufrieron cambios de personalidad no solo debido a la fama, como se quiso transmitir, sino que sintieron la llamada de la religión, del arte, de la defensa del medioambiente. Quizás fuera la epifanía que hallaron en aquellos viajes —no en cuanto a experiencia religiosa, sino como reorganización del pensamiento, un «ver más claro», o ver diferente— lo que les forzó a buscar otras experiencias. En última instancia, los primeros astronautas fueron hombres atrapados en la visión de la claridad, pero hombres que no podían volver ni encontraron las palabras para contar lo que habían visto y sentido.

Eran hombres que estaban solos.

A veces pensaba que una parte de mis padres, una parte que yo no conocía, se había extraviado en una larguísima misión espacial. Al regresar a la Tierra la gravedad les había pesado demasiado. Quizás fuera por la fuerza de la costumbre, las expectativas, el peso de los relojes dorados que se pierden con el tiempo. Por la hija que era yo.

Había en ambos, a pesar de su funcionalidad, de su apariencia de personas especialmente capacitadas para los ámbitos más prácticos de la vida, algo que no terminaba de estar presente, que estaba fuera de lugar.

Desde mi posición de hija no pude hacerles señales para que volvieran.

O podía hacerlas, pero no las hubieran distinguido, ocupados como estaban en una misión que yo desconocía. Quizás la misión era simplemente sobrevivir (pero a qué).

Toda historia de amor contiene dentro de sí misma la semilla de su destrucción y a veces esa semilla duerme por los siglos de los siglos en un coma profundo y casi irreversible. Pero otras, la semilla tímidamente se despereza sin dar el más mínimo indicio de que lo ha hecho. Porque, ¿dónde cabría cifrar el comienzo del declive de los imperios, el principio del fin de épocas doradas, de las grandes historias de amor?

La naturaleza del deseo, incluso del amor, es aleatoria, tosca, extraña. Errática. De tan básica sorprende, y por esa misma razón aterroriza: porque no es compleja, no necesita de demasiadas paráfrasis para explicarse. Basta con una sola palabra: ocurre.

Siempre están los que analizan lo básico y lo visten de palabras extranjeras, de términos ajenos a la mayoría de los mortales y complicada sintomatología. Incluso de esoterismo. Nos conocemos de una vida pasada, el *déjà vu*, las sincronías —ay, el pobre Carl Jung, lo mucho que hemos utilizado su nombre en vano—, la conexión espiritual, el magnetismo, compartir el mismo animal chamánico.

Los hay también que hablan del efecto halo, de que todo pasa por alguna razón. Lo cierto es que lo único que podemos saber es que ocurre y muchas veces, además, en el momento menos adecuado. Pero eso, depende de cómo transcurran las cosas, puede ser entendido también como una sincronía. Siempre se ha dicho que el ser humano es un incansable buscador de sentido, pero suele pasarse por alto un pequeño detalle: que solo va en busca del sentido que encaja en su relato.

Por ejemplo, esto ocurre en el interior de un autobús urbano de Barcelona que atraviesa el barrio del Guinardó. Mi madre y su mejor amiga, Ana, van agarradas a la barra central. El autobús está lleno, pero eso no les impide ver quién entra, y mi padre, que aún se llama Jaume y piensa que es demasiado joven para casi todo, se sube en la parada de la plaza Alfonso X el Sabio y las dos chicas cuchichean. Saben quién es. Él no se da cuenta de que están hablando de él. Es guapo, pero no creído. Las dos chicas, de diecinueve años, comentan que se parece a ese actor de Hollywood. No les sale el nombre, «pero sí, ya sé quién es», dice mi madre. Agarradas a la barra, van lanzando datos en susurros: saben cómo se llama y que es el hijo del encargado de la panadería del barrio. De vez en cuando pasan por la esquina de la calle Sardenya, donde está el obrador, y la recorren atravesando los cristales con la mirada. Jaume ayuda a su padre en el turno de tarde. A veces, Ana y Clara lo han visto con el delantal blanco, un poco de harina en el pelo, en las cejas. Por las pocas cosas que pueden inferir de su apariencia, convienen que es un buen chico, un chico trabajador, honesto, familiar. Pero dentro del autobús, donde todo es juego, posibilidad, hipótesis, juegan a mirar a Jaume, que ni se entera. Sin embargo, antes de bajarse en su parada, mi padre vuelve la mirada y ve por primera vez a mi madre. Ella le sonríe. Muerta de la vergüenza, con rubor en las mejillas, se lo dice a Ana: «Me ha visto».

A lo que le ocurrió a mi madre, en esa obsesión por hacer complejo lo simple, se lo ha bautizado como el efecto halo, que consiste en hacer una generalización errónea a partir de una sola característica o cualidad de un objeto o de una persona. Aplicamos ese sesgo muy a menudo, casi sin darnos cuenta. Lo hacemos cuando vemos, por ejemplo, a alguien atractivo y asumimos, a un nivel inconsciente, que también su personalidad nos resultará igual de agradable.

No sé si mi madre se enamoró en aquel instante, suponiendo que, como dicen las canciones, con una mirada baste. Más bien nació en ella esa posibilidad, la de atreverse a pensar en la hipótesis de un amor. Un amor de sustitución, que barriera el dolor y la advertencia.

De aquel trayecto en autobús nació, efectivamente, una historia que mi madre me resumió en dos minutos en las contadas ocasiones en que le pregunté siendo niña. A pesar de que no tuvo problemas en responder a las preguntas sobre mi padre, sí los tuvo en desmarcarse de las cuatro frases con las que resumía su vida con él, como si su historia pudiera explicarse en los puntos de una lista en una diapositiva de PowerPoint.

Ante la pregunta de cómo lo conoció o la de cómo fue su vida, recurría a la escena del autobús y después:

- Vivíamos cerca y nos habíamos cruzado por el barrio.
- Fuimos novios y viajábamos mucho.
- Íbamos a esquiar.
- Nos casamos.
- Me quedé embarazada, y como engordé y además me di un golpe en la ceja, conoció a otra.
- Le dije que se fuera.

Si en alguna ocasión yo trataba de desarrollar alguno de aquellos puntos, ella se zafaba, de manera que, en un hipotético examen, nunca hubiera podido pasar del cinco en la pregunta de cómo fue la relación de tus padres. Disponía de los titulares, pero eso no sirve para entender la historia.

A los titulares se suman unas postales que encontré un verano de mi juventud, mientras ayudaba a mi abuelo a barnizar la cómoda del recibidor de su casa. Antes de empezar la restauración, la vaciamos y estuvimos largo rato con algunos álbumes antiguos. En ellos aparecía a menudo mi caligrafía junto a la de mi abuelo, porque de niña, en mis pesquisas para encontrar vestigios de mis padres, me ofrecí interesadamente a ayudarle a ordenar todas las fotografías que vivían sueltas en cajas. No hallé nada, pero mi caligrafía redonda —«Vacaciones, julio 1960»— convive con la grafía picuda de mi abuelo —«Puigcerdá, el lago»—, y conforme pasaron los años empezó, en los álbumes y en el lenguaje escrito, la convivencia del español oficial de siempre con los primeros intentos de escribir en catalán: «*Turnarem aviat*», «*mol bunic*», y la lengua es increíblemente inocente, naif, no contiene aún el peso ni los condicionantes de la experiencia. Empezar a escribir un nuevo lenguaje es regresar a la infancia, tener menos recursos y que estos sean más puros. A veces, en los mensajes que me envían hoy mi madre o mi padre, en ese catalán que han aprendido a escribir de mayores, en los periódicos, descubro aún, en los clamorosos errores, la lengua de esos niños que debieron ser.

Encontré, entre todo aquello, además de los consabidos recordatorios de comuniones e invitaciones de boda amarillentas que ya había visto, y que fui separando en la pila de «Para tirar», cinco postales que mi madre y mi padre habían escrito a mis abuelos durante su relación, la prueba fehaciente, más allá de mi existencia, de que ellos también existieron. Y, consciente del poco aprecio que mi abuelo guardaba por cualquier cosa que le recordara a mi padre —lo constaté y sufrí a lo largo de mi infancia—, las guardé sin que él las viera y me las llevé conmigo.

Por las postales sé, por ejemplo, que estuvieron en Toledo. La postal de la calle Santa Isabel y la catedral.

¡Hola, papás! Como podéis ver por la postal hoy sábado estamos en Toledo, y nos está gustando mucho, es una ciudad como ya sabéis muy antigua, ahora nos vamos al Museo del Greco, y luego ya a Madrid. Estoy bien, pero ya se me acaban las vacaciones. Muchos besos. Hasta el lunes.

Clara y Jaume

El matasellos dice 7 de agosto de 1981 y el rey Juan Carlos I saluda de perfil en un sello de color burdeos de cinco pesetas.

Otra de las postales me llamó especialmente la atención, está escrita el 24 de febrero de 1981:

Hola, papás, ¿qué tal por Barcelona? Nosotros estamos bien pero con ganas de ver el sol, ya que hace tres días que no para de llover, o sea, nevar, pero aparte de esto estamos esquiando mucho. Besos. Hasta pronto.

Clara y Jaume

Dos sellos de tres pesetas y Juan Carlos I de perfil en el verde esmeralda de correos. Está escrita un día después del 23-F, pero, aunque parezca completamente inverosímil, mis padres no se enteraron. He escuchado tantas veces aquella pregunta, qué pensaste, dónde estabas cuando los tanques entraron en Valencia, cuando Tejero disparó en el Congreso de los Diputados, que me fascina pensar que mi familia ni se enteró, y creo que esa actitud resume un talante vital: vivir al margen de la realidad, ya sea política, económica, social o afectiva. Seguro que mi madre, de haberle preguntado por eso, se hubiera justificado diciéndome que no había internet, ni teléfono móvil, que era imposible que les llegaran las noticias y, de haberlo hecho, tampoco yo le hubiera respondido lo que pensaba, que en una casa en la que jamás se escuchó la radio o se compró un libro o un periódico, y casi ni se veía la televisión, aunque no hubieran estado en la nieve habrían tardado lo mismo. Del 23-F no se enteraron hasta tres días después, cuando regresaron a Barcelona. Y pensé que aquello definía perfectamente la actitud de mis padres no solo frente a los acontecimientos políticos, sino también con respecto a mi existencia. Aquella era también una opción de vida, un pasar de puntillas por los eventos que no consideraron del todo significativos. Como si su juventud aspirara a ser resumida por cualquier foto de Henri Lartigue, en ese simulacro de una vida que nunca es y donde lo malo pudiera quedar fuera de ángulo, y el dolor finalmente amortiguado en una estantería fuera de la vista.

Quizás el mundo se desmorone, pero mis padres sonríen ajenos, supongo, a todo lo que no cabe en el marco de la fotografía. Y lo que no cabe puede ser Tejero, pero también una hija.

Me guardé las demás postales, que cuentan parte de esa historia que ellos nunca me transmitieron. La del 4 de agosto de 1981:

> *¡Hola, papás! Estamos muy bien y muy morenos (casi quemados), de momento nos divertimos mucho, la gente es muy sociable y la nieve está casi como en invierno, lástima que todo sea muy caro. Bueno, aunque nos imaginamos que llegaremos nosotros antes que la postal, un fuerte beso.*
>
> *Jaume y Clara*

El matasellos dice *Tignes* y *Ski toute l'année sur La Grande Vallée* y en él hay un monte en forma de triángulo. Detrás brilla el sol.

> *¡Hola, papás! Estamos bien, pero con un calor prácticamente insoportable, 35 o 40 grados y 90 por ciento de humedad, pero bueno, es precioso, hemos ido al Jardín de las Rosas, que es donde se filmó la película* Emmanuelle, *y al Mercado Flotante. Igual nos vamos a Singapur. Bueno, muchos besos.*
>
> *Jaume y Clara*

En el sello, unas cascadas y un fondo verdísimo. En la postal, *The Nakaraj Barge in a Procession, Bangkok, Thailand.* Me llama la atención esa referencia a *Emmanuelle.* Mi recuerdo de la película no tiene tanto que ver con el erotismo como con ese sillón de mimbre blanco y su gran respaldo redondo trenzado. O con ese personaje inconsistente que es la propia protagonista que, aburrida, se busca amoríos constantes en un país exótico que puso de moda los viajes al lejano Oriente.

> *Querida familia:*
> *Por fin estamos en Bali. Hasta ahora el viaje no ha sido todo lo bonito que esperábamos, pero Bali sí justifica el haber llegado hasta aquí, pues es lo más precioso que hemos visto nunca. Afortunadamente hace menos calor que en Barcelona. ¡Hasta pronto!*
> *Jaume y Clara*

Esta es la única postal que escribe mi padre, y en ella se retrata un baile tradicional en Barong. Se nota que la escribe mi padre, además de por su caligrafía, por el comentario ligeramente negativo, que nunca hubiera incluido mi madre. El «no ha sido todo lo bonito que esperábamos» puede tener muchas interpretaciones, pero lo rebaja el «es lo más precioso que hemos visto nunca» e imagino que todo termina compensando.

Fue entonces cuando mi madre se quedó embarazada, y la imagen de esa última postal —ellos nunca volvieron a hacer un viaje juntos— muestra un monstruo enorme y peludo que está entregando una ofrenda, y la ofrenda es una mujer engalanada. Dos guardas lo custodian. En el matasellos, esta vez hay alguien que no sé quién es y la fecha es el 11 de agosto de 1983.

Cada uno de ellos, mi padre y mi madre, guardan fotos de su juventud. Mi madre se quedó con los álbumes, de los que arrancó aquellas en las que aparecía mi padre, de manera que, ahora, transitar por ese álbum es asistir a una historia en la que una mujer viaja sola por el mundo. En las páginas amarillentas aparecen rectángulos vacíos, blancos que cuentan la historia de una desaparición, de una pareja, de una persona.

Hasta donde yo sé, no hay rastro de las fotos en las que están juntos, imagino que las tiraron, de modo que parece que se hayan pasado la vida solos. Sospecho que, en realidad, en ese álbum del viaje a Indonesia que recuerdo haber visto fue lo que les ocurrió. Que se fueron juntos y volvieron anticipándose a los clamorosos huecos del álbum, un viaje que «no ha sido todo lo bonito que esperábamos». Se perdieron en algún punto del recorrido, en algún punto de esas fotos descoloridas que ya no están y que quizás contarían las claves, eso tan importante para entender una historia: el porqué. Pero nadie sabe cuándo empieza a ser pareja una pareja. Y tampoco cuándo deja de ser pareja una pareja. No es, desde luego, en un trayecto de autobús. Quizás, al final, todo lo que podemos ver e intuir de principios y finales son solo destellos. De vida, de muerte. Es como una luz a la que nos aproximamos, aunque no podamos verla del todo. Quisiéramos tocarla, pero es el deseo de acercarnos lo que nos mantiene en pie. Nadie sabe cuándo el destello se apaga y si hay algo que podamos hacer, cambiarnos de lugar, movernos de sitio, para volver a verlo. A intuirlo al menos.

Ann Druyan fue la mujer que envió sus pensamientos y sentimientos en forma de onda al espacio. Corría el año 1977 y Carl Sagan y la NASA se obcecaron en la idea de que el ser humano dejara su huella más allá de la Tierra, en codificar una suerte de mensaje en una botella cósmica por si hubiese otra civilización capaz de entender nuestro lenguaje, cultura y pensamientos, idea que cristalizaría en los Discos de Oro de las Voyager.

El proyecto, una suerte de exposición itinerante por la galaxia orquestado por Carl Sagan, planeaba enviar un mensaje a los extraterrestres a bordo de las sondas Voyager 1 y Voyager 2. La misión consistía en ir más allá que cualquier nave espacial: sobrevolar Júpiter y Saturno, transmitiendo imágenes y datos a la Tierra. Luego, seguir hacia Neptuno y Urano antes de explorar los confines de nuestro sistema solar y finalmente llegar al espacio interestelar.

Pero ¿cómo contar lo que éramos? Comisariar la vida en la Tierra no fue tarea fácil, pero se intentó lanzar un disco que contuviera un registro visual y sonoro de sus rasgos más representativos. Como era de esperar, en el interior todo fueron risas, paisajes, folklore, idiomas diversos, no hubo ni un atisbo de dolor, ni de guerra ni de experimentos nucleares. Carl Sagan estaba convencido de que eso no podría entenderse, de que el dolor sería quizás amenazante y necesitaba de un contexto, no fuera que nuestros vecinos interpretaran aquellos discos como la muestra agresiva de un ataque.

La escritora Ann Druyan fue la encargada de crear la lista de reproducción de los Discos de Oro de las Voyager.

Se registraron, además, sus ondas cerebrales: le colocaron unos electrodos en la cabeza para que sus pensamientos más profundos pudieran viajar al cosmos.

Pero no podía tratarse de cualquier tipo de pensamiento, algo banal o cotidiano, de manera que Druyan pensó en prepararse un discurso, una especie de esquema mental con todos aquellos puntos que quería incorporar en esa meditación, algo así como los hits de la historia de la humanidad y la filosofía. Y, sin embargo, ya en el hospital, su cabeza conectada a electrodos, mientras se grababan todas sus ondas cerebrales —podemos suponer que en su discurso mental incluyó a Jesucristo y a Kant, la Ilustración y a Einstein—, hubo interferencias y se coló el recuerdo de una llamada telefónica reciente. En ella, Carl Sagan le había pedido matrimonio. Así fue como, al final, las emociones registradas en el electroencefalograma de las Voyager mezclan la *Crítica de la razón pura* y los pensamientos de una mujer enamorada en esa síntesis desordenada y caótica que es la vida.

Me emociona pensar que de todo lo que hay en las Voyager, en ese muestrario de cartón piedra de lo que nunca fue la Tierra, o no solo, lo más real es ese lapsus, los pensamientos de una mujer enamorada que viajan en una cápsula del tiempo que, ahora lo sabemos, nunca se encontrará.

Había algo cómico que contaba mi abuela paterna acerca de mi padre. Con solo cinco años, una de las frases que más repetía era: «Estoy cansado de la vida». Imagino que lo haría por imitación de lo que decían sus padres, pero el resultado era siempre el mismo: las risas de todo aquel que lo escuchaba. Era el pequeño de dos hermanos, el niño de ojos claros en este país nuestro donde esos rasgos son dignos de mención, de categoría. De su infancia permanecieron dos historias: su aversión por las sopas de ajo y el día que le pegó un chicle en la cabeza a la hermana de un amigo suyo.

Nunca se cansó de hablarme, cuando se lo pedía, de las sopas de ajo. Habían sido un alimento muy socorrido de la posguerra, pero en la infancia de mi padre, aquel plato, compuesto de restos de pan duro, agua, ajo, aceite y pimentón, obedecía ya no tanto a la necesidad sino a la propensión de su madre por el ajo. Mi padre remarcaba sobre todo la presencia del pan reblandecido, la miga disuelta en el caldo ya denso, con una textura más similar al puré que al consomé. La mueca de mi padre al contármelo era de verdadera repulsión. «Si no me terminaba el plato, volvía a aparecer para la cena, y para el desayuno». Solo en algunas ocasiones su abuelo Amador, padre de su madre, que vivía con ellos en casa, se apiadaba de él y era capaz de tirar los restos, o de comérselos él mismo. Pero no siempre tenía suerte, y aquella imagen, la de un padre pequeño, en miniatura, obligado en una cocina oscura a enfrentarse a la textura gelatinosa de aquel potaje, permanece en el tiempo, y de esa repulsión viene, quizás, la herencia de la hija, yo, que jamás he podido probar sin experimentar una arcada inmediata los cereales reblandecidos, picatostes en sopa de pescado, galletas maría doblándose por el peso de la leche hasta hundirse en el fondo de la taza. Fue, tal vez, solidaridad con aquel padre pequeño la manera de conservar una manía y afianzar una unión silenciosa e inútil que solo yo sostenía.

También me había llegado el recuerdo del primer amor de mi padre, la hermana mayor de su amigo Víctor, a la que, en un juego de niños —no sé qué juego de niños, eso era lo que me decía mi padre—, terminó pegándole un chicle en el pelo, y a la pobre niña le tuvieron que cortar sus trenzas larguísimas porque no había manera de desenredar aquel entuerto.

Aquella niña nunca le volvió a dirigir la palabra y su amor acabó el mismo día en que tuvo que cortarse el pelo cortísimo, casi como su hermano.

Sé poco más de su infancia, que le pegaban con la regla en los dedos, que los curas del colegio le daban capones, que cada año ganaba el concurso de cálculo matemático, que todos auguraron que aquel niño sería estudioso, médico, ingeniero, catedrático. Que no pasó una noche fuera de casa hasta que tuvo catorce años porque no quería separarse de su madre y de su abuelo Amador, a pesar de las sopas de ajo.

Por los pocos datos que tengo, me resulta extraño pensar en aquella muletilla de mi padre, que estaba cansado de la vida. Sabiéndose el preferido, el niño bonito, imagino que solo lo hacía por provocar las risas y el cariño de su familia. Hoy, en su estado de WhatsApp solo tiene una palabra: «Feliz».

A lo largo de aquellos primeros meses en que empecé a escribir esta historia, sin saber hacia dónde me llevaba, decidí entrevistar a mi familia. Entrevistar y familia son aquí dos términos muy generosos porque, aunque traté de hacer varias entrevistas, solo conseguí hablar con mi padre y con Clara. Mi madre se había desmarcado en el instante en que oyó la frase «nuestra historia» seguida de la hipótesis de poder escribir algo, de manera que me olvidé de ella. Además, tampoco tenía la sensación de que el peso de la historia recayera en su relato. Era mi padre el que se había marchado y entendía que ahí, en su ausencia, anidaba algo importante.

De las conversaciones que mantuve con mi padre y Clara fui quedándome con datos, fechas, anécdotas, pero gran parte de las preguntas que hubiera deseado hacer no resultaban fáciles, podían generar eso que yo rehuía constantemente: el conflicto. Así que simplemente evité plantearlas.

Mi padre aceptó participar en una entrevista con la condición de que le prometiera que no le haría determinadas preguntas a Clara, y me ceñí a sus reglas.

Podría haberle dicho que no tenía ningún sentido pactar omisiones, haberle rebatido su posición argumentando que me debía, después de tantos años, un ejercicio de honestidad real, sin cláusulas. Sin embargo, acepté lo que me ofrecía.

El día que quedamos salí más pronto de trabajar porque quería pasar por su pastelería favorita de Barcelona, esa que echaba tanto de menos en Madrid, para comprarle unos bocadillitos de jamón. Cuando llegó a casa, ya sentados los dos en el sofá, y yo desenvolví el paquete, me dijo consternado que menuda sosería, que teniendo en cuenta que también los había de pavo y manzana le parecía un desperdicio que hubiera comprado justamente esos. No dije nada, porque aquellos comentarios de mi padre me dejaban a menudo fuera de juego, como si habitáramos niveles de comunicación distintos y él no pudiera interpretar correctamente el mensaje de una hija a la que apenas veía pero que le compraba bocadillitos de jamón en su pastelería favorita. El detalle era lo que faltaba, el pavo y la manzana. Pero el detalle, según mi interpretación, consistía en haber ido a comprárselos.

Sentado en el sofá, mientras toqueteaba la campana de cristal que cubría una vela, tapándola y destapándola, después de decir que olía bien, empezó a hablar de cómo había conocido a mi madre.

—Es esa canción que empieza *«My first, my last, my everything»*. —Y tatareó los arreglos musicales del tema—. Será ese el título, ¿no? Bueno, pues esa. Me gustaba mucho Barry White. Me acerqué yo y le pregunté cómo se llamaba y me respondió. Clara. Pensé: qué nombre más feo. Es que me recuerda a la clara de huevo. Me dijo que también era de Barcelona, del mismo barrio, y me pareció una coincidencia.

El mes de julio de 1976 suena una canción de Barry White en una discoteca de Lloret de Mar llamada Revolution. Suena una canción y él no tarda ni unos segundos en reconocerla. Lleva unos Levi's acampanados, un polo amarillo. Fuma, a pesar de que no le guste el sabor, pero sí la autoridad que le da el Lucky Strike.

Era 1976 y sonaba *The Hustle* —*«do the hustle!»*—, pero también *Don't Go Breakin' My Heart* y quizás, imagino, *El jardín prohibido* —«lo siento mucho, la vida es así, no la he inventado yo»— o *Tú y yo*, de Cecilia —«si tengo el cuerpo roto y las esperanzas muertas»—. En fin, canciones que, como ahora, sirven para recordarnos que lo único importante es enamorarse, dejarse arrastrar por la pasión. Luego ya vendrá lo otro, el precio de comprar una educación sentimental que incluye cantarle a la desesperación y a la infidelidad, con el posterior ruego del perdón.

—Sí, al principio estaba enamorado. Claro, cómo no iba a estarlo.

Me miró raro, como si la pregunta no procediera.

Son fáciles los principios, llenos de primeras veces, pero luego ocurre que las historias se desdibujan y el olvido y la rutina empiezan a horadarlas.

Mi padre comenzó a trabajar en «El Banco», como se refería a la entidad en la que se había pasado toda la vida, desde los dieciséis años. Se decidió por la carrera de Derecho, aunque lo que hubiera querido hacer era Medicina, «pero eran muchos años y mucho sacrificio». Se convirtió así en la primera persona de su familia en estudiar en la universidad, aunque fuera la carrera equivocada. Para haber hecho Medicina tendría que haberse desplazado hasta la facultad de Bellaterra, y la pereza terminó decantando la balanza.

—Nos casamos porque ya lo teníamos todo. No, claro que no me hubiera gustado que tu madre tuviera amantes. No es que un hombre sea distinto a una mujer, pero a veces... un hombre es más, bueno, ya sabes.

Se casaron porque, contaba mi padre, lo tenían todo. Él entendía ese adverbio, todo, como una suma de juventud, belleza y un piso en propiedad. Casarse al final tampoco importaba tanto, porque solo era un paso más de lo que tocaba en esa liturgia marcada por generaciones anteriores.

—Te casabas por la fiesta, por los amigos. Y después, tienes que entender que yo venía de una casa en la que había visto que mi madre se aburría mucho con mi padre, así que me imaginaba que la vida era así. Aprendes de lo que ves en tu casa, ¿no? La verdad es que cuando viajábamos era más divertido, o cuando nos íbamos a hacer cosas con amigos.

Indonesia, Filipinas, Israel, Tailandia, China.

Fueron los primeros de la familia en viajar, en salir del país. Mis abuelos paternos no lo hacían jamás si no era para ir a Teruel, de donde eran originarios. Sospecho que en esa España aperturista de finales de los setenta mis padres encontraron en lo económico un factor de diferenciación que les permitía decir que ellos pertenecían a otra clase social que ponía fin a la escasez, a la monotonía, al aburrimiento.

—Bueno, no tomábamos precauciones. Y a mí no me importaba tener o no hijos. Era lo que se esperaba.

En febrero de 1984 mi madre estaba embarazada de casi siete meses y mi padre se fue con unos amigos a Londres, ciudad donde conoció a la segunda Clara. En las fotos de ese viaje, mi padre está bronceado, como si más que en Londres estuviera en la nieve, y lleva una chaqueta de piel marrón. Se parece a aquel actor, aquel actor de cuyo nombre mi madre no se acordó en el autobús que atravesaba el Guinardó.

—A veces suceden cosas importantes, solo que como no las estás esperando no sabes que han ocurrido —sentenció—. ¿Enamorado? No sé. ¿A quién te refieres?

Se ha escrito mucho sobre el abandono y la ruptura, pero no sabemos qué material cose el desenamoramiento, dónde se produce la grieta o cuándo empieza ese proceso de desmembración interna. Quizás sea siempre eso, que si no estamos nunca presentes en nuestros propios inicios, tampoco somos capaces de arrojar luz sobre los finales. Entonces, ¿qué es desenamorarse? Fue tal vez el día que no hubo tanta conversación en el restaurante, aquella mañana, en casa, aburridos. El preferir estar con gente en una barbacoa. ¿El hastío? La vergüenza ajena de escuchar esos argumentos mal contrastados y repetidos mil veces ya. La manía de recoger la mesa antes de que el otro haya terminado de comer. Que la incapacidad para pronunciar correctamente el nombre de esa ciudad extranjera ya no sea graciosa sino irritante. Que las complejidades del otro dejen de resultar complejas para resultar simplemente latosas, carentes de interés.

—Y entonces yo nací..., y tú... ¿ya no estabas ahí?

—¿Qué quieres decir? Claro que estaba ahí.

—Nunca he visto fotos. Entiendo que alguna deberíamos tener tú y yo juntos. O con mi madre. Los tres. Solo vi la foto de casa de Charly.

Se quedó pensativo y echó la cabeza hacia atrás, mirando las vigas de madera del techo. Como si de su visión pudiera obtener alguna clave.

—Ahí tienes razón. No sé qué pasó con esas fotos. En algún lugar estarán... Tu madre las debió de tirar. O tu abuelo. Pero seguro que alguna queda.

—Ya, pero yo nunca las he visto.

Se encogió de hombros.

—Pero ¿tú estabas en casa? —insistí—. Bueno, más que en presencia, me refiero a estar... estando.

Me miró de nuevo como si le hablara en otro idioma.

—Tampoco tengo muchos recuerdos de esa época.

—¿De cuando nací?

—Sí, del final.

—Te refieres a cuando te fuiste.

Asintió. Del final, de mi nacimiento, como si empezara una vida que sentenciaba otra.

Quise decirle a mi padre que sabemos lo que es una mujer abandonada porque cuando Teseo conoció a Ariadna, la hija del rey Minos, se enamoró perdidamente. Y ella también de él. Cuando supo que Teseo deseaba matar al Minotauro, perdido en ese laberinto de una única salida, decidió ayudarle para que pudiera, en caso de que lograra su propósito, huir del enmarañado lugar. Le entregó un ovillo de hilo de oro a Teseo, que se enfrentó al monstruo hasta que el Minotauro murió, y después, siguiendo el hilo de su amada, encontró la salida. Quizás, aunque seguí sin decir en alto ninguno de aquellos pensamientos, el mensaje estaba claro: el amor era un sacrificio que podía encerrar un camino con salida siempre y cuando alguien fuera el guía, y ese alguien era uno de los integrantes de la pareja. Después de la victoria, Teseo, junto a Ariadna y los jóvenes que lo habían acompañado en su gesta, partió de regreso a Atenas, con tan mala fortuna que una gran tormenta los sorprendió en medio del viaje y tuvieron que detenerse en la isla de Naxos.

Y, recapitulando, claro que sabemos qué es el amor porque el amor salvó a Teseo, pero no sabemos del desamor porque solo vimos a Ariadna abandonada a su suerte, en la isla de Naxos, y ni siquiera nos llegó una versión, una explicación, que aclarara por qué le había ocurrido aquello. Teseo la abandonó sin motivo aparente: estaba indispuesta, o dormida, o él se había enamorado de otra mujer, o Teseo se olvidó de que ella aún estaba en tierra y el barco zarpó mientras aquella que lo había salvado del Minotauro y del laberinto dormía ajena a lo que le estaba sucediendo.

Lo cierto es que el barco se fue.

Hemos visto a Ariadna inmortalizada en pinturas como la de *Ariadna abandonada por Teseo*, de la artista Angelica Kauffmann, que data de 1774, pero no hemos visto qué es desenamorarse, y en qué momento, convertida en un paraguas desvarillado, alguien la olvidó en una isla. En el lienzo, la pose de Ariadna es hipnótica: con el brazo izquierdo se cubre apenas el rostro, extiende el derecho como si quisiera detener algo. Pero no detiene nada, es un gesto metafórico de hartazgo y de silencio con el que, si pudiera hablar, esta mujer eternamente atrapada en un lienzo diría tan solo: vete, déjame. Hasta aquí.

Confundimos el desenamoramiento con el abandono porque solo hemos visto imágenes de lo segundo. Seguimos sin saber qué significa dejar de estar enamorado y por eso nos aterra que nos pueda ocurrir. Tememos el abandono. Pero tememos sobre todo la pérdida de control.

No le dije a mi padre ni una palabra sobre Ariadna y Teseo porque se había quedado en silencio, embelesado con las vigas de madera hasta que regresó.

—¿Quieres saber algo más? —me dijo.

Entonces cogió uno de los bocadillitos y lo volvió a repetir:

—Hija, qué soso. Es que no le han puesto ni un poco de aceite al pan.

Otro acercamiento a lo que le ocurrió a mi madre me lo ofreció una desconocida. Una astróloga a la que le advertí nada más entrar en su despacho que yo no creía en «esas cosas», y que estaba allí solo porque una buena amiga me había regalado una carta astral con ella.

—Pero también podrías no haber utilizado el regalo —me dijo irónica. Y tenía razón.

—La carta astral es un mapa del cielo en el momento en que naciste —empezó—. Hay mapas que no vemos y nos condicionan. Porque el cielo posee una geometría particular que uno atraviesa, y se hace carne y experiencia en el momento de llegar al mundo. Yo puedo hablar de clima, de coordenadas, de paisajes. Sin embargo, eres tú el puente entre lo abstracto y cómo lo vives en tu particularidad.

Confundida, sin entender casi nada de aquella jerga, fui anotando datos que me resultaron curiosos.

Datos como que el signo lunar cuenta cómo somos en un nivel emocional y afectivo. Que yo tenía un ascendente ariano.

—Lo complejo —repitió varias veces— es que la zona ariana se puede volver un lugar de refugio inconsciente. Lo lunar tiene que ver con cómo nos nutrimos afectivamente. Y nos nutrimos del mismo modo en que el niño que fuimos aprendió a sentirse seguro.

También anoté qué significaba tener un ascendente en capricornio y que la hiperexigencia es una forma como otra de resecamiento.

Que cuando yo estaba naciendo Júpiter se elevó sobre el firmamento, y que Júpiter es el planeta de la expansión, de cruzar fronteras concretas, de la búsqueda de sentido de la existencia. Y que, por eso, yo iba a envejecer buscando.

—Eres la que busca —dijo.

Pero, por otro lado, también dijo:

—¿Le ocurrió algo a tu madre antes de que llegaras al mundo? Porque hay memorias intrauterinas, de los primeros meses de vida, en donde no era una opción relajarse y confiar, en donde lo seguro era estar alerta y pelear. O resistir. Y esto no tiene que ver contigo. Es como si algún elemento que tuviera que estar en la vida de tu madre se hubiera marchado... ¿Relacionas algo de todo esto con tu vida?

Le respondí que no sabía.

—Lo lunar tiene que ver con el linaje materno —volvió—. ¿Y no puede ser que ocurriera algo en generaciones anteriores?

—Nunca me lo ha contado —dije.

—Sea como fuera, existe un legado transgeneracional de la alerta, de la defensa, que te alcanza. Como si hubieras aprendido que estar en casa significa estar alerta. Estás ahí, encerrada. Tu madre también.

Al final de la sesión, le agradecí la lectura y no sé por qué razón no quise decirle lo mucho que coincidían algunas de sus afirmaciones con mi vida o con la de mi madre. Me enfadó que lo hubiera adivinado, que lo hubiera leído en aquella carta llena de símbolos extraños que yo no podía descifrar. Me enfadó que una astróloga —sobre todo porque yo no creo en esas cosas— hubiera podido adentrarse en nuestra intimidad y tuviera muchos más detalles y conocimiento sobre el embarazo de mi madre y de lo que ocurrió a lo largo de aquellos meses, después de que un blastocisto lograra implantarse en su endometrio.

Las pocas veces que siendo niña me atreví a preguntarle a mi madre por la historia de su separación, por las razones que los llevaron al divorcio, un par de frases atropelladas fueron lo único que obtuve, todo lo que logré conocer. Existían dos motivos por los que mi padre se había ido, y ambos estaban relacionados con la apariencia, con el físico.

Primer argumento: «Pues es que como yo estaba embarazada y gorda, tu padre se fijó en otra mujer».

Segundo argumento: «Cuando ya estaba de siete meses te pinté la habitación de color amarillo, me di un golpe con el canto del armario y me abrí la ceja. Cuatro puntos tuvieron que darme, así que imagínate. El ojo hinchado, yo gorda...».

Normalmente, después de estos dos argumentos llegaba la reafirmación final, el colofón: «Y además, como también se llamaba Clara él no tenía que preocuparse por equivocarse de nombre». Reafirmación que apuntalaba aquella vagancia fundamental que debía de habitar en mi padre, que confundía mujeres, una detrás de otra.

El mensaje que sedimentó en mí a lo largo de los años fue otra advertencia escrita en neones estridentes: cuida de tu aspecto, porque al mínimo desliz pueden abandonarte. Ojo con las puertas, los armarios, las heridas, los embarazos, los kilos de más, porque lo único que te salva del abandono es el buen aspecto, sin él no puedes estar segura en ningún lugar. Porque a lo que las mujeres aspiramos es a eso mismo: a tener buen aspecto.

Aquella argumentación me había parecido, al menos a lo largo de mi infancia y adolescencia, de lo más sólida y racional. Era obvio que nadie te iba a querer si tenías un ojo hinchado o estabas gorda.

Sin embargo, en la explicación de por qué mi padre se había ido con otra mujer se escondía ese rasgo tan característico de mi madre, el control de la narrativa. Si te dejan porque has ganado peso en un embarazo, en realidad te dejan por algo que escapa a tu control. No depende de ti, lo cual es, francamente, un alivio. Peor sería que te dejaran por ser aburrida.

Tardé tiempo en verbalizar el nexo implícito que existía entre aquel sobrepeso y mi nacimiento. Si mi padre se había marchado porque mi madre estaba gorda debido a un embarazo, la causante de todo aquello, en definitiva, era yo.

Embarazada de siete meses, gorda y con una ceja hinchada y cosida de puntos, mi padre se fue un fin de semana a Londres con unos amigos y allí conoció a Clara, y «como yo estaba gorda...». Vuelta al inicio.

«Pero ¿y por qué decidisteis tener un hijo?», le pregunté a mi madre en una ocasión. Entonces, ella colocó la existencia fuera del tiempo, *«jo et volia a tu»*, algo que me tranquilizaba, porque mi madre certificaba que cuando yo todavía no existía, alguien me pensaba, como si pudiera desearse lo que aún no se conoce.

De manera que mi madre elevó mi existencia más allá de las leyes materiales que mueven el mundo.

Me hizo existir con su deseo, con su pensamiento.

Abracadabra.

Existe un episodio en el que se ancla esta historia.

Ocurre el 16 de febrero de 1984. Un grupo de amigos —Jaume, Leandro y Manu— se marcha en un vuelo regular de la compañía British Airways que cubre el trayecto Madrid-Londres. El logo de la compañía era entonces una inscripción moderna y punzante en gris, colocada sobre una línea roja que se curvaba como una flecha a su derecha que recibió el nombre de «Speedwing» y se convirtió en una parte esencial de la identidad visual de la empresa durante más de diez años, como representación de la velocidad, el poder y la libertad.

Pero estoy hablando del logo, que estrenaron justo ese año, 1984, y mantuvieron hasta 1997, porque es una de las únicas certezas que tengo.

En Londres, este grupo de amigos, españoles que chapurrean un inglés que han aprendido en las canciones de Elton John, visitan el Big Ben y Buckingham Palace y pasean por el Támesis. Rellenan los *ticks* del *checklist* londinense «porque Manu nunca había estado en Londres», contaba mi padre.

Terminan en un pub llamado The World's End, en Candem, un lugar en el que ninguno de ellos habría entrado si no fuera porque Manu necesita con urgencia cambiarse de calzado. Coqueto como es, el mejor amigo de mi padre se ha comprado unos zapatos y, sobre la marcha, los ha querido estrenar, con un resultado desastroso. Arrastra ahora los pies por la ciudad, el talón lleno de rozaduras que están ya en carne viva.

Son las siete y media de la tarde y tres españoles entran en un bar. Parece el principio de un chiste. Y en la barra central, dos mujeres, también españolas, miran divertidas el espectáculo: las quejas, el hombre sentado en el taburete, descalzo, los talones enrojecidos, llagados.

Quizás vuelva a sonar Barry White. Quién sabe. Aunque no es probable que suene «*Can't get enough. Can't get enough of your love, babe*».

Las dos mujeres, también españolas, se acercan.

—Tenemos tiritas, ¿queréis? —dice una de ellas, la más alta, que se llama Leticia. Y les alcanza una caja de cartón que Manu recibe como si fuera un milagro.

La otra, más tímida, se presenta también.

—Me llamo Clara —dice.

Mi padre la mira divertido.

—¿Qué? —le dice ella inquieta.

—Nada, nada.

Solo más tarde, cuando ya se han tomado unas cuantas cervezas y el pub está abarrotado, ella se atreve a preguntarle por qué la ha mirado tan extrañado cuando le ha dicho cómo se llamaba, y a él no le queda más remedio que responderle:

—Es que me parece un nombre tan feo...

Y no dice, claro, «ya tengo una mujer que se llama así».

Quizás mi padre se haya enamorado, tampoco sé si él lo sabe ya o es de esas intuiciones que se sedimentan con el tiempo.

Enamorarse para mi padre significa, por lo que sé, no estar aburrido, la novedad, el deseo de volver a viajar, no tener una hija. La vida que no tuvieron sus padres. Las antípodas de la resignación.

En 1984 habitan el mundo 4.756 millones de personas. Tres de esas personas están solas, padeciendo una soledad distinta, en un mes inconcreto de principios de ese año. El dato, comparado con el total, es claramente insignificante, irrelevante.

Mi madre, que sabe que ha perdido a un marido mientras espera a una niña a la que ha hecho existir con su pensamiento.

Mi padre, esperando a una niña que no ha pedido, enamorado de una mujer que no es su mujer.

Clara, sola en su ciudad, enamorada de un hombre que no sabe de quién o de qué está enamorado.

Todos están solos.

Qué son tres personas sino una muesca infinitesimal y completamente imperceptible. No son nada.

Y, sin embargo, es ahí, de esas tres soledades encadenadas, de donde sale una historia.

Clara se sentó delante de mí y el sillón orejero, tapizado de terciopelo gris, cubría por entero su cabeza rubia y pequeña, tan parecida a la de mi hermana Inés. Llegó con prisas, pensando que era más tarde, pero la tranquilicé diciendo que no pasaba nada, que aún quedaban un par de horas hasta que ella tuviera que irse a la estación para coger el tren de regreso a Madrid. Nunca habíamos quedado las dos sin mi padre porque nuestra relación estaba mediada por él, de manera que nos resultaba extraño estar ahí, en aquella coctelería un poco oscura para las seis de la tarde. La miraba, perdida en aquel sillón que parecía abrazarla, inquieta, sin saber qué pedir mientras echaba un vistazo al menú.

—¿Con qué vas? —me preguntó. Le señalé la copa, un vino blanco, y ella terminó pidiendo lo mismo antes de que empezara la conversación, que dudo que durara más de dos minutos.

Cuando le pregunté por cómo había conocido a mi padre me dijo que se habían cruzado en una fiesta de cumpleaños, en Barcelona, después de que él y mi madre se hubieran separado ya.

—Era el cumpleaños de mi amiga Lola, ¿sabes quién es? Bueno, pues ella me presentó a tu padre, que se acababa de separar, porque yo nunca me hubiera metido en medio de una familia. Y pasó el tiempo, nos hicimos amigos y ya sabes cómo va eso, luego empezamos a gustarnos y un día te conocí a ti. Y a tus tíos... y a tus abuelos. Pero fue difícil, con una niña tan pequeña..., y eso que estaba separado.

Me quedé sin palabras ante frases como «Y pasó el tiempo, nos hicimos amigos», que bien podrían haber servido para una sinopsis en el periódico de una película de sesión de tarde, como resumen de una historia y sus detalles casi sin respirar, sin pausa, todo encadenado en un párrafo.

—Pero ¿no os habíais conocido en Londres, en un viaje que hizo papá con unos amigos, con Manu, y tú estabas ahí con Leticia?

Me miró extrañadísima, como si no lograra entender de dónde había podido sacar una idea tan descabellada.

—¿En Londres? Yo nunca he estado en Londres con tu padre, de escala en el aeropuerto sí, pero vaya, también es casualidad, con la de sitios en los que hemos estado, pero no, nunca ahí. Tampoco te creas que me llama demasiado la atención.

—¿El qué?

—Londres, digo, que no es una ciudad que me llame mucho la atención.

Me quedé unos segundos sin reaccionar. No supe responderle que mi padre me lo había contado no en una sino en varias ocasiones, que incluso sabía que ese día en que se conocieron ella llevaba un paraguas amarillo que olvidó en el bar. Sobre todo, no supe decirle que no estaba ahí para juzgarla, sino que simplemente quería saber qué pensó la primera vez que vio a mi padre.

—Estoy escribiendo una historia sobre mi familia —le dije.

—Siempre le digo a tu padre que tiene una conversación pendiente contigo. Pero, por mi lado, cuenta conmigo. ¿Qué es lo que me querías preguntar? Lo que sí recuerdo es haberme sentido muy sola, aquí, en Barcelona, sin conocer a nadie, en una familia extraña. No lo sé... ¿Qué es lo que me querías preguntar?

—Esto era lo que quería saber: si no lo conociste en Londres, ya no necesito nada más —le dije.

Se quedó callada y comprendió perfectamente lo que le estaba diciendo, pero fue lo más honesto que encontré entre todas las explicaciones que podría haber inventado, como fue honesto por su parte no insistir. Así, pronto nos dedicamos al vino y dejé que me contara que, aunque era aún confidencial —«No lo sabe ni tu padre»—, le habían propuesto encargarse de la apertura de una nueva sede de «La Empresa» —como se refería a la farmacéutica en la que llevaba toda la vida trabajando— en Edimburgo.

—Y como tu padre estará ya jubilado en un par de meses y siempre ha querido aprender inglés bien, he pensado que podríamos irnos unos añitos allí, y así estamos más cerca de Inés.

Le di la enhorabuena.

—Pero aún no se lo digas a tu padre, que quiero que se confirme.

Y para celebrarlo brindamos y nos olvidamos de este libro.

Al hablar de la conquista lunar, el 20 de julio de 1969, se suele pensar más en Neil Armstrong y Buzz Aldrin, que fueron los que efectivamente pisaron la Luna, que en Michael Collins, que fue quien se quedó en la nave.

El aterrizaje del Apolo 11 fue difícil. Antes de poner un pie fuera, Armstrong se detiene para observar el paisaje bajo la atenta mirada de seiscientos millones de personas. Adelanta el pie izquierdo y lo clava en el polvo lunar. Después del primer paso, recoge una piedra y la guarda en el bolsillo de su traje espacial.

No estaba previsto que el encargado de andar por primera vez en el Mar de la Tranquilidad fuera Armstrong. El honor le correspondía a Buzz Aldrin porque, según la tradición naval, el comandante, Armstrong en ese caso, debía ser el último en abandonar la nave. La NASA, sin embargo, justificó aquel cambio diciendo que físicamente resultaba más fácil para Armstrong salir el primero del módulo lunar.

Tiempo más tarde se supo que la NASA, consciente de la popularidad que envolvería al que fuera el primero, creyó que era mejor que la distinción recayera sobre alguien de carácter más estable, no como Aldrin, que era demasiado sensible, demasiado emocional.

Yo siempre pensé más en Collins, dentro de la nave, sin verlos, orbitando en soledad, entregado a todos sus miedos. ¿Y si no volvían? ¿Y si se habían perdido? ¿Y si se quedaba toda la vida ahí, solo, inaccesible, dando vueltas alrededor de la Luna?

¿Existes si nadie te recuerda?

Los medios de comunicación que retransmitieron el alunizaje hablaban de Mike Collins como el hombre más solitario del mundo. Luego, en entrevistas, afirmó sentirse parte de lo que ocurría en la Luna, aunque no negó cierta soledad. Qué vas a decir, claro, ¿que te sentiste el tipo más miserable de la Tierra?

Cuando orbitaba la cara oculta de la Luna, un trayecto de cuarenta y siete minutos, el satélite se interponía entre la nave y la Tierra, de manera que obstaculizaba el paso de las ondas radiofónicas. Fueron intervalos en los que Mike Collins perdió la comunicación tanto con el centro de control en Houston como con Armstrong y Aldrin, que seguían explorando la superficie lunar. Los controladores de la NASA tuvieron la osadía de decir: «Desde Adán no ha habido ningún ser humano que haya conocido tanta soledad como Mike Collins durante cuarenta y siete minutos». Porque pocas cosas se han romantizado tanto como la soledad.

Bien pensado, quizás fue no poner un pie en la Luna lo que salvó la vida de Collins.

Tras su regreso del espacio, Aldrin luchó contra la depresión y la adicción al alcohol. En la década de los setenta pasó por dos divorcios, perdió su fortuna y terminó trabajando en un concesionario de Cadillac en Beverly Hills. Por su lado, Armstrong nunca se acostumbró a la fama. Se retiró de la NASA un año después de la misión Apolo 11 y se convirtió en profesor de la Universidad de Cincinnati. Su matrimonio se desmoronó después de que se refugiara en el trabajo tras la muerte de su hija, según contó su biógrafo.

Michael Collins, sin embargo, no solo sobrevivió al Apolo 11, sino también a la fama que le siguió. Tal vez fue justamente el hecho de perderse el paseo por la Luna lo que lo salvó del siniestro destino de sus dos compañeros, que, de algún modo, nunca pudieron regresar del todo de aquel viaje.

Lo había salvado la soledad.

Queda un único tiovivo en las calles de Barcelona, el de la plaza Alfonso X el Sabio. Entre sus figuras, a cuyas barras de aluminio se agarran los niños desde hace cuarenta años, se cuentan caballitos de madera, un coche de bomberos, un autobús en miniatura y una taza de chocolate que da vueltas sobre la base en un doble giro, el giro dentro del giro.

Hace unos años, cuando se reformó la plaza, los vecinos del barrio temieron que las obras resultaran en una explanada moderna, pero sin ese viejo tiovivo que durante décadas había dado vueltas a la sombra del viaducto del Guinardó. A lo largo de aquellos meses, el tiovivo desapareció, e imagino que las figuras se esfumaron amontonadas en un remolque oscuro y quién sabe dónde vivieron, en la más absoluta quietud, durante todo aquel tiempo.

Finalmente, el tiovivo volvió, aunque remodelado. Hoy, expuesto a las asperezas de la intemperie, sobrevive y, al caer la tarde, sus luces de colores relampaguean e hipnotizan a esos niños que se agarran a la barra, conectados a través de huellas invisibles en el aluminio a los que fuimos niños treinta años atrás.

Cuando era pequeña, mi padre y mi madre me llevaban hasta ahí. Ya se habían separado, de manera que iba con uno de ellos cada vez. Misteriosamente, como si solo ellos fueran capaces de ver una marca invisible en el suelo, se situaban exactamente en el mismo lugar. Pegados a la fuente, de brazos cruzados.

Mareada, a los mandos de una taza de chocolate que giraba y giraba, yo los buscaba inquieta. Una y otra vez los veía aparecer y, de repente, los perdía.

A cada vuelta del tiovivo, llegaban de nuevo la fuente y mi padre y mi madre, sus manos diciendo adiós, transformados en pequeñas figuras que se despiden a través de los años. Ya de adulta, cogí la costumbre de ir paseando hasta el tiovivo una vez al año.

Entonces ya era yo la que miraba a los niños, que giraban rodeados de padres cansados, y, aunque no los conociera, sentía el impulso de agitar la mano, de decirles que los veía, que los estaba observando. Que no estaban solos y que yo no me iba a mover de ahí.

Mis padres se separaron el 28 de enero de 1986, fecha que coincidió con el aciago día en que el transbordador Challenger estalló en pedazos bajo la mirada atenta de millones de personas, que asistieron horrorizadas al final de un sueño.

Digo que se separaron y no que se divorciaron porque eso llegó después. Tuvieron una conversación que, según mi madre (a), mucho más dispuesta a indagar en el final que en el principio, sucedió de una manera y, según mi padre (b), de otra:

a) —¿La vas a dejar de ver?
—Ya no la veo.
—Pues ahora vas y te casas con ella.

b) —¿Vas a cambiar?
—No sé si podré.

(Según la otra Clara (c), no hubo conversación porque no hubo Londres ni principio, de manera que para ella ninguna de estas opciones es más que una invención).

Pero según la opción b, mi padre llamó a su amigo Manu para que lo acogiera y se marchó de casa a las 16:39. No sé qué hizo mi madre durante las horas que pasaron desde la conversación hasta la marcha de su aún marido. Según me consta, habían vivido todos esos años en el mismo piso sin dejar la relación en ningún momento, sin aquella antesala de las rupturas que suponía el «darse un tiempo» para pensar las cosas.

Pero «tu padre cada vez estaba menos en casa», dijo mi madre, y mi padre la contradijo: «Yo dejé de ver a Clara, así que estaba siempre en casa». Sin embargo, mi madre lo intuyó desde el principio: sabía que mi padre estaba con otra persona.

De niña me intrigaba aquello de cómo alguien sabe que su marido no está. Es decir, me intrigaba porque aún no podía comprender qué significaba aquello de no estar pero seguir estando. De estar sin estar. «Qué quieres decir», le preguntaba a mi madre. «Pues que no tenía ganas de estar con nosotras. Que siempre llegaba tarde a casa o tenía que quedarse en El Banco trabajando». De manera que otra advertencia con la que crecí, además de que en la vida había que ser guapa y delgada o el temor ante la fatalidad de los imprevistos, fue la de aprender a discernir cuándo la gente está sin estar. Entendí que era necesario permanecer alerta ante quien llega tarde o tiene mucho trabajo, porque puede ser mentira.

Haciendo los cálculos, desde la fecha del viaje a Londres mi madre pasó más de seiscientos días viviendo con un hombre enamorado de otra mujer. Yo no sé calibrar ese dolor; del uno al diez, imagino que es un nueve. Porque el final de un amor se parece a la muerte, y supongo que a esa puntuación tan alta, nueve sobre diez, se le añade el agravante de no saber cuándo la vida que conocías empezó a estar cosida de fingimientos, en qué momento Teseo empezó a pensar en zarpar para comenzar otra vida en la que no había lugar para ti.

Imposible averiguar qué ocurrió a lo largo de los primeros meses de mi vida. Es un vacío. Mi madre me lo definió como una especie de largo y soporífero tedio en el que mi padre se veía forzado a volver a casa a ver a dos personas a las que ya no quería porque estaba enamorado de otra (porque mi madre había estado gorda y, por ello, menos guapa).

No sé ni sabré nunca cómo en enero de 1986 mi madre le dijo a mi padre que se fuera de casa, a pesar de que él le había respondido: «Ahora ya no nos vemos».

Me inquieta la hora de salida de casa, las 16:39 en la exactitud del reloj Casio digital de mi padre, que alternaba con el dorado de la fotografía. Me inquieta esa precisión, pero así de caprichosa es la memoria, que puede olvidarse de los motivos de una marcha pero no de la hora exacta en que sucedió.

No sé si la conversación se alargó días, si hubo amagos de partida o negociaciones, reproches, estrategias de refundación de un matrimonio agonizante. Ellos, los protagonistas, parecen haberlo olvidado, pero las agonías certificadas me angustian terriblemente, como si algo de aquellos días se hubiera quedado dentro de mí, eternamente muda ante la pregunta de qué hace uno con el cadáver que ya se intuye, con los últimos estertores de una realidad moribunda.

El transbordador Challenger se desintegró a los setenta y tres segundos del lanzamiento de la misión STS-51-L debido, según dijo la NASA, a un fallo en uno de los motores de propulsión.

El accidente pudo haberse evitado porque poco antes del lanzamiento varios ingenieros advirtieron de la posibilidad inminente de un fallo catastrófico en los cohetes de combustible sólido.

No fue así. Fue por las prisas, las presiones económicas, la credibilidad política, una suma de factores a los que se añadió el definitivo: la sensación de que no podían ya perder más tiempo ni continuar jugando con las ilusiones de la gente o los tripulantes.

Además, la tragedia no se limitó a la destrucción de aquel sueño dorado: lo fatídico fue su retransmisión en directo.

Como el programa espacial estadounidense no pasaba por su mejor momento, la NASA requería de un impacto extra para que la gente se interesara por el despegue del

Challenger. Su intención era humanizar el espacio y que aquel evento volviera a despertar la curiosidad de miles de telespectadores, como había sucedido con el primer alunizaje en 1969. Pensando en la manera de conseguirlo dieron con el programa perfecto: el Teachers in Space, ideado por Ronald Reagan. Consistía en enviar al primer civil al espacio, pero no a cualquiera, sino a un maestro que, una vez en órbita, pudiera impartir clases a millones de alumnos que, desde la Tierra, seguirían sus lecciones.

Ahí fue donde entró Christa McAuliffe, una mujer inteligente, afable, luminosa, que aparece sonriente en todas las fotografías, profesora de un instituto de New Hampshire y que desde niña deseaba formar parte de un viaje espacial. En 1981, Christa McAuliffe, seleccionada entre once mil personas, se convirtió en toda una celebridad. Su imagen, en formato póster, llegó a todas las aulas del país.

Lo bautizaron como Challenger en homenaje a la fragata británica que inició la exploración de los océanos alrededor de 1870. La nave parecía tan segura que algunos técnicos de la NASA la compararon con el Titanic, sin caer, quizás, en que aquella no era la más afortunada de las asociaciones.

El Challenger fue el vuelo más esperado desde el primer alunizaje. A las 11:29 del 28 de enero de 1986, una mañana que había amanecido inusualmente fría en Florida, empezó la cuenta regresiva para el transbordador y sus siete tripulantes. Cerca del lugar del despegue, Cabo Cañaveral, la NASA había convocado a las familias de los astronautas, a los padres de Christa, a su marido, a sus dos hijos y a un grupo inmenso de estudiantes de New Hampshire.

Millones de niños corearon la cuenta atrás. A las 11:38, hora local de Florida, empezó el show. *«Here we go»*, gritó el piloto Michael Smith sin poder contener la emoción.

Setenta y tres segundos fue lo que duró la buena fortuna para los tripulantes, que ascendían completamente ajenos a la avería. La llamarada, como un soplete mortal, los alcanzó en el segundo setenta y cuatro, y eso fue todo. El depósito central estalló a catorce mil seiscientos metros de altitud. Los cohetes propulsores se desprendieron con furia y quedaron girando a la deriva, la nave se retorció en el aire como una culebra enfurecida hasta desintegrarse. La cabina, sin embargo, se desprendió intacta y siguió ascendiendo veintidós kilómetros más para luego iniciar un descenso vertical hasta el océano a trescientos kilómetros por hora.

En las grabaciones de ese día aparece el rostro de alguien que se persigna. ¿Será normal la nube de humo, los pedazos infinitos que estallan en el aire? También, alguien grita desesperado. Después reina el silencio. La estupefacción.

Nadie encuentra las palabras para explicar lo que pasa hasta que, minutos más tarde, la magnitud de lo ocurrido se hace palpable cuando los restos de la nave caen en el mar.

Unos meses después, para ser más concretos el 11 de marzo de 1986, patólogos de la fuerza aérea norteamericana empezaron la macabra misión de identificar los restos humanos de algunos de los siete astronautas del Challenger, recogidos del fondo del océano Atlántico junto con partes de la cabina. «Restos humanos» podía significar muchas cosas: un dedo necrosado, tejido humano pegado a un calcetín, la foto de un hijo adherida al bolsillo interior del traje.

En el momento del accidente, Christa tenía dos hijos: Scott, de nueve años, y Caroline, de seis. Siempre pensé en ellos. En cómo habría sido para esos niños asistir al momento en que una bola de fuego se tragaba para siempre a su madre bajo la atenta mirada de millones de personas. ¿Cómo regresaron a casa después de ver que ella desaparecía para siempre en infinitesimales «restos humanos» que nunca podrían volver a abrazar? Un físico llamado Joseph Kerwin afirmó que después de la explosión los astronautas aún estaban vivos y que tuvieron aproximadamente quince segundos de conciencia. Durante esos breves instantes la vida de Christa McAuliffe pasó delante de sus ojos, imagino. Quizás creyó que no iba a morir, seguro que pensó en sus hijos y pasaron por su mente, veloces, una tras otra, imágenes estáticas de los momentos más importantes de su vida.

Mi padre salió de su casa por última vez a las 16:39 de la tarde. No sé si dejó las llaves, si mi madre y yo estábamos ahí o nos habíamos ido al parque —pero *jo et volia*, repitió mi madre en bucle en mi memoria—, si dejó alguna camiseta extraviada en un cajón, si ya entonces mi madre había arrancado las fotos expulsándolo de ese álbum común que teníamos para sustituirlo más tarde con nuevos actores de la historia.

Las 16:39 es una hora extraña. Aquel día, según me contó mi padre muchos años después, sentía como si cargara sobre sus hombros el mayor peso del mundo. Recordaba el peso y la exactitud del Casio, solo eso.

Según la diferencia horaria entre Cabo Cañaveral y Barcelona, cuando mi padre salió de casa, el Challenger despegaba. Quizás, como ocurrió con el 23-F, también aquello les llegó tarde, inmersos como estaban en su propio desastre.

«¿Era ese hombre... Pudo ser ese hombre tu verdadero padre?

¿Pudo ser esa mujer tu verdadera madre?

Pero ¿cómo puedes estar seguro de que te mintieron en otras cosas?

¿No nos mentimos todos, los unos a los otros?

¿No es una expresión de amor la mentira que decimos a nuestros hijos?

¿Y no es también una expresión de nuestro miedo?

¿Puede haber amor sin miedo?».

Jack Matthews,
«Cuestionario para Rudolph Gordon»

Otra teoría respecto a la separación de mis padres me la ofreció mi abuelo, que me contó su gran verdad: que mi padre había muerto, que no existía.

No había ni rastro de Jaume. Por más que lo evocara entre los recuerdos, mi padre se había convertido en una figura invisible, si bien era cierto que ocupaba un espacio y un peso, no podía verlo por mucho que lo intentara.

La vida le había regalado dos hijos y los dos murieron, uno en la realidad y el otro en *su* realidad. Pero es preferible la utilidad a la verdad.

Para mi abuelo, mi padre, como Tomás, fue un segundo hijo. Imagino que pensaría en la dicha de la vida, que les brindaba otra oportunidad, un hombre como aquel —honesto, trabajador, guapo—, que amaba a su hija de esa manera, incondicionalmente, que volvió a hacerla feliz, que la ayudó a encontrar un lugar tranquilo donde acomodar el pasado y ese temor a las advertencias, a la fatalidad.

Los dos, ella y él, eran además tan guapos, hacían tan buena pareja.

Imagino que un día, antes del 28 de enero, después de que mi madre ya se lo hubiera contado, mi padre iría a despedirse y a contárselo con sus propias palabras. Sentado en la mesa con faldones del comedor mientras yo correteaba por la casa. «¿No te da pena dejarla a ella?», le diría mi abuelo señalándome a mí, ajena a la conversación. Y mi padre le respondería aquella frase que, con los años, terminaría convirtiéndose en letanía: «*Amb el cor no es mana*». Con el corazón no se manda.

Esa frase certificó el fallecimiento de mi padre para mi abuelo.

Está claro que en este caso a mi abuelo no le ocurrió como con sus compañeros de trabajo, a los que, desaparecidos entre las llamas, siguió añorando toda la vida. La rabia es un motor cegador que arrasa con todo, un motor más fuerte incluso que el amor.

Lo que ocurrió, me temo, fue que quiso mucho a mi padre, y desde aquel amor no pudo entender que él no escogiera a su hija y a su nieta frente a cualquier otra cosa. El que los salvó de la fatalidad los enfrentó de nuevo a la desaparición.

Lo peor es que en el caso de mi padre fue, para más inri, algo voluntario y, lejos de mudarse a otro barrio, siguió su vida cerca de ellos, en esas mismas calles, y mis abuelos lo veían pasear con otra mujer, vivir otra vida.

Con el corazón no se manda. Tardé en entender esa frase. Intuía que significaba que uno no podía oponerse al corazón, que si te enamorabas de alguien eso era todo (y si te desenamorabas también).

Pero lo comprendí un sábado de mi adolescencia en que mi padre y yo fuimos a tomarnos el aperitivo a la calle Mandri, a aquel bar donde él pedía siempre pollo rebozado y patatas bravas.

Hablábamos de cine, aunque no recuerdo de qué película, si de *Orgullo y prejuicio*, *Cuatro bodas y un funeral* o *The mirror has two faces*. De cualquier comedia romántica. En mi mente adolescente, esas historias eran el recordatorio de que a lo más grande que aspiraba un ser humano, especialmente una mujer, era a pasar por la experiencia de vivir en esa suerte de enajenación mental que volvía la vida del revés.

Al terminar el vermut, andando ya de regreso hacia el coche, influida por la narrativa de aquellos amores imposibles de la gran pantalla, le pregunté a mi padre qué haría si un día por la calle se enamorara de alguien a primera vista.

Que bastara una mirada para decidir que quería pasar la vida al lado de esa persona. Me observó con una expresión poco habitual en él, entre el miedo y la inquietud. No me dijo «eso no existe» o «qué peliculera eres», y podría haberme respondido las dos cosas y no le hubiera faltado razón. Cabizbajo, triste, como resignado, me contestó que no lo sabía, pero que daría cualquier cosa para que eso no sucediera.

Me pareció muy poco romántico, y así se lo hice saber, y me enfadó que fuera tan prosaico. Ya en el coche, mientras hacía maniobras para desaparcar, me dijo que ya había perdido a una hija y que le parecía suficiente romanticismo para una vida entera.

Tener miedo a enamorarse: sobre eso tratan todas las buenas y malas telenovelas, las películas de sesión de tarde, los libros cuyas protagonistas son esas heroínas mustias que no se atreven a querer —pero que lo único que desean es amar y ser amadas—, las novelas románticas protagonizadas por juguetes rotos u hombres vulnerables a la espera de la redención, pero en la vida real ese sentimiento, ese deseo de permanente control, no da para muchas florituras poéticas ni cinematográficas. Es una red de protección molesta. Un fastidio.

El temor de mi padre a enamorarse me alcanzó, porque en esta educación sentimental basada en la advertencia que me legaron mis padres, aquel miedo tan profundo a no poder hacer otra cosa, a no poder *no estar* enamorado, se convirtió en la viva imagen de lo pesadillesco, de lo irreversible.

Si bien permaneció, al menos durante mi adolescencia, aquel gusto por las películas que ensalzaban el amor romántico, en mi día a día viví alerta y creando continuamente estrategias para no caer en determinadas situaciones.

Preferí, por ejemplo, no encontrarme con ciertos hombres si no era estrictamente necesario. No es que me diera miedo, o sí, pero sobre todo, en la hipótesis de esos encuentros acechaba la remota posibilidad de perder el control. Que pudiera pasarme algo. No sé con certeza qué.

Frente al derroche de supuestas bondades de esas primeras citas, los nervios y las tópicas mariposas en el estómago, yo nunca fui capaz de sortear cualquiera de esos encuentros sin náuseas de verdadero terror. Había en aquel estado de casi delirio algo oscuro que no terminaba de entender.

La simple idea resulta cómica, pero con respecto al amor hubiera necesitado tener estadísticas, tantos por ciento para disponer de un guion con el que armarme de teorías. Así, habría analizado los datos para llegar a conclusiones: «Este tipo de situaciones sociales derivan, en un veintitrés por ciento, en la atracción entre dos personas». O los agravantes: «Si el encuentro se realiza a partir de las siete de la tarde y en vez de un café la bebida es una copa de vino, el porcentaje aumenta en un quince por ciento».

Pero evidentemente nunca los tuve, de manera que mi ansiedad por minimizar riesgos se veía rota a veces por el contexto, por la obligatoriedad de ciertas interacciones sociales.

Adoptaba actitudes y comportamientos para fingir lo que sentía. Preocupaciones, prisas. Si me embargaba cualquier emoción que fuera intensa, no tardaba en encontrar la estrategia para aplacarla. Pero no eran demasiado elaboradas, sino que surgían de una parte llena de oscuridad y silencio y me hacían pensar en un reflejo aprendido del que es imposible escapar.

Cuando me preguntaba por qué me ocurría todo aquello, siempre daba con un relato que lograba convencerme de que estaba justificado.

Con el paso del tiempo he pensado que, por un lado, existe un punto ciego al que no tengo acceso y que en él hay lagunas y vacíos.

Por otro lado, no persiste tanto este miedo a enamorarse heredado de las bobaliconas series de sábado tarde como ese otro temor cifrado en un mal resultado, en la consecuencia de que a causa de ese amor —que podías haber evitado no yendo a tomar aquel café— termines varada en una isla de la que no puedas salir si nadie va a recogerte.

En realidad, no es tanto un miedo a enamorarse como un miedo al dolor, al fracaso.

De determinadas situaciones, no solo de las misiones espaciales, tampoco se vuelve.

Mi padre y mi madre se divorciaron en un país donde pocos se aventuraban a hacerlo: la España de inicios de los ochenta, con sobremesas en las que reinaban Soberano y Grand Marnier. A mi padre se le aplicó la práctica de la antigua Roma de la *damnatio memoriae*, que significa «condena de la memoria», es decir, del recuerdo de un enemigo del Estado tras su muerte. Cuando el Senado decretaba oficialmente la *damnatio memoriae* se procedía a eliminar todo cuanto recordara al condenado: imágenes, monumentos, inscripciones, e incluso se llegaba a la prohibición de usar su nombre.

No era una práctica que se hubieran inventado los romanos. Los egipcios, como en todo, ya se habían adelantado. Hatshepsut, la reina más importante del antiguo Egipto, falleció en la soledad de su palacio de Tebas y, después de su muerte, los monumentos y grabados con su figura y su nombre sufrieron una campaña de destrucción con el objeto de borrar su rastro de la Historia. Las primeras teorías de esa persecución señalan como culpable a Tutmosis III, que trató de evitar así que familiares de Hatshepsut pudieran reclamar el trono.

Pero todo trabajo de desaparición requiere de una minuciosa labor y en el borrado de Hatshepsut quedaron pistas, trazos que no se eliminaron por completo, lo que permitió a los arqueólogos reconstruir su presencia antes de encontrar su cuerpo momificado. Al menos, en su caso, fue restituida como una de las legítimas ocupantes del trono del antiguo Egipto. Con otros no sucede así, y hay gente que desaparece de su propia historia y su existencia ni siquiera pervive como un error, un naufragio. Se convierten en la nada misma.

En el año 1986 en España se divorciaban anualmente dos mil parejas, y una de ellas fueron mis padres. Si los años nos han brindado algo a los españoles, además de la democracia o el inglés obligatorio en los colegios, es esa gran enseñanza, la de aprender a separarnos de una manera más o menos civilizada. Sin embargo, en 1986 era demasiado pronto aún. Persistía esa creencia —o al menos para mi madre— según la cual el matrimonio era uno y para toda la vida y no había segunda opción ni repuesto posible. No tenía que ver con la religión ni con ninguna ordenanza divina, y mucho menos en una familia para la que la misa era simplemente lo que había antes del aperitivo de los domingos, de comprar las cortezas, las patatas chips y los berberechos en la churrería de la plaza Alfonso X el Sabio. Aquel sentimiento de que no podía ser, de que aquello seguramente era un error, se relacionaba con que nadie en su sano juicio abandona a una mujer cuando está embarazada, aunque se haya hecho un tajo en la ceja.

«No podemos impedir que los matrimonios se rompan, pero sí podemos disminuir el sufrimiento de los matrimonios rotos», dijo en el Congreso de los Diputados Francisco Fernández Ordóñez, ministro de Justicia de la extinta UCD. Ante la aprobación de la ley del divorcio, el 22 de junio de 1981, los sectores más conservadores presagiaron una oleada, pero no llegaron a los diez mil en los primeros seis meses desde que se aprobó la ley. Fue quizás el miedo, el desconocimiento, la estigmatización.

No se exigía nada para casarse, pero sí infinidad de motivos para divorciarse: el paso previo al divorcio era demostrar una separación judicial previa de al menos un año y se sumaba también aquel punto problemático: era necesario mencionar las causas de separación judicial —infidelidad, abandono del hogar, violaciones reiteradas de los deberes conyugales, conducta injuriosa o vejatoria, etcétera—.

Más adelante, los tribunales, al ver que era imposible determinar la causa de la separación cuando ambos estaban de acuerdo en iniciar el proceso, se inventaron la cláusula perfecta: la falta de *affectio maritalis*, locución latina que aludía a la desaparición del deseo de ser matrimonio. Con eso bastaba. No en vano se dice que los imperios desaparecen si desaparece la idea que los sustenta, y en ocasiones no se trata de una idea sino más bien de ese deseo antiguo de pertenecer.

La vida es una separación continua. En la década de los ochenta, las parejas se separaban y, si había hijos, lo común era que la madre se quedara con ellos. Los pocos niños del colegio cuyos padres estaban separados —éramos un club selecto de niños tristes, desubicados, que tenían más regalos que la media por el cumpleaños— nos conocíamos perfectamente y compartíamos una situación similar. Vivíamos con la madre y, de vez en cuando, el padre nos recogía en el colegio. No existía, o era muy remota, la posibilidad de custodia compartida, de manera que, en aquellos años, el padre era la figura ausente, el que trabajaba para traer el dinero, el que pasaba una pensión digna, en el mejor de los casos, y después compensaba la ausencia con un extra de regalos y de paga semanal. Este proceso, con más o menos regalos y paga, culminaba años después, en la mayor parte de los casos, en la consulta de un psicólogo.

En nuestro caso, todo esto sucedió porque existía un grandísimo e insoslayable vacío: qué hacía un padre con una hija a la que no le dejaban ver, qué hacía una mujer a la que habían abandonado sola con una hija, qué hacía la tercera o el tercero en discordia, que sufría las consecuencias de adentrarse en jardines ajenos. Qué papel tenía el nuevo padre, ¿podía ostentar el título de padre o padrastro?

El derecho es un conjunto de normas y cuando las normas se quedan cortas, porque la vida evoluciona siempre hacia el misterio, hacia lo desconocido, aparece el vacío legal, la no-existencia de norma jurídica aplicable se convierte en incertidumbre, en interrogante.

Ocurrió un imprevisto y la vida se paralizó en ambos extremos del río. Los actores, después de firmar unos papeles, quemar todas las evidencias de que ellos habían existido, siguieron su actuación, eligieron a sus sustitutos, pero entre ellos quedó un pequeño asunto irresuelto que era una niña de un año y medio. Qué podía ser de esa niña que dio sus primeros pasos en un vacío legal, en los terrenos pantanosos de lo que aún tiene que nombrarse, que definirse.

Mis tres primeros años son un vacío, existo en un mar de provisionalidad. Hasta que surgieron las dos nuevas familias solo hay una nebulosa. Es un «mientras tanto». Pura potencialidad. Es un «no te fijes mucho en eso que vives porque luego haremos que desaparezca, te daremos otro nombre y otra familia». ¿No es así como las dictaduras funcionan? Y así ocurrió: apareció otro hombre llamado Miquel. Otro padre para mí. Y mi madre llamó a mi padre por teléfono para informarle:

—He conocido a alguien. —Siempre conocemos a alguien, sin nombre—. Me voy a casar con él. La niña le va a llamar papá.

Aquel día me regalaron a un padre que yo no había pedido y, a cambio, le devolvieron su nombre de pila al que ostentaba el título de padre hasta el momento. Ni siquiera recuerdo la primera vez que yo dije eso, papá, para referirme a aquel personaje nuevo que la historia me otorgaba en sustitución de otro que se había quedado en el margen.

Quizás, un día, entre juego y juego, yo aprendí a decir Miquel y mi madre me corrigió, «se llama papá».

Porque esta es también la historia de cómo mi madre enterró a mi padre. Vacío legal. Incluyéndome en su nueva familia me borró de la mía. Haciendo que yo llamara padre a otro se quedó con esa parte de mi identidad originaria, la que todos necesitamos para contarnos.

Miquel no fue un mal padre, simplemente no fue mi padre. Entre todas las injusticias que cometí yo en esta historia, a veces pienso que no supe tratarle bien. Tampoco él a mí. Nos faltó habernos escogido. Haber dicho: me gustaría que fueras como un padre para mí. Haber dicho: me gustaría que fueras como una hija para mí. Todo lo que nos es impuesto se revela al final como aquello que imperceptiblemente nos va deformando.

Quizás, a pesar de haber vivido juntos quince años, nunca tuvimos la ocasión de conocernos.

Hay gente que tiene un padre malo, pero saben que ese padre malo es suyo. Hay gente que tiene padres estupendos. O que no tiene padre porque murió o desapareció o decidió no estar. Gente que tiene padres abusadores o negligentes. Pero no conozco a nadie que pasara su infancia en la confusión permanente sobre cuál era el padre al que tenía que querer para que los demás lo aceptaran.

Así que mi padre, que estudió la carrera de Derecho pero nunca la terminó, conocía la existencia, imagino, de esa noción de vacío legal. Quizás si la hubiera terminado, me digo. Si la hubiera terminado, quizás habría podido. Pero no.

Después de la separación, mi padre se convirtió en un concepto incómodo, en un tabú. Había que sortearlo como si fuera un bache, y nadie volvió a hablar de él como «mi padre», sino que tenía muchos nombres que dependían de la situación en que fueran pronunciados, pero finalmente aquel baile de nombres terminó afectándonos a todos. Mi madre era la única que tenía un solo nombre: la llamaba mamá sin importar en qué situación me hallara y eso me resultaba reconfortante.

Las variaciones de nombres según el contexto eran las siguientes:

A mi padre: si estaba con mi madre, «Jaume», si estaba con Miquel, «Jaume». Si estaba con mis abuelos, *aquell*. Si estaba con él, «papá».

A Miquel: si estaba con mi madre, «papá», si estaba con Miquel, «papá». Si estaba con mis abuelos, «papá». Si estaba con mi padre y Clara, «Miquel».

A Clara: si estaba con mi madre, «aquella». Si estaba con mis abuelos, «aquella». Con mi padre la llamaba por su nombre, «Clara».

A Clara y a mi padre: *«aquells»* o, si estaba con mi familia paterna, «papá y Clara».

A mis abuelos paternos: por sus nombres de pila si estaba con mi familia oficial. Si estaba con mi familia paterna, «abuelos».

A los padres de Miquel: «abuelos» si estaba con la familia oficial, si no, «los padres de Miquel».

Con mis amigos: a Miquel lo llamaba «mi padre», a Jaume lo llamaba «mi padre». De manera que siempre me decían: ¿cuál de los dos padres? Y yo decía «el de verdad» para referirme a mi padre o «el marido de mi madre» para referirme a Miquel. Cuando mi padre se marchó a vivir a Madrid introduje la variable geográfica: «Mi padre, el de Madrid» y «Mi padre, el de Barcelona».

Era como una trampa constante, un delirio esquizoide, esa elección de nombres dependiendo del contexto. Pero a veces, por mucho que viviera ansiosa y en tensión permanente para no cometer errores, terminaba confundiéndome, utilizando la palabra inadecuada.

De niña estaba convencida de que mi padre no sabía que yo llamaba papá a Miquel y sabía que no podía equivocarme nunca de nombre, no podía decirle «ayer fui con mis padres». En una sola ocasión me ocurrió y me quedé muda el resto de la tarde porque me sentí expuesta, señalada. Mi gran secreto al descubierto.

Ese amor absoluto que tengo por mi madre proviene en parte de la seguridad del nombre mamá, que yo podía utilizar en todas partes. Sabía quién era mi madre, dónde vivía, qué hacía. Pero no quién era mi padre, ni dónde estaba, ni qué hacían los padres que querían a sus hijas además de caber en esas palabras, «el mejor padre del mundo», que adornaban los dibujos de plástica.

De mi padre me dijeron mis tíos: «Tu padre vino a la vida a veranear».

Mi abuela paterna le dijo a mi padre: «Después de esto, me da vergüenza que seas hijo mío».

Mi madre dijo de mi padre: «Tu padre no era mala persona. Simplemente era un inmaduro. Cuando yo estaba gorda porque estaba embarazada de ti, se fue de viaje y conoció a otra».

Clara dijo de mi padre: «Tu padre te quería, solo que no sabía hacerlo y no deseaba interponerse en tu nueva vida».

Mi padre dijo: «Es que no quería conflictos con tu madre».

Miquel dijo de mi padre: «Si te hubiera querido, no te habría abandonado».

Mi abuelo dijo de mi padre: «Para mí tu padre está muerto».

Mi madre dijo de mi padre: «Pero yo nunca te he dicho que fuera mala persona».

Mi padre me dijo: «Un día tu madre me llamó y me dijo que había encontrado a una persona y que ibas a llamarle papá».

Miquel me dijo: «Si tanto te quería...».

Una amiga de mi madre me dijo: «Es que hacían tan buena pareja».

Manu, el amigo de mi padre, me dijo: «Tu padre era un cachondo, pero como padre...».

Mi madre me dijo: «Pero no te pongas triste, piensa que es como un tío en vez de un padre».

Mi tía abuela paterna me dijo: «Tenías que ver cómo se iluminaba la cara de tu padre cada vez que te veía».

Manu, el amigo de mi padre, me dijo: «Te parecías tanto a él que a veces yo te llamaba Jaimita».

A mí nadie me preguntó qué pensaba.

Si me lo hubieran preguntado, habría dicho que mi padre es el mejor buscador de ofertas del supermercado que conozco. «Si me cierran el Carrefour, me hacen un miserable», afirmó una noche con solemnidad, y con sorna me reí hasta que comprendí que era cierto y que no solo lo decía porque es imbatible burlando dinero a la vida, sino porque es inmensamente feliz haciéndolo. Ha pasado todo el tiempo entrenando para las olimpiadas del ahorro supremo, como en las desaparecidas galerías Sogo de la Vila Olímpica, en aquella ocasión en que se hizo con unos mocasines que no le cabían simplemente porque estaban rebajados un treinta por ciento.

Esta práctica forma parte de su ejercicio diario: perderse con su carrito de ruedas por entre los pasillos de los congelados, los yogures, los refrescos y las latas de conserva, mientras su memoria prodigiosa compara los precios de los folletos que encuentra en el buzón: el 3×2, la oferta del día, de la semana, de la vida. Se nota su orgullo al llegar a casa después de comprar un whisky de 41 euros por 25,95 o una botella de champán francés a precio de Juvé i Camps, y entonces me muestra el ticket que saca del bolsillo de esa parca de color verde militar: «¿Ves? Tres euros me he ahorrado».

Lo que hace con todo ese excedente, con toda esa comida que no cabe ni en la nevera ni en la despensa, es cargarla en el ascensor y subirla tres pisos hasta la última planta del edificio, hasta ese pasillo desangelado del que salen varias puertas, una por vecino, donde atesora su botín. Comida de oferta, un museo montado sobre el límite de la caducidad, la comida ordenada por fechas en dos neveras con su respectivo congelador donde conviven gulas del norte en packs de tres, lasaña de salmón y brócoli a 5,59 los 600 gramos («¡sale a 9,32 el kilo!»), ventresca en conserva o latas de mejillones en escabeche. No importa si a nadie le gustan los mejillones en escabeche, si nunca has probado esa salsa *pomodoro e funghi* de la que hay tres unidades que caducan en 2024, la razón de que estén ahí es la oferta, el haber ahorrado dinero. Las comparativas del ahorro, lo que podría haberse gastado si no hubiera encontrado la oferta, le producen una inmensa satisfacción: siente que está tomando el control.

Mi padre ha estado perfeccionando su táctica de buscador de ofertas desde que tengo uso de razón.

Cuando era niña y venía a recogerme al colegio una vez a la semana, me montaba en el coche y no tenía necesidad de preguntar hacia dónde nos dirigíamos porque me sabía la dirección de memoria: el Caprabo de la calle Encarnación, donde pasábamos parte de la tarde. Yo llevaba el carro y lo esperaba paciente mientras él se detenía estudiando etiquetas, códigos de barras, fechas de caducidad. Comprábamos siempre unos Doritos picantes con chile —*extra hot*, decía en la bolsa— que luego yo me comía en casa para demostrarle que era adulta, que podía hacer frente al picante sin rechistar, que era como él.

Los pasillos del Caprabo son el recuerdo más claro de las tardes con mi padre. Mientras otros niños iban al parque o a merendar, yo lo acompañaba en sus devaneos por el supermercado. Poco a poco empecé a pensar que aquel era todo el interés que mi padre se tomaba por mí, una conclusión que quizás se relacionaba, más que con mi propia percepción, con los silencios de mi madre cuando regresaba a casa.

—Qué habéis hecho —me preguntaba.

Yo le respondía que comprar Doritos, o que me había dejado a mí la pala de plástico para coger congelados al peso: alcachofas, empanadillas de atún, patatas fritas.

Mi madre no decía nada, nunca decía nada. Pero era aquel silencio, supongo, el que me inquietaba. Después entendí que mi padre me hacía participe de aquello que a él más feliz le hacía, pero no dejaba de ser un pasatiempo bastante singular.

En la familia todo se juega en las expectativas, y mi padre no tenía ninguna con respecto a mí. Le gustaba que fuera ágil en los deportes, que fuera delgada. Pero nunca sentí que él esperara nada más de mí que hundir la pala de plástico en las alcachofas y ser capaz de hacerme con las más gruesas, las que tuvieran más carne escondida bajo aquel rebozado blanco.

Secretamente, siempre envidié a aquellos niños que sentían «la presión» de sus padres por ser buenos en cualquier cosa. Frases del estilo «mi padre quería que yo fuera médico», «mi madre me apuntó a ballet sin preguntarme» despertaban mi curiosidad. Sé que en la mayor parte de las ocasiones ese tipo de deseos encierra algo negativo, que se convierte luego en un lastre para esos hijos forzados a revertir las frustraciones de los padres, a cumplir los sueños e ilusiones de esa vida que no pudieron vivir. Pero es en las expectativas donde duermen las familias, y yo tampoco las tenía.

Nunca sentí nada parecido a una dirección, a una sugerencia. Se dieron por sentadas las buenas notas, mi padre fotocopiándolas del documento original, que guardaba mi madre, ni orgulloso ni no orgulloso. Se dieron por sentadas mis aptitudes en los deportes. Más tarde sí que existieron algunos comentarios como «podrías haber jugado más al tenis, se te daba muy bien» o «qué ágil eras con la gimnasia rítmica, lástima que lo dejaras, es que todo lo terminabas dejando». Porque también aquella fue una cantinela repetida en multitud de ocasiones durante mi infancia, que yo me cansaba pronto de idiomas, amigos, juegos, familias, novios, y terminaba yéndome en busca de otra cosa nueva, como si no hubiera nacido para quedarme en ningún lugar y eso señalara cierta lacerante incapacidad.

Quizás mi privilegiada mente de niña, centrada en obtener siempre cosas nuevas y difíciles, vislumbrara en cada uno de esos logros la posibilidad de que alguien me viera, me ofreciera un carné de hija existente. Mantuve, creo, la secreta convicción de que si aprendía sánscrito, alemán, inglés, francés, física cuántica, esgrima, esquí, alguna de aquellas habilidades les haría decir: esta es mi hija. Que me reconocerían. A los hijos que no han sido vistos, que no han podido pertenecer, les ocurre eso, que creen que su invisibilidad radica en una carencia que es necesario compensar.

Ese deseo de pertenencia se jugaba también en las fotografías de familia. Había determinadas situaciones que me alertaban, como cuando alguien decía «¡foto de familia!», y yo me apartaba porque la palabra familia no era mi palabra, mi seña. Solo acudía una vez que Clara, mi padre e Inés habían sido retratados y la palabra familia se sustituía por «ahora todos». Yo sabía que estaba incluida ahí, en el «todos», y supongo que desde bien pronto interioricé que solo recaía en mis manos la posibilidad de librarme de aquel pronombre indefinido para poder formar parte de ese otro término que iba primero, «familia».

De los doce a los dieciséis estudié sánscrito. Cuando recuerdo la pasión que sentía por ese idioma muerto no puedo menos que pensar en su sistema de escritura, el devanagari, cuyas consonantes cuelgan siempre de una raya superior, están amparadas por ella, nunca aparecen solas. Quizás buscaba, a través del sánscrito o de cualquier otro modo, la cuerda a la cual agarrarme.

Y esa tendencia a acumular logros, lugares, personas, habilidades se quedó para siempre, porque se es hija toda la vida y porque cuando los padres se marchan, o su figura se diluye, existen otros que podrán sujetarte en ese filo de la no existencia. Las parejas, por ejemplo. El rayo que no cesa no es el amor, es la sombra de los padres. No obstante, me resulta ridículo, casi infantil, ampararse en los padres para justificar lo que no funciona de una vida. Las justificaciones caducan y no creo en las responsabilidades eternas, pero sí en las tendencias, en los patrones inaugurados al amparo del miedo. De la soledad.

Y es fácil, casi obvio, abonarse para siempre a ese camino de los logros, convencida de ese intrínseco fallo inicial causante de una falta de valía que tiene que compensarse con un carné de resultados y habilidades.

Es cuestión de esperar, de tener paciencia, y finalmente alguno de ellos te llevará a la existencia. Y entonces serás feliz.

Dos meses después de empezar a escribir esta novela visité por primera y única vez el trastero de mi padre, su particular museo de la obsolescencia. Me fijé en que, además de sus dos neveras y la comida al filo de la caducidad, estaban también ahí algunos álbumes de fotos. Dentro de cajas de zapatos dispuestas una sobre otra, en una torre, pensé que vivía lo que queda de la memoria familiar. Me detuve en aquellas cajas y me ofrecí a ordenarlas, a catalogarlas, pero mi padre se adelantó rápido: en un mes, en abril, se jubilaría, y a partir de entonces iba a tener todo el tiempo del mundo para hacerlo él.

Aquella única vez que entré en los dominios de mi padre me fijé en el felpudo que daba la bienvenida al trastero, como si en vez de un almacén se tratara de una casa. Justamente, en el felpudo de color ocre se leía en letras mayúsculas esa palabra, HOME, que en inglés significa «hogar», pero también «hombre» en catalán.

Setecientos noventa y seis objetos se quedaron en la Luna. De ellos, setecientos sesenta y cinco proceden de misiones de Estados Unidos.

La Luna se convirtió en un vertedero en toda regla porque existe un vacío legal que no regula, ni será capaz de regular nunca, lo que olvidamos.

Charles Duke dejó una fotografía sobre la superficie del satélite. El retrato de su familia. Lo sacó él mismo el 23 de abril de 1972. Supongo que le ocurría lo mismo que a mí, que creía que las fotografías hacen perdurar las cosas que uno ama.

La Luna se aleja cada año 3,78 centímetros de la Tierra. A veces desearía que un día se alejara del todo, que desapareciera y nos dejara a oscuras como venganza, para que no puedan verla nunca más aquellos que, a fuerza de mirarla, ya la han olvidado.

De nuestra llegada al mundo no queda rastro alguno en la memoria. Es una pena, porque ese relato mítico del día en que nacimos está manejado por otros hasta el último de los detalles: el grito, los lloros, la suciedad, el cordón umbilical.

En el relato del día de mi nacimiento, mi madre, una vez me ponen en su clavícula, pregunta: «¿Doctor, tiene todos los dedos, los de las manos y los de los pies?». Y acto seguido: «¿Por qué es tan fea?».

Mi madre había pasado el embarazo leyendo revistas como *Ser Padres* y no había ahí niños recién nacidos o, si los había, estaban ya peinados y con la primera muda, oliendo a Nenuco desde el papel cuché en esa santificación del milagro de las familias guapas y limpias. La frase que más recuerdo es esa, «¿por qué esta niña es tan fea?», siempre matizada, eso sí, por el «luego ya te hiciste guapa, pero cuando naciste no lo eras».

Ante mis insistentes preguntas, el nacimiento era contado siempre en primera persona del singular, nunca había un compañero, un hombre, más allá de mis tíos que aparecían ya luego en la clínica, o de mis abuelos y mi madrina Mercedes, la que vaticinó que «esta niña será muy guapa de mayor». Ella, que era hermana de mi abuelo, me aseguró, años después, que aquella mancha rosada de nacimiento en el glúteo izquierdo, que me acomplejaba cuando sobresalía de los bordes de la braga del bañador, era la que me iba a convertir en bailarina. Para demostrármelo, cogió los rotuladores Carioca y cubrió la mancha con una mariposa verde y azul y me dijo que a partir de entonces ya no tenía excusa: debía convertirme en bailarina para que los demás pudieran ver la mariposa, y entendí que, en realidad, el mensaje era que todo tiene dos asas, una por la que se puede agarrar y otra por la que no.

En la universidad conocí a una mujer que impartía clases de psicología sobre apego e infancia y me dejó un dosier con los contenidos del curso, que traté infructuosamente de rellenar con mi madre. En la portada se leía: «Para construir y potenciar la relación y la vinculación». De entre todas las preguntas, solo conseguí tres respuestas:

> *Por favor, cuenta cualquier información que conozcas relacionada con tu concepción, la actitud de tus padres hacia ti (si fuiste planeado, no planeado, querido, si su actitud era confusa, si no fuiste deseado). Si no fuiste deseado, ¿consideraron la posibilidad de abortar?*
> No fui planeada. No se planteó abortar.
> *¿Cuál fue la relación de tus padres durante el embarazo y los primeros años de vida?*
> Normal. Él no estaba muy contento.
> *¿Dónde estaba tu padre durante el nacimiento?*
> En el momento del parto, mi madre no se acuerda de si estaba mi padre. Dice que luego, en la habitación, sí, pero que en el momento de dar a luz no se acuerda.

El relato en primera persona y ese olvido casual de un padre en un paritorio se refleja perfectamente en la única fuente de certezas que tuve a mi alcance a lo largo de mi infancia: mi álbum familiar. Digo certezas, pero era más bien una nebulosa, porque ante aquella pregunta de *¿qué sabes del día de tu nacimiento?*, yo bien podría haber dicho que tanto de mi concepción como de mi llegada al mundo tenía datos muy confusos, quizás había nacido también yo de una paloma blanca, como contaban los libros de religión. Aunque más bien, ateniéndome a la narrativa de mi álbum familiar, yo nací de unas flores.

En *El tambor de hojalata*, Günter Grass crea un personaje que viaja por el mundo con un único elemento: su álbum familiar. «Guardo un tesoro. Durante estos malos años, compuestos únicamente de los días del calendario, lo he guardado, lo he escondido y lo he vuelto a sacar; durante el viaje en aquel vagón de mercancías lo apretaba codiciosamente contra mi pecho y, si me dormía, dormía Oskar sobre su tesoro: el álbum de fotos. ¿Qué haría yo sin este sepulcro familiar que todo lo aclara?», se pregunta. Y a mí me fascina la utilización de esa palabra, sepulcro, porque, en realidad, apunta también a las mesas llenas de muertos, a las realidades que fija el relato con barniz Manley que impide que el color de la realidad se difumine. El protagonista de *El tambor de hojalata* es Oskar Matzerath, el niño de tres años que ha dejado de crecer voluntariamente para dedicar su vida a crear música con su tambor y vuelve una y otra vez a su álbum de fotos: «Cuenta ciento veinte páginas. En cada una de ellas, pegadas, al lado o abajo, unas de otras, en ángulo recto, cuidadosamente repartidas, respetando aquí la simetría y descuidándola allá, cuatro o seis fotos, o a veces solo dos».

Hasta donde yo sé, hasta donde supe a lo largo de toda mi infancia, nací de unas flores y, como Oskar en *El tambor de hojalata*, yo también rebuscaba entre las páginas oficiales de un álbum familiar. Sin embargo, a veces esas páginas son defectuosas, están llenas de trampas. Si no, cómo explicar que la primera foto de mi álbum familiar fuera un ramo de flores.

Majestuosas, ajenas a su propia caducidad, pegadas sobre una hoja adhesiva a rayas horizontales blancas y beis, esas flores estáticas —tres ramos de rosas y una maceta con un anthurium rojo— protagonizan la imagen que inaugura el álbum de mi nacimiento. Miércoles 11 de abril de 1984.

Cubiertos a su vez por un plástico que los protege del polvo y del tiempo, los ramos de flores, grandísimos, adornados con lazos de celofán rosa dentro de una base de mimbre que los sostienen, anuncian claramente un motivo de celebración.

Se trata del rito del nacimiento, las inexorables visitas —«qué bebé tan precioso, y fíjate que quizás tenga los ojos azules del padre»—. Por el mobiliario, la foto parece haber sido tomada en la misma habitación del hospital. Las flores están colocadas sobre una mesita baja y distintas sillas, de manera que se encuentran en varios niveles. Debajo del asiento de una de ellas, se distingue un cable suelto con un enchufe, a medio camino de la toma eléctrica, pero es de esos detalles casi imperceptibles y que solo se encuentran cuando alguien sabe lo que está buscando. La imagen de las flores es vertical, como si fuera el retrato de una persona, y después de mucho observar la foto, quizás lo sea. Una persona.

En el centro de esa primera página del álbum familiar, una etiqueta blanca escrita a máquina anuncia «Abril, 1984» y, más abajo, una fotografía en horizontal muestra a una mujer de veintiséis años. A pesar de que es muy guapa, viste un blusón de tonos marrones que no le favorece en absoluto. Lleva un colgante dorado, es una flor abierta que le cae en medio del pecho. La mujer está de pie, y a su derecha hay un mueble de mimbre blanco sobre el que reposa un hipopótamo de peluche. A su izquierda, una mesa redonda cubierta con un faldón a juego con las cortinas. La mujer descansa la mano derecha sobre el mueble de mimbre, aunque aquí no hay nada que recuerde a la película *Emmanuelle*. Mi madre aparece siempre apoyándose en sitios. Dentro del blusón marrón, feo, a rayas, una protuberancia enorme. Está embarazada. Ahí estoy yo, que intuyo que cronológicamente voy antes de las flores de arriba, pero qué es un álbum sino el deseo, esa ilusión de control, de que puedes contar la historia según la disposición de las fotos, según lo que tú quieras que ocurra antes y después, o que no ocurra en absoluto.

En las sucesivas páginas, bajo la misma etiqueta, «Abril, 1984», aparece una bebé muy pequeña que a mí nunca me pareció fea ni guapa, solo es una bebé. En algunas imágenes está sobre una cama grande de hospital, sola, la cabeza asoma de una manta que la envuelve en forma de cono, como si fuera uno de esos temakis japoneses, y sus ojos miran serios a cámara. Son los primeros días y no sabe sonreír aún.

En algunas de las fotos aparece la madre, sosteniéndola sobre su regazo. Más tarde aparece también algún miembro de la familia, un hombre y una mujer, los tíos: Luisa y Charly. Pero en «Abril, 1984» los acontecimientos no están claros, o sí, pero no son del todo lógicos: de la suma de unas flores y de una mujer con un blusón feo aparece una niña. Cómo ha llegado hasta ahí nadie lo sabe. No hay indicios ni pruebas de que falte nada o de que el relato esté incompleto.

Al avanzar hacia la siguiente etiqueta, «Junio, 1984», se llega a una foto de grupo y en ella aparece una de las pistas que podría resolver esta historia (si la pista se descubriera en el momento adecuado). Es parecido al enchufe de la primera imagen: hay que fijarse mucho para descubrir la trampa. Es una foto del bautizo de la niña. La madre la lleva en brazos y a su lado el sacerdote, con una concha de plata, vierte agua bendita sobre su frente. No está claro si en la foto lo ha hecho o no porque la bebé tiene la mano doblada sobre los ojos y hace amago de cubrírselos. Al sacerdote solo le vemos el cogote, el gesto ceremonioso de perfil. En el mismo círculo, la madrina, Mercedes, que aún no le ha pintado la mariposa en la nalga, sostiene el cirio pascual, y el padrino, el hermano del padre, está atento al gesto de la niña. Estas son las personas que se ven en la fotografía. Y, sin embargo, hay alguien a quien la madre, un poco inclinada hacia delante, cubre por completo. Se adivina su existencia porque el hombro de su americana blanca se recorta por detrás del cuello de la madre. Pero esa mujer en primer plano y de perfil, inclinada sobre la niña, cubre casi por completo la posibilidad de una presencia.

La persona de la americana blanca iba antes de las flores, incluso mucho antes del blusón feo y la protuberancia, pero nadie parece advertirlo en todo el álbum. De hecho, siendo justos, su aparición es un accidente, ni siquiera un buen investigador hubiera podido desentrañar su identidad, porque el hombre de la americana blanca no vuelve a aparecer jamás en el resto de las páginas. Es, por tanto, un error de apreciación, uno de esos espejismos en el desierto que tienen que ver más con el deseo de que haya agua que con su existencia.

Nadie se queda con él porque los protagonistas de esta historia son claramente otros. Las flores, el bebé, la mujer guapa y joven que se agarra a cosas, no solo a muebles de mimbre.

En las siguientes páginas del álbum, la niña crece y hay disfraces, cumpleaños, parques, papillas de cereales, chaquetas de lanilla rosa, chanclas de goma amarillas. Siempre sonríe. Probablemente sea una de las primeras cosas que aprende a hacer, y lo hace sin dientes y luego con ellos. El álbum termina en octubre de 1986 y, en la última foto, la niña está conduciendo un autobús en miniatura que gira en el movimiento eternamente circular del tiovivo de Alfonso X el Sabio.

Fin del primer álbum familiar.

Hasta aquí, la historia, aparentemente, no resulta complicada. La niña surge de unas flores y un buen día llega ella sola a un hospital en «Abril, 1984» y su cabeza asoma a través de una manta en forma de cono. Además, hay plantas, y una madre que es la suya y que la quiere porque siempre la agarra en las fotografías, aunque también lo hace con los muebles de mimbre. Existe una familia que son una madre y una hija, pero la historia está incompleta y se retoma en el siguiente álbum.

En noviembre de 1986, la primera página del nuevo álbum habla de otra realidad. Llega, por fin, La Historia. La niña vuelve a nacer. Una misma hoja adhesiva a rayas beis y blancas contiene, ahora sí, a todos los personajes. Una madre sostiene a su hija de dos años sobre las rodillas. La hija lleva dos coletas y un peto de pana azul cielo y quizás ya es luego y por eso es guapa. La madre, una chaqueta amarilla. En las dos primeras fotos salen juntas. En la tercera, un hombre moreno, de densa barba negra, coge a la niña en brazos. La niña mira hacia otro lado, como si estuviera despistada, y nadie podría asegurar si está ahí o no, incluso si quiere hacerse la foto o no. Levanta la mano izquierda, pero es imposible deducir qué estaría diciendo o haciendo.

El hombre moreno es un personaje nuevo que viene a ocupar el lugar que faltaba. Por fin. «Y este será tu padre y le llamarás papá», dijo la madre, pero eso viene mucho después en el tiempo, no en las fotografías, sino en la historia que le contarían a la niña, que ya era adulta.

Después de buscar incansablemente en el álbum, como si el deseo fuera suficiente para encontrar la pieza que falta, para que aparezca. Porque el álbum cuenta lo real, lo que existió. Así que sobre el otro hombre, el de la americana blanca, nadie conocerá nada, ni siquiera su identidad. Solo es una mancha que aparece recortada tras la silueta de una mujer. En realidad, a juzgar por los escasos indicios, el hombre ni siquiera existe. Pero los álbumes, en especial los de familia, en su tramposa representación, recuerdan a los archivos. Podría decirse que lo que se considera archivo es, pues, un tema de autoridad. Lo que se acepta o no en ese cúmulo de información que pasa a ser sagrado se convierte en El Pasado.

Pero un archivo contiene también unas determinadas lagunas, y son esas lagunas las que a menudo podrían contar la otra historia que alguien ha querido borrar. De manera que los álbumes de fotos no cuentan ni prueban lo que ocurrió, sino que son un relato diseñado con premeditación por quien lo compone, por el que decide qué merece ser guardado y recordado.

El archivo completo solo es posible en un nivel teórico. Es un acto político.

¿Que si la niña había pedido algo? No, la niña no había pedido nada.

¿Que si el hombre de la americana blanca había pedido algo? Probablemente tampoco. No desaparecer, si acaso. Pero eso no depende tanto de él como de los dueños del relato, que no son ni la niña ni las flores. Ni mucho menos él.

Por tanto, yo no nací de unas flores pero, durante años, cuando rebuscaba entre las hojas de ese álbum descontextualizado y falseado, trataba de encontrar las claves de mi infancia. Regresaba a él una y otra vez, como si el álbum pudiera mutar, y así, pasaba sus hojas con el mismo ánimo de quien desea que el final de una película sea distinto, y buscaba indicios del hombre de la americana blanca. Como si un día hubiera de aparecer una nueva foto que lo explicara todo. Revolví en armarios, en escritorios, en cajones de casa de mis abuelos y lo que encontré no hizo más que constatar un silencio, una desaparición.

Existe una frase de Czesław Miłosz que siempre me ha parecido injusta y que entraña cierta dosis innecesaria de romanticismo y mentira. Cuenta que cuando un escritor nace en el seno de una familia, la familia se acaba. Quizás una parte sea cierta en tanto que lo que hace el escritor es plasmar el relato de manera pública y lo público es, por definición, enemigo de lo privado, de la familia. Pero lo que omite la máxima de Miłosz es que no somos los escritores los que inventamos la historia familiar, sino que nosotros solo somos los voceros, los que la recogemos. Es otro el que la ha inventado. Querríamos haberla inventado, haber hilado ese conjunto de omisiones, causalidades y desvaríos. Pero los que escribimos solo hemos podido recoger lo que quedaba, lo que nos dejaron, esas verdades simples y erosionadas que se transmiten de generación en generación.

Así que no me queda otra que contradecir a Miłosz: las familias terminan —o nacen— cuando aparece un contador de historias, y esa figura no coincide necesariamente con la de los escritores. Mi madre es, por tanto, la gran contadora de historias de mi familia, y yo crecí buscando respuestas en un álbum cosido por un único hilo narrativo: su deseo de alterar la historia, de que yo tuviera otro padre que no se fuera de casa, de que un hombre no la abandonara a ella —¿cómo podían abandonarla así, de esa manera?—, un deseo lícito, por otro lado. Pero ¿qué historia cabe escribir de la mano de un anhelo?

La de una irrealidad. La de algo que no existe.

Al eliminar a mi padre, la vida de mi madre está contada de forma igualmente incompleta porque se ha borrado una parte de ella, ha eliminado al compañero de vacaciones que ya no aparece esquiando el día antes del 23-F, ni en los templos de Tailandia ni en los jardines de *Emmanuelle*. Ni siquiera en el paritorio, en esas imágenes que no pertenecen a un álbum real sino mental.

¿Puede la fotografía sustituir a la historia?

El nacimiento de la niña parece entonces un hecho aislado, pero debe quedar vinculado a la nueva narrativa del álbum familiar. En realidad, todo esto confluye en una operación matemática muy simple: si quitas a un padre del álbum y de repente pones a otro, ¿qué te queda?

Pero el público de los álbumes familiares es el público que ya conoce los acontecimientos, que solo necesita volver a escucharlos para que todo se sedimente, para que más adelante la fotografía sustituya a la historia.

Lo que te queda, si quitas a un padre del álbum y pones a otro, es una mentira.

Alguna vez, con humor, llegué a comentar que si una americana blanca fue mi imagen de un padre, del primer hombre de mi vida, cómo iba yo a saber relacionarme con ellos, con los hombres.

En mi cabeza de niña, los hombres, los padres, son las pistas pero nunca lo obvio, lo que está ahí. Es necesario hacer *algo* —ser buena, ser guapa, frotar una lámpara mágica, maquillarse, ser inteligente, complaciente— para que los hombres aparezcan (y sobre todo, para que no se marchen).

Cuando terminé la universidad, hice una tesis doctoral en filosofía sobre Albert Camus, centrándome en su obra póstuma e inacabada, que justamente se llama *El primer hombre*.

En ella, Camus construye un relato sobre la ausencia de su padre, muerto en la Primera Guerra Mundial, a la vez que regresa a su Argelia natal para encontrarse con las motivaciones que atraviesan toda su obra y su vida: el afán de conocimiento, la belleza, la verdad, la justicia y la dignidad en la pobreza. Me enamoré de aquel libro que se sostenía en una carencia, en aquel hombre que solo era un recuerdo; supongo que los paralelismos eran claros y que en la primera época de mi vida pensé que una ausencia clamorosa era lo que explicaba los descalabros y la soledad. El hecho de que *El primer hombre* sea una obra inconclusa y tan abierta a la interpretación siempre me ha hecho pensar que era así, buscando al padre, como finalmente Camus se encontró consigo mismo.

Me resultó curioso que las memorias de Neil Armstrong se titularan también *El primer hombre*. Porque sí, él fue el primer hombre en pisar la Luna. Pero también fue el primero en no poder volver a la Tierra.

En el documental *Los tachados*, de Roberto Duarte, el artista mexicano regresa desde Suecia, donde vive, a su país para contar una historia que tiene que ver con esa manera de borrar a la gente de los álbumes. Dice así: «Cuando yo era chico vi una foto de un niño en casa de mi abuela, alguien le había tachado el rostro. Cuando le pregunté a mamá por esa foto me dijo que por nada en el mundo fuera a preguntarle a la abuela por esas fotos tachadas». En su caso, las ausencias son flagrantes: hay personas tachadas, recortadas, pintarrajeadas. Las ausencias que se señalan son una manera radical de estar presente porque no puedes dejar de mirar al personaje tachado. Duarte regresa a México para celebrar el nonagésimo cumpleaños de su abuela y desde ese momento va relatando la historia de su familia: «Mi abuela tuvo cinco hijos, pero no importa quién le pregunte porque ella dice que solo tuvo tres». La historia, que se va desgranando a lo largo del documental, es dolorosísima: de sus cinco hijos, dos se suicidaron, Randy y Yolanda, y ellos son los tapados, los tachados, de manera que el álbum familiar se convierte en una suerte de obra de teatro guionizada por la matriarca.

«La tapaste», le dice el nieto. «Y para qué la quiero», responde la abuela. De la familia al completo solo ha quedado entera una fotografía y Duarte va en busca de ella, como si fuera la única prueba. Cuando por fin la encuentran, rebuscando en maletas, el nieto le pregunta si puede al menos sacarle una foto. Ella le contesta: «No, si no está completa ya la familia, para qué vas a sacarla».

A pesar de que la abuela no cuenta qué la llevó a tachar a sus hijos, el espectador entiende que a veces determinada intensidad de dolor vuelve imposible la racionalidad. No obstante, el documental tiene un final luminoso, ya que el nieto encuentra una maleta llena de negativos, como si su abuela, en realidad, hubiera dejado un resquicio de luz. Las dos últimas imágenes son sobrecogedoras: Roberto reconstruye las fotos tachadas gracias a los negativos encontrados. Tuvo suerte. Imagino que muchos proyectos sobre autobiografía visual e investigación familiar se quedan al fin sin esa dosis de luminosidad, exentos de cualquier narrativa, y que terminan muriendo, a no ser que se eche mano de la ficción. La vida no vuelve, pero sí el recuerdo intacto, menos manoseado. Otorgamos un poder a las imágenes, como si modificándolas cambiáramos también el curso de los acontecimientos.

En *Los tachados* la figura central era un tachón, no una desaparición, y eso es un consuelo, al menos narrativo. Porque a raíz de una desaparición no puede uno construir nada, solo puede inventar. Supongo que, en mi caso, si hubiera querido hacer un proyecto artístico sobre mi padre, habría tenido que titularlo *El desaparecido*.

Les mostré el tráiler de *Los tachados* tanto a mi padre como a mi madre. A él le hice prometer que iba a buscar fotos de mi infancia en las que apareciéramos juntos, porque nunca había visto ninguna. Puso excusas. Ya lo pensaría.

Cuando mi madre lo vio, solo dijo: «Lo que no entiendo es por qué los tacha. Si ves un borrón, te acuerdas toda la vida de lo que pasó. Es mejor esconderlo y hacer como si nunca hubieran existido».

A lo largo de aquellos meses de pesquisas, me dediqué a ver muchos documentales y proyectos artísticos sobre historias familiares, y algunos me hicieron experimentar la familia como si de un thriller se tratara, como el lugar en el que un secreto se va desvelando hasta llegar al clímax final en que el espectador lo entiende todo. *Stories We Tell, Capturing the Friedmans, Las cercanas, The Arbor, Grey Gardens.*

No se trataba de los finales felices de la comedia romántica, sino de finales con una fuerza narrativa que dotaba de sentido a la búsqueda. Uno pensaba: el esfuerzo no ha sido en vano.

Sin embargo, me pregunté cuántos proyectos se habrían quedado a medias, inacabados, en unos terribles puntos suspensivos, porque a sus creadores les había ocurrido aquello: que los protagonistas no habían cooperado en la reconstrucción del relato porque consideraban que la historia era solo suya.

Cualquier aproximación artística a la familia, en especial en el género del documental, no parte tanto del deseo de homenajear como de la necesidad de encontrar. Cualquier búsqueda que atañe a lo autobiográfico nace de algo que se rompió.

«Agarraos al hilo de plata», aconsejaba Agnes Martin a sus alumnos, y ese fue el sabio consejo que ella siguió. La pintora canadiense los animaba a evitar cualquier forma de distracción para mantenerse enfocados en aquello que estuvieran haciendo.

A menudo pienso en ese hilo de plata. Tirando de él, siguiéndolo, sin perderlo de vista, convertido a la vez en una barandilla imaginaria, pero también en un camino, daríamos con un sentido y terminaríamos entendiendo la historia. El problema, quisiera decirle a Agnes Martin, es que el hilo a veces se confunde, o es invisible, o se busca en el lugar equivocado. O simplemente no existe. Y entonces, esa no-existencia se convierte en el propio sentido de la historia.

Solo existe proyecto artístico si puede contarse algo. Si al final hay un suspiro tranquilizador y uno vislumbra una razón, un sentido. No me refiero a completar el puzle, sino a decir que está roto o le faltan piezas. Pero si nadie muestra las piezas escondidas no pueden ser inventadas.

Buceando en todos aquellos documentales, se me ocurrió que no encontrar lo que existe debería por fuerza contar como final narrativo.

La segunda vez en mi vida que cogí un avión tenía nueve años y viajé a Los Ángeles con mi padre y con Clara. Recuerdo una piscina de agua salada, con olas, y bañarme en el Pacífico, donde imaginaba aguas infestadas de tiburones, o eso había visto en aquella película a raíz de la cual tuve pesadillas durante años. Fuimos a Disneyland y al parque nacional de Yosemite, hasta aquella majestuosa pared vertical de granito, El Capitán, que observamos de lejos. El guía que nos acompañó en el recorrido hablaba de la valentía de los escaladores que lo habían intentado culminar sin cuerda, aunque aún quedaban años para que llegara hasta ahí Alex Honnold. Recuerdo a mi padre, pálido, que no puede subir una escalera sin temblar, porque padece un miedo atroz a las alturas. El guía pronunció esta frase: «Las conexiones neuronales de las personas son distintas, claramente», y rieron. La recuerdo porque, aunque en ese momento no la entendí, con el paso de los años pensé que definía a mi padre.

Al igual que existen personas cuyo sentido del miedo les llega un poco más tarde que a los demás, y así como los psiquiatras estudian la mente de los psicópatas, que en buena medida opera bajo el principio de la falta de empatía, estoy segura de que hay gente que llega tarde a determinados temas de la vida por un motivo que escapa a su voluntad.

¿Puede ser que mi padre, por mucho que quisiera ser el mejor padre, llegara tarde debido a algún matiz distinto en sus conexiones neuronales?

Si un tipo es capaz de escalar sin cuerda durante cuatro horas la pared más empinada del mundo sin que el miedo lo paralice, lo desmorone, eso no puede ser casual. Se trata de una incapacidad, la de tener miedo, que se convierte, de repente, en una ventaja.

Desde ese viaje a Estados Unidos empecé a pensar en mi padre como en un ser de capacidades distintas, aletargadas, que necesitaban de cierta toma de tierra, de una traducción, de un adaptador que, en su caso, es su mujer, Clara.

Ya de adulta he vivido algunas situaciones junto a mi padre que constatan su incapacidad de interpretar determinadas circunstancias, sobre todo afectivas. No siento miedo, por ejemplo, cuando voy dentro de un coche con él porque sé que comprende el lenguaje de las señales, las líneas continuas, los cambios de sentido, conoce y respeta las reglas. Sin embargo, siento inquietud en otras situaciones, cuando no sé si entiende las metáforas o el doble sentido, los matices, lo que uno no termina de expresar y que constituye la base de la comunicación. A veces parece que su lenguaje fuera plano y se perdiera en los ecos. Por ejemplo, le pido si podría por favor ayudarme a buscar las fotos que aclararían su desaparición de mi vida y él me responde que hace mucho calor y que no puede porque está escogiendo la tonalidad de gris perfecta para la balda del baño, o porque tiene un orzuelo, o porque es el Mundial.

Son cortocircuitos que habitan en las capas de comunicación, interferencias, desconexiones profundas. Por suerte, está Clara, como si ella fuera la única responsable de encender la luz y le dijera lo que es una silla, una cortina, como si él por sí solo viera bultos, objetos cubiertos por sábanas, y no llegara a percibir la conexión que existe entre las cosas.

Nadie me contó que mi padre, en realidad, era un ser liminal.

Limen significa umbral, y decimos que la enfermedad, la adolescencia, la duermevela o la locura transitoria son estados liminales, como también lo son los viajes, ya sean por placer o por necesidad. La paternidad puede serlo. Lo liminal está en tránsito, no llegó, o se perdió en el trayecto entre un estado y otro.

Tener hijos es un rito de paso, pero mi padre, a pesar de que tuvo una, no llegó a la siguiente fase, se quedó a medio camino. Pura ambigüedad. Paradoja. Péndulo. Sin un papel definitivo en mi vida.

Tal vez yo hubiera podido arrastrarlo más allá del umbral. Pero es muy femenino pensar que tenemos la culpa de no haber sabido hacer algo. Se espera de los padres que dejen de ser péndulo para ser padres. Yo le pedí que fuera un padre. Mi padre. A pesar de que no haya rastro de él en ninguna parte.

La epigenética estudia, entre otros aspectos, la transmisión generacional del trauma. Es una herencia oscura que no forma parte propiamente dicha del ADN, pero sí puede modificar su interpretación.

Si el ADN estuviera formado por letras, que se organizan en palabras y frases, las palabras y las frases serían los genes. La epigenética, los signos de puntuación.

Algunas mutaciones epigenéticas no cambian la interpretación de los genes, es decir, el sentido de las frases se mantiene, pero otras sí y, por tanto, pueden modificar la capacidad de un gen de expresarse.

En última instancia, lo que hace la epigenética es aumentar o disminuir la expresión de genes, lograr que un gen se exprese o no, que lo haga con más o menos intensidad. Y esto sí se puede transmitir de generación en generación.

A pesar de ser un territorio enormemente experimental, supone un cambio sobre nuestra idea de la vida. Lo imagino como la sombra que viaja acompañándonos, a veces la vemos y a veces no. No nos pertenece directamente, pero nos conecta al dolor de los que nos precedieron.

Son las comas, los puntos, las exclamaciones que, de manera casi imperceptible, convierten una frase en otra.

Es un sufrimiento ciego, desconocido, porque no desciframos su origen. Y, sin embargo, somos también ese dolor heredado.

Amador es un personaje muy querido en mi familia paterna. Se quedó viudo con tres hijos en 1935 y nunca se volvió a casar. Se dedicó, hasta el final de sus días, a cuidar de ellos. La pequeña es mi abuela Rosa, para la que su padre fue esa persona alrededor de la cual construir los afectos de una vida.

Pocas cosas sé de Amador, pero sí una, que fue un hombre atípico en una sociedad en la que los padres no peinaban a sus hijas o les preparaban la comida.

No volvió a casarse. Cuando le preguntaban por qué, respondía que estaba muy ocupado ya con sus hijos.

El nombre de Amador significa «el que ama», y esa es la herencia que les dejó. Aparece en las fotografías con un bastón, delgado como un pajarito en unos pantalones que siempre le vienen grandes. Ellos le devolvieron ese amor en forma de devoción en una vejez entre algodones.

Tenía los ojos de color celeste, contaba mi abuela, pero ninguno de los tres hermanos los había heredado. Solo mi padre.

Mi bisabuelo Amador se suicidó dos días después de cumplir sesenta y nueve años y no dejó ninguna carta con una explicación. Saltó por el balcón de casa de mi abuela y se estrelló contra el patio de luces.

Ninguno de sus hijos, ni siquiera con el paso de los años, pudo mencionar aquel episodio nunca más. La historia me la contó mi padre sin muchos detalles cuando empecé a escribir este libro.

Nadie formuló la pregunta clave: cuándo. No el día y hora en concreto, sino cuándo empieza uno a suicidarse.

Murió en el acto. Traté de averiguar si había podido ser una caída fortuita. Le expuse la teoría a mi padre, pero la zanjó rápido: «Encontraron un taburete al lado del balcón».

«Era sensible», dijo mi padre, «sensible a cosas que nosotros no veíamos».

Imagino ese gen de la sensibilidad que contiene en sí la semilla de la tristeza, y siento que mi padre trata a toda costa de evitarlo dándole la espalda, esforzándose por ser un hombre distinto al que peina a sus hijos. Pero el gen quizás se haya quedado agazapado, una sombra en la sombra. Y tal vez me alcance a mí al final.

Lo que no le conté a mi padre cuando hablamos del suicidio de Amador es que durante mi adolescencia, cuando el nombre de Kuki se hizo pequeño, me puse aquel otro, Amanda, que era el de la protagonista de la serie que le gustaba a él. Amanda quiere decir «la que será amada».

Pero es imposible saber qué significa eso. O peor, cuándo una será amada. Aquí también el cuándo es importante.

La niña que comía pelo dejó de hacerlo con el paso de los años. También dejó de dibujar melenas anaranjadas en las que habitaban niños que, como ella, buscaban asideros donde agarrarse. Dejó de hablar en tercera persona porque vio que tampoco así, con esa distancia ficticia, se solucionaba nada. Al menos en la vida real.

Tuve grandes lectores de cuentos en mi infancia y a ellos, cuando yo aún no podía leer, les pedía aquello que bauticé como un «final de inventiva». Se trataba de que la persona que contaba la historia modificara el curso de los acontecimientos. Pedía que me escribieran otro final.

La película que más veces vi fue *En busca del valle encantado*. En ella, la madre del protagonista, Piecitos, un dinosaurio bebé, muere y lo deja solo. Ocurre al inicio y al alcanzar ese punto invariablemente llegaban las lágrimas.

¿Por qué la veía, entonces? Porque creía que la historia podía cambiar, que, si rezaba con suficiente ahínco, la madre no moriría. Un buen día, la película desapareció, mi madre afirmó solemne que se la habían llevado los Reyes Magos, convencida de que aquel visionado continuo no era bueno para su hija. Entonces empecé a pedir a alguno de mis lectores que, en vez de cualquier otro relato, me contaran el cuento de *En busca del valle encantado*. Lo que pedía, en realidad, era que hacia la mitad la madre apareciera, pongamos, detrás de los arbustos, y que Piecitos y ella regresaran a casa juntos.

Me convencí de que mi madre estaba a punto de morir en abril de 1991. La operaron de una simple apendicitis, pero yo no lo entendí así. Mis abuelos, que se quedaron con nosotros mientras ella estaba ingresada, hablaban a menudo por teléfono, y en un momento dado escuché a mi abuelo decirle a su interlocutor «está muy grave», aunque después él me juró que lo que dijo fue que no era nada grave. Él estaba en lo cierto, pero el encantamiento ya había empezado. Pensé que mi madre iba a morir y que los demás me lo estaban ocultando. Imaginaba el mundo después de su muerte: ¿dónde iría yo?, ¿qué casa sería la mía?, ¿quién cuidaría de mí si ella era la única que yo sabía quién era, la única que tenía un solo nombre?, ¿tendría que llamar «mamá» a otra persona?

Aquellos días empecé, sin que nadie se diera cuenta, un ritual para lograr su curación: rezaba, regaba las plantas, recogía las migas de la mesa después de comer. El pensamiento mágico supone que uno puede cambiar la vida con el solo impulso de su mente. Fue mi plan secreto con el que le decía al creador de todo esto, encarnado en la figurita de Jesús en mi mesita de noche, que no se llevara a mi madre porque yo podía ser mejor, portarme mejor, y aquella era la muestra.

Fueron años en los que me enredaba en listas mentales de hipotéticas muertes de mi madre:

- Un accidente de avión.
- Un accidente de coche.
- Que contrajera el VIH.
- Un corte de digestión.
- Unas inundaciones como las de aquel camping de Biescas, del que recuerdo haber visto imágenes de una riada que dejaba frente a las cámaras de televisión cuerpos hinchados e irreconocibles.

- Un accidente como el de la lancha motora que mató a Stéfano Casiraghi.
- La abeja de *Mi chica*.
- Que desapareciera como la hija de Romina y Albano o la farmacéutica de Olot.

Las hipótesis, ya fueran disparatadas o no, tenían la capacidad de ramificarse en cualquier dirección, sin importar su carga de realismo y probabilidad, sin importar que mi madre no cogiera aviones o que jamás se hubiera subido en una lancha motora. Mi incapacidad para distinguir la realidad de la ficción hacía pasar por plausibles todas aquellas posibilidades. El miedo transita sus propios caminos, hace de las suyas, diversifica los problemas ofreciendo nuevas variaciones con un pésimo resultado.

Me prometió que no se iba a morir nunca. Y que tampoco lo haría yo.

Me lo repetía todos los días.

Se llama pensamiento arborescente, dicen, aunque también rumiación, a pesar de que mi madre afirmara que era un bucle y que ella misma aprendiera a adaptar determinadas realidades a mis preguntas. O a evitar determinados contenidos e historias. Nada de ver el telediario o imágenes de Srebrenica o la guerra de los Balcanes, aún peor dejar los anuncios por si se colaba alguno de Freddy Krueger. Imagino a mi madre yendo siempre con pies de plomo, tratando de evitar que alguien cantara aquella canción de «Un elefante se balanceaba sobre la tela de una araña, como veía que no se caía, fue a llamar a otro elefante» para que yo no terminara angustiada, porque no entendía la razón de ir a buscar a otro elefante. ¿Deseaban que se rompiera la tela de araña para que todos se cayeran? La falta de sentido me asustaba, me provocaba un nudo en la garganta.

Mi prima Irene había organizado la fiesta de su décimo cumpleaños en el McDonald's de plaza Catalunya y aún puedo ver los manteles individuales y las galletas con la cara del payaso Ronald McDonald. De la hamburguesa que incluía el Happy Meal detestaba el pepinillo, lo apartaba y procuraba esconderlo porque me producía repulsión que impregnara el mantel con manchas de grasa que se alargaban como cercos. Yo era la más pequeña de la fiesta y estaba, creo, feliz. Me sentía mayor, importante, porque las diferencias de edad a lo largo de la infancia me hacían sentir así, la escogida. Recuerdo también los juegos, aquel de la música y las sillas, en el que siempre perdía, y esos globos unidos a la varilla de plástico que nos dieron cuando llegó el pastel y que yo utilizaba como la varita mágica de un cuento de hadas.

Toda la diversión quedó ensombrecida en el momento final. Mi padre vino a buscarme para llevarme de vuelta a casa. Cuando me levantó del suelo, yo seguía lanzando hechizos, y le clavé la varilla en el ojo derecho.

Me volvió a dejar en el suelo, como pudo, y se cubrió el ojo, roto de dolor.

Al final, la cara del payaso Ronald McDonald terminó recordándome al grito, al miedo. Él diciendo: «Me arde, me arde, me arde. No puedo abrir el ojo». Le había hecho daño a mi padre. Era yo la culpable.

Misteriosamente, en mi cabeza iba almacenándose cualquier episodio que reforzara creencias negativas, pero ninguna que apuntara hacia lo contrario, que sirviera para equilibrar los saldos de un balance en el que yo siempre terminaba debiendo. En el que la culpa es un recuerdo que se extiende y crece hasta que abarca una vida.

Mi hermano Marc nació el 2 de septiembre de 1988. Era menudo e impaciente. Inquieto. De tanto moverse durante sus primeras horas de vida, se arañó la punta de la nariz con sus propias uñas y la primera vez que fui a verlo y me lo dejaron coger en brazos, sentada en el sofá del hospital, solo podía fijarme en esa nariz pequeña como un botón completamente enrojecida. Es el hijo de mi madre y su segundo marido, Miquel, el hombre de la barba densa y oscura al que bautizaron como mi padre.

Nos llevamos cuatro años y mi hermano es la otra mitad de mi historia. Su memoria suple las carencias de la mía, así que cuando mi relato se detiene —porque no recuerdo, o porque no quiero recordar— le pregunto a él, siempre pienso que vivió lo mismo, pero a pesar de que eso es cierto, sus recuerdos no coinciden exactamente con los míos. O más bien, lo que le ocurre a mi hermano es que las palabras que escoge para contar su versión tienen más que ver con una capacidad de supervivencia llamada evasión.

Hay muchas maneras de contar una historia, pero para contar la nuestra —la de Marc y la mía— quizás habría que empezar mencionando a Benito Pérez Galdós. Su cara verde del billete de mil pesetas se adivinaba en las paredes recubiertas de gotelé del pasillo de aquel piso en el que vivíamos siendo niños. Tumbada en la cama de mi habitación, volteada hacia la luz del pasillo, distinguía su rostro entre las sinuosas formaciones del gotelé, infinitas islas sobre el ocre de la pared, iluminadas por la luz del baño que dejaban encendida para que yo no tuviera miedo.

El miedo me lo daba él, Benito Pérez Galdós, aunque por entonces yo no supiera su nombre y fuera tan solo el hombre que vivía en la pared, al que nadie más veía. Solo yo, porque tenía mucha imaginación. Y antes de dormir, aunque quisiera evitarlo, aunque quisiera no mirar, terminaba enredándome en sus bigotes negros y en sus ojillos separados y pequeños, como canicas opacas y translúcidas. Me perdía entre sus bigotes, que terminaban en un garfio hacia arriba que me hacía sufrir. Era la constatación de lo innecesario, pura redundancia estética.

El hombre de la pared enarcaba las cejas, sorprendido, me sonreía, pero tenía los colmillos afilados. La sonrisa se torcía, se retorcían los garfios y entonces, para resguardarme, para dejar de verlo, yo me volvía hacia el otro lado, hacia la pared a la que estaba pegada la cama, cubierta por un papel blanco salpicado de conejitos de colores.

Me gustaba cantar. Cantaba mucho, cualquier cosa. *Sol solet. Juguetes para compartir. Padre nuestro en ti creemos. Es el ColaCao desayuno y merienda. Movierecord. Pajaritos por aquí. Puff era un drac màgic. Amigo Félix, cuando vayas al cielo. Son, cuarenta días son. Es el vuelo de una paloma, es el canto de un ruiseñor*, y a veces me miraba en el espejo mientras me peinaba o mi madre me echaba aquel líquido de los piojos, Filvit, y rastrillaba esa cabeza mía, y yo cantaba y cantaba. O implicaba a Marc en la canción y le pedía que me hiciera los coros de *El rey León* a pesar de que terminaba siempre riñéndole porque desafinaba, el pobre. Y aquellas canciones me permitían imaginar un mundo alejado de la soledad que me producía aquella casa. Fantaseaba, por ejemplo, con que era la hija de Carolina de Mónaco en el *Hola*, que era tan tan tan guapa que nadie podía no quererme y que no había bailes de nombres prohibidos. Así que yo cantaba pensando en que tenía los ojos azules, verdes, que era rubia. Que vivía en un palacio, y mi padre era Stéfano Casiraghi, pero luego recordaba que Stéfano Casiraghi también había muerto, y entonces la lógica de la belleza heredada de mi madre se venía abajo. Porque si hay algo en lo que todos estamos de acuerdo es que los guapos no deberían morirse nunca.

Durante años repetí con precisión a quien me lo preguntaba que de mayor sería actriz, cantante, neurocirujana, astronauta. Hablaba indistintamente de aquella pasión mía por los escenarios, por la música, por la interpretación, por el espacio. En realidad, todas esas pasiones no se relacionaban con las disciplinas en sí mismas, sino con ese hondo deseo de ser Carlota Casiraghi. Se trataba de un anhelo de desaparecer, para reaparecer luego bajo otra identidad. Disfrazarme para obtener un reconocimiento, puesto que las calificaciones del colegio no servían.

Los tres —mi madre, su marido, mi hermano— formaban una familia, y cuando los veía en el salón frente al televisor me embargaba una profunda incomodidad y huía a mi cuarto, a encerrarme entre mis libros y mis diarios. En esas ocasiones, mi madre me reñía al día siguiente con una misma frase: «No nos quieres, no quieres estar con nosotros».

Pero en el «no quieres» persistía ese tema complejo, la falta del *affectio familiaris*, aunque no lo regulara ningún contrato. Creo que a lo que se refería mi madre era a que yo no quería quererlos.

Aquel tipo de afirmaciones de mi madre, en cualquiera de sus variantes —que yo era egoísta, que no los quería o que no sabía querer—, me creaban un enorme desasosiego. De alguna manera, me hacían desconfiar de mi capacidad para conocer el mundo, lo que me rodeaba, pero sobre todo de mi capacidad de sentir, porque lo que decía mi madre debía por fuerza ser verdad. Era preferible pensar que era yo la que me equivocaba a perderla a ella, la única seguridad que poseía.

¿Qué es mejor, un mundo bonito e irreal o uno feo pero real? Siempre gana la primera opción. Con los años llegué a pensar que mi madre se inventó a una hija, pero también yo a una madre, y que esa invención me permitió atravesar la infancia esquivando el riesgo de quedarme fuera. Supongo que es mejor desaparecer que quedarse solo.

Vivimos, hasta que yo cumplí los trece, en una quinta planta de la esquina del Paseo de San Juan con la calle Valencia. Tiempo después, cuando contábamos la historia de por qué nos habíamos mudado de ahí a otro piso que estaba bien lejos, mi hermano y yo nos reíamos antes de responder. Somos muy buenos en eso: en reírnos. Comenzábamos así: «Bueno, vivíamos en una casa encantada», y esperábamos la reacción, los ojos abiertos de nuestros interlocutores. Somos un diez en humor negro, mucho menos aptos para todo lo demás, aunque mi hermano lo disimula mejor con una vida más convencional y un apego sincero por aquello que ahora llamamos zona de confort, es decir, por no pensar mucho lo que haces y sobre todo por no hacer nada que pueda poner en peligro un sistema de creencias que nunca te has cuestionado demasiado. Pero él tenía tanto miedo como yo. Tanto, que durante muchísimo tiempo se levantó todos los días con una rosácea que le cubría los párpados de ambos ojos. Y mi madre lo llevó a médicos y más médicos que hablaban del gluten, del sudor, de una alergia a las nueces, pero yo siempre pensaba que su rosácea era una reacción a Benito Pérez Galdós y su cara verdosa en la pared del pasillo.

El relato es el relato, y nosotros contábamos que habíamos vivido en una casa encantada porque aquella era una manera lúdica de empezar una historia de la que perviven episodios dantescos. Las pruebas de que vivíamos en una casa que imaginábamos poseída por fantasmas, por misteriosas fuerzas ocultas cuyo propósito era asustarnos.

Llegamos a hacer una lista de los episodios para que no se nos olvidaran con el tiempo:

- Mis conversaciones con Benito Pérez Galdós, que me hacía gestos a través del gotelé de la pared. («Tu imaginación», justificó mi madre).
- La vez en que, en clase de inglés, me hicieron grabar en un casete una entrevista inventada a un famoso y cuando le dimos al *play* para escuchar el resultado mi hermano oyó voces extrañas. Y yo también. Psicofonías, dijimos. («No, está grabado encima de otra cinta, con lo cual quedan restos», justificó mi madre).
- La vez en que la cuna de mi hermano ardió y estuvo a punto de morir abrasado. («La manta eléctrica», explicó mi madre, a pesar de que estuviera desenchufada).
- Cuando estudiaba las particularidades de la región de Baden-Wurtemberg, uno de los polos industriales de Europa, y a través de la pared de mi habitación escuché unas voces. Psicofonías, repitió mi hermano, e hice venir a mi madre a la habitación, que también lo escuchó. (Son los vecinos, dijo).
- Las veces en que mi hermano vio luces en el techo y se fue a dormir al sofá. («La imaginación», afirmó mi madre. Y yo no le respondí: ¡Pero él no es escritor!).
- Cuando mi madre fue a la reunión de vecinos para contar que en nuestra casa entraban polillas a todas horas y que no sabía qué hacer. Resulta que nadie más en aquella comunidad había visto una polilla en su vida. («Se debe a la orientación del piso», mi madre se sacó de la manga).
- Cuando sonó el despertador sin pila. («¡Un fallo eléctrico, a veces queda electricidad!», justificó de nuevo).
- Las manchas que aparecieron sobre el cabezal de mi cama. («Son tus zapatos, esas botas Panama Jack que tienen la suela negra». Pero tampoco le respondí que yo no andaba por el techo).

Con simpatía, con desparpajo, Marc y yo solíamos revisar todos estos puntos como si fuera un examen, con una mímica concreta y unas pausas aprendidas, y lo contábamos en cenas de amigos comunes: «Pero cómo, ¿una casa encantada?», exclamaban, escépticos, desdeñando en un inicio el relato terrorífico, pero con la curiosidad de escuchar los detalles y el morbo que da lo que carece de una aparente explicación. ¿Era cierto? ¿Había espíritus o demonios? *Pero si estos chicos parecen la mar de normales. Bueno, ella va al psicólogo*, imagino que pensarían luego.

A la gente le asustan los demonios, las presencias paranormales, y las pocas veces en que he visto películas de terror, a esos personajes que gritan angustiados con los ojos que se les salen de las órbitas me gustaría recordarles aquello que mi abuelo materno me decía frente al tanatorio de Sancho de Ávila, por el que yo evitaba pasar a toda costa: no es de los muertos de los que hay que tener miedo. También me decía mi abuelo que *«la por se la fa un mateix»*, que el miedo se lo produce uno mismo. Pero ahí ya no estoy tan de acuerdo.

No puedo dejar de plantearme las muchas consecuencias que tuvo para mi hermano y para mí vivir con miedo durante toda la infancia. O peor, aquel viejo tema que llena libros de historia, la causa, el principio, el arjé: por qué dos niños nacidos en 1984 y 1988 se pasan la infancia lidiando con una casa que les aterroriza. A veces pienso que quizás no era la casa. Pero entonces recuerdo que mi hermano no es escritor sino ingeniero, y que él no puede estar inventándose todo esto.

En alguna ocasión pensé, al contar todos aquellos episodios, que mi hermano estaba incómodo, como si le produjera vergüenza resucitar aquella época, como si no dijera nada bueno de los dos.

Cada uno hace lo que puede con su pasado. Sobrevivir a él, por ejemplo.

El tiempo que vivimos en la casa del Paseo de San Juan, es decir, hasta entrar en la adolescencia, estuve convencida de que era la causante de muchos de los males que ocurrían en el mundo. Por no querer, por no saber querer, por no saber hacer otra cosa que encerrarme en una habitación para estar sola a pesar de que yo no deseaba estar sola. Era de nuevo aquella casilla marcada en el boletín de notas, el afán por llamar la atención, el creerme el centro de todas las miradas. Pero entonces ese sentimiento empezó a evolucionar hacia una parte oscura, desasosegante.

Durante aquellos años pensaba que era capaz de causar la muerte de alguien con mi sola presencia. El 30 de abril de 1993, vi en directo el apuñalamiento de Monica Seles, mi tenista favorita. Yo, que jugué muchos años al tenis e incluso llegué a competir, veía un referente en aquella chica joven que me parecía tan mayor entonces. Se disputaban los cuartos de final del torneo de Hamburgo y, en un momento de descanso del partido, que jugaba contra Magdalena Maleeva, un hombre irrumpió en la pista con un cuchillo y se abalanzó sobre Seles, asestándole una puñalada en la espalda. Esa imagen, la de Seles perpleja palpándose la espalda, de pie, después desvaneciéndose, sin entender qué acaba de sucederle, me desarmó. El agresor, un tipo llamado Günter Parche, era un fanático de Stefi Graff y decidió que esa era la mejor manera de acabar con su mayor contrincante. En 1995 Seles volvió a competir después de sufrir graves trastornos psicológicos como secuelas de aquel episodio. Nunca regresó. Parte de ella, sus proyecciones, esperanzas e ilusiones, lo que había soñado que sería, se quedó ahí, en una pista de tierra batida de Hamburgo.

El 29 de enero de 1994, estábamos viendo las carreras de esquí cuando le tocó el turno a Ulrike Maier, de quien, hasta ese momento, nunca había escuchado hablar. Yo también esquiaba, competía, y disfrutaba viendo a aquellas esquiadoras estilizadas que bajaban como si no les costara ningún esfuerzo. Maier se desequilibró al cambiar el peso sobre una pierna y chocó a más de cien kilómetros por hora con un poste de protección de la pista. Fue devastador. A pesar de que era todavía una niña, me di cuenta de que estaba muerta. Miquel me vio la cara y dijo: «Seguro que no es nada, habrá perdido el conocimiento, luego se levanta, ya verás». Pasaron unos segundos angustiosos hasta que se dieron cuenta de la gravedad y la evacuaron. «No se va a levantar», le dije. No podía dejar de pensar en la cara de Ulrike Maier, en los colores de sus pantalones de esquí, azul, blanco, naranja, que destacaban sobre la extensión blanca infinita de nieve donde se había quedado completamente inmóvil.

Tres meses más tarde, el 1 de mayo de 1994, Ayrton Senna sufrió un grave accidente en la curva de Tamburello, durante el Gran Premio de San Marino. Una varilla de la suspensión del vehículo atravesó la visera de su casco provocándole una herida fatal en la cabeza. También en directo. Como había hecho en el caso de Maier, Miquel intentó tranquilizarme diciéndome que todo iría bien. Pero yo ya había dejado de creer en el relato de los adultos.

Estaba convencida de que aquellos accidentes se habían producido porque yo estaba viéndolos. Mi ausencia, pensé, los hubiera salvado. Incluso ahora, tantos años después permanece ese miedo, el miedo a lo repentino.

Yo había hecho algo, sentía eso, que era mi culpa. Pero no sabía de dónde procedía aquel sentimiento tan desasosegante.

La primera vez que fui a un psicólogo coincidió con el nacimiento de mi hermana Inés. Había dejado de hablarle a Miquel porque le había levantado la voz a mi madre un día en que la cena estaba fría. Lo escuché desde el salón y me fui veloz a la cocina para gritarle yo también a él que fuera la última vez que hablaba así a mi madre. Los gritos no fueron cosa de un día, se repitieron en varias ocasiones y, cuando tuve suficiente, le dejé de hablar ya que nadie más, en especial mi madre, hizo nada al respecto. Ella no llevó a Miquel al psicólogo sino a mí, porque los gritos, según contaba, no habían existido o yo exageraba. Por eso comencé a pensar que quizás sufría de alucinaciones y que no era un testigo fiable de mi propia vida.

No tenía la más remota idea de lo que era un psicólogo y de repente me vi sentada frente a una mujer que me trataba como si tuviera cinco años. A lo largo de la sesión estuve nerviosa, no tanto por la incomodidad que me producía la situación, sino porque iba a conocer a la hija de Clara y mi padre. Al final de la sesión, la psicóloga me dio una tarjeta de visita y me pidió que por favor le dijera a mi padre que la llamara, que quería hablar con él. Pero no le dije nada cuando me subí en el Alfa Romeo rojo que me llevó a conocer a Inés.

De ese día hay una fotografía en la que se ve un ramo de magnolias a la izquierda. Un poco más abajo, un ramo de margaritas blancas, y aparece de refilón una mesa de hospital. En el centro de la imagen está mi padre, calvo ya, pero con la misma cara de ese actor de Hollywood. Lleva una camisa muy clásica, a rayas blancas y azul marino, y asoma en su muñeca izquierda ese mismo reloj caro que perdió años más tarde. Por encima del reloj aparece la cabeza de una bebé, envuelta en un chal blanco impoluto. Parece tranquila. Cierra los ojos y tiene una de las minúsculas manos cerca de los labios. Mi padre sonríe, pero lo hace con los ojos, no con la boca. Envuelve a la bebé con sus brazos. En el lado opuesto a las magnolias y las margaritas estoy yo, con una blusa blanca terriblemente fea: las mangas abullonadas hasta el codo y el cuello, enorme, ribeteado de rosa con piñas bordadas del mismo color. Llevo una diadema y el pelo lacio y marrón cae por encima de las piñas. Estoy pegada a mi padre, pero mi hombro está detrás del suyo y él y la bebé me tapan medio cuerpo. Parece que me apoyo. Sonrío, pero lo hago con los labios. Los ojos están caídos, tristes.

Así como recuerdo perfectamente a mi hermano y su nariz roja de botón, no recuerdo apenas cómo era mi hermana aquel día en el hospital, solo puedo evocar la imagen de la fotografía. Sé, porque lo dijo un enfermero, que era la bebé más preciosa que había visto. Y aquel elogio aparentemente inocente se convirtió en una suerte de maldición, porque Inés se quedó encerrada desde su llegada al mundo en aquel adjetivo, *preciosa*, que se adapta perfectamente a las iridiscencias de las piedras que admiramos tras la vitrina de una joyería, pero resulta poco adecuado para las personas. Su aspecto la volvió frágil, inasible. Antes de cumplir un año ya había aparecido en el primer anuncio de televisión. Después se convirtió en la imagen de dos marcas suecas de ropa de niños. Posó con un bikini estampado con margaritas cuando no había cumplido cuatro años. Sus dientes blancos, las paletas ligeramente separadas, mostraban a una niña risueña y soñadora, embadurnada de crema solar. Mi padre contó posteriormente que se pasaron dos horas hasta que consiguieron que Inés sonriera, que fue una auténtica agonía.

Inés no habló hasta que tuvo cuatro años y dos meses. Fueron a logopedas, psicólogos infantiles, otorrinolaringólogos. El mutismo o ausencia de lenguaje hasta los cuatro o cinco años suele asociarse a algún tipo de problema neurológico o trastorno del desarrollo. Pero Inés no tenía ningún problema, eso lo supe siempre. Ella entendía, se manejaba perfectamente, pero no respondía cuando mi padre o Clara la interpelaban. Supongo que estaba furiosa, asfixiada en aquel adjetivo para piedras.

Su camino hacia el estrellato terminó en aquel anuncio para el detergente Dixan. Mi hermana tenía que aparecer diciendo «Mamá, mi camiseta de la suerte. ¡No hay quien la limpie!», un texto un tanto elaborado para una niña tan pequeña, y mientras lo decía debía mostrar a cámara un polo blanco con esas manchas y churretones exageradamente toscos, como si más que un polo fuera un lienzo de un pseudo Pollock barato. A sabiendas de que mi hermana no hablaba, le hicieron mover los labios para locutar después la frase mediante doblaje. Sin embargo, aquel fue el final de su carrera como modelo y actriz. Ya vestida y maquillada, un grácil moño sobre su cabeza pequeña, cuando el director del anuncio le pidió que moviera los labios, y mi padre le imploraba con la mirada que lo hiciera, Inés abrió la boca y pronunció su primera palabra: «No». Y después matizó: «No quiero». Aquello fue todo. Después, como si se hubiera roto un encantamiento, Inés empezó a hablar lentamente. Las palabras fueron saliendo, sin apenas titubeos, como si hubiera esperado a tener todo el lenguaje dentro para comenzar a usarlo. Sin ceceos o problemas con la doble erre. Quizás había conocido la prudencia antes que cualquier otro sentimiento, la necesidad de esperar a lanzarse. O quizás solo le fue posible tras verbalizar finalmente aquella negativa. Si trazar los propios límites es algo que uno aprende con la vida, mi hermana empezó a hacerlo desde el primer instante en que pudo hablar.

Dicen que se aprende a hablar a lo largo de los cuatro primeros años. Sin embargo, aprender a decir lo que uno quiere puede llevar toda la vida. No fue el caso de Inés, que entendió que aprender a hablar se relacionaba no con el conocimiento de unos fonemas y unas dicciones concretas, sino con la facultad de elección y afirmación. La voluntad de escoger un mundo en el que querer vivir.

Muy a menudo pienso que mi hermana es una persona completamente desconocida para mí. Sé datos, como que estudió Odontología y se especializó en implantes. Antes de que se marchara a vivir a Bristol fui al centro dental donde trabajaba. Se me había caído una corona, estropeada ya definitivamente, y había que poner una nueva y, por tanto, hacer un implante. Teníamos veinticuatro y treinta y cuatro años respectivamente.

Tumbada en el sillón, la luz blanca cegándome los ojos mientras ella ponía el dedo enguantado en aquel pequeño trozo de diente que quedaba, sentí una creciente intranquilidad.

«Primero la anestesia. Te pincharé en dos sitios del paladar. Duele un poco, pero pasa rápido. Cuando la zona esté insensibilizada haremos la extracción del diente perdido. Y quizás sea molesto, un poco traumático incluso. Pero solo es esa parte. Después ya todo es más fácil».

Cuando empezó, después de los dos pinchazos, me embargó una sensación de pesado hormigueo que me llegaba hasta la nariz, y entendí a qué se refería con lo de traumático. Aplicó fuerza, como si estuviera desenroscando un diente, que era lo que estaba haciendo, y me mareé. Un sudor frío me cubrió las palmas de las manos. Notaba que algo muy profundo, algo que se agarraba, algo que nunca hubiera caído espontáneamente, estaba siendo violentado.

En aquel sillón plastificado y azul sentí eso, la violencia, que alguien me estaba arrancando algo de mí. Me decía para mis adentros, como si se tratara de algo animado: quiero que se quede conmigo.

Y hubo algo antiguo, lejano, un sudor frío, porque el cuerpo recordaba un día de un mes de julio en que fui a una clínica, a un departamento llamado «planificación familiar», y me preguntaron si estaba segura y yo dije sí y firmé consentimientos y rellené las distintas casillas de un test psicológico.

Pero en la consulta, con mi hermana, no había rastro aparente de aquella historia.

Después de la extracción, Inés, como si pudiera adivinar mejor que yo lo que me estaba ocurriendo, me enseñó la raíz y era pequeña, bonita, de un color rojo claro. El color brillante de la sangre sobre el hueso blanco, aquella terminación puntiaguda y ligeramente doblada para agarrarse mejor a la encía. Me hubiera gustado guardarla siempre, aquella raíz en forma de llama que tanto se había aferrado a mí.

«No pasa nada», dijo Inés, aunque no sé a qué se refería.

«Pocas veces he visto una raíz así, tan perfecta, enroscada en la encía». Cuando me la enseñó, me embargó de nuevo esa tristeza extraña y difícil de explicar si la relacionaba simplemente con la extracción de un diente.

No era el diente lo que mis ojos estaban viendo. Regresé a un quirófano donde una enfermera me puso una máscara para anestesiarme y me dijo que pensara en algo bonito, pero yo tensé aún más las piernas separadas sobre los estribos agarrándome al batín de papel azul. «No pasará nada», me dijo.

Pero aquello que perdí también era algo bonito, pequeño y mío.

Viendo aquella raíz con forma de llama entendí los lazos, las migas de los cuentos clásicos. No es solo la epigenética la que cambia el sentido de las frases, también es la memoria que despierta, que modifica, que enlaza.

Veo la llama, aún ahora. En la punta se rizaba, como queriéndose agarrar aún más. Pero sucumbió al fórceps porque no podía no hacerlo.

Cuando dicen que pienses en algo amable es porque lo estás pasando mal. Es difícil dominar la mente e irse a otro lugar, pero lo peor es que quizás ese recuerdo bonito quede unido al momento del dolor y deje de ser algo que queramos evocar.

Inés se quedó un rato conmigo en la sala de espera, hasta que se me pasó el mareo, pero no podía hablar porque debía mantener presionada una gasa ensangrentada. «Ya verás qué pronto se te pasa el susto».

Pero Inés se dio cuenta de que el susto era por algo que aún no sabía que estaba recordando, porque el cuerpo tiene una memoria ágrafa a la que le faltan las palabras y por eso yo no lo comprendí.

Le pregunté qué harían con la raíz y me dijo que tirarla al contenedor de residuos biológicos. Yo asentí, sin atreverme a pedírsela para quedarme con ella, con vergüenza, porque no quería parecer una tarada que pretende guardarse un diente.

Al día siguiente, cuando ya había desaparecido toda la anestesia, me salió un hematoma en la mejilla izquierda. Fue azulado, verde, amarillento. Pasaban los días y adquiría nuevas tonalidades. Se quedó conmigo una semana y la idea de tenerlo me daba una paz extraña, porque era la señal de que algo no había querido marcharse, de que se había ido a la fuerza. Y era pequeño, bonito, mío, también el hematoma.

Un hilo unió un implante, una raíz, con uno de los momentos más tristes de mi vida, y durante días regresaba a mi memoria la llama roja, y yo me decía que debía de estar volviéndome loca para que me pareciera tan bonita la raíz de un diente podrido.

A los tres meses, cuando la herida cicatrizó y no quedaba ni la sombra de un hematoma, me pusieron un tornillo. Después, una corona de porcelana blanca. Ocuparon el lugar de la llama y la llama desapareció, aunque no de mi memoria, como tampoco eso pequeño, bonito y mío que terminó cubierto de tiempo y de justificaciones, con la única diferencia de que el diente estaba maltrecho y podrido.

Mis hermanos no se conocen entre ellos.

Miento. Se vieron una vez. Mi padre me dejó en el rellano del piso del Paseo de San Juan, cuyo felpudo él nunca llegó a cruzar, pero Inés, de casi tres años, que no se atenía a las reglas que ella no deseaba ver, entró rauda en la casa y avanzó todo el pasillo hasta llegar al salón, donde Miquel y Marc veían la televisión. Con la velocidad de quien huye de un fuego, de una catástrofe, corrí a buscarla, como si pudiera ocurrirle algo, y la saqué en brazos, ella llorando y sin entender por qué no la dejaba estar en aquel salón.

Nunca se han vuelto a ver, de manera que en realidad puedo decir que mis hermanos no se conocen.

Ni siquiera se reconocerían en un bar, porque no estoy segura de que hayan visto fotos el uno del otro. Yo nunca se las he enseñado. Me divierte imaginar que, por azar, podían haber terminado en una cita. Ser novios. Mis padres convertidos en consuegros en una segunda oportunidad en la vida de alcanzar un mínimo de cordialidad.

De mis hermanos sé poco. Sé, sin embargo, que son felices. Tal vez ellos piensen lo mismo de mí.

Tengo suerte con las cosas que pierdo: las recupero de las maneras más extrañas que quepa imaginar.

Me robaron la moto en la playa de la Barceloneta y apareció, días después, a la salida de una comunión, en una callejuela estrecha del Call.

¿Qué probabilidades había de que yo pasara justo en ese momento por una calle desconocida hasta ese preciso instante?

Me dejé el bolso en un taxi y el conductor, oriundo de Lahore, me lo devolvió al cabo de una hora.

¿Qué posibilidades había de que encontrara, después de haberle hablado de un libro mío, mi perfil en redes sociales y me escribiera?

Perdí un pendiente de mi tía abuela Mercedes y apareció, años después, desparejado, en el forro de un abrigo que llevé a la tintorería.

¿Qué posibilidades había de que cayera al suelo, la dependienta lo recogiera y lo dejara expuesto en el mostrador por si algún cliente lo reclamaba?

Tengo suerte con las cosas que pierdo.

La vida me da una segunda oportunidad que incluye un recordatorio, una advertencia que dice no te confíes porque no siempre será así.

Algunas de las cosas que he perdido, sin embargo, no he podido recuperarlas.

La primera novela que escribí, por ejemplo, que olvidé, su letra apretada en un cuaderno cuadriculado, en una bolsa en los sofás de un bar.

La raíz del diente que Inés desechó en los residuos biológicos porque no me atreví a decir «quiero guardarla».

También, cuando cumplí treinta y dos, recordé a mi padre y aquel mantra de *«Amb el cor no es mana»*. Me enamoré de un hombre que vivía a 10.869 kilómetros de aquí, que tenía una mujer y tres hijos. Me llegó el turno de preguntarme eso mismo: qué harías si de repente te cruzaras con alguien y bastara una mirada. No fue exactamente así, es decir, no me lo crucé por la calle, pero mi propio vaticinio, adolescente y peliculero, me alcanzó.

Al final, el legado de la advertencia y el haber tratado de evitar determinadas situaciones no me sirvieron de nada.

Después de los consentimientos y de firmar las cláusulas de un test psicológico, cuando tuve el beneplácito de la psicóloga de planificación familiar, cuando la enfermera me puso la anestesia y me dijo «ahora tranquila» y sentí el entumecimiento, mi última reflexión fue que a 10.869 kilómetros un hombre nunca sabría que también él estaba perdiendo algo que no iba a recuperar.

¿Perdemos algo si no sabemos que existe?

Al final, el papel que me otorgué en mi propia historia no fue el de mi madre, sino el de Clara. El de esa otra soledad. Como si nos viéramos obligados a repetir patrones, a quedarnos encerrados en ratoneras a las que nos lleva la inercia.

Un tiempo más tarde empecé una relación con ese hombre, y la relación, tormentosa y agónica, no funcionó. Mucho tiempo más tarde entendí que era imposible que prosperara algo que había nacido del final de una vida, me refiero sobre todo a la mía.

El mantra de mi padre funcionó, me apresó, y fue la demostración de que el romanticismo y el drama están bien para verlos en un cine a oscuras comiendo palomitas, pero que luego existen decisiones que reformulan el sentido de una vida.

El gen saltarín de la tristeza, latente, haciendo cabriolas a través de las generaciones de Amador y su hija Rosa, me alcanzó en un quirófano, y yo no pude librarme como sí hizo mi padre.

Durante mi juventud tuve aquel sueño, o tal vez no podía llamarse sueño sino más bien deseo. El de la familia.

Aquella vez, en el quirófano, tampoco recuperé lo perdido.

Es curioso que, en alemán, la palabra *Traum* signifique sueño. Que esté tan cerca de esa otra palabra que significa peso, golpe, cicatriz.

El 18 de mayo de 1991 Sergei Krikalev partió a bordo de la nave Soyuz para una misión de cinco meses en la estación Mir que orbitaba la Tierra.

Le encomendaron un trabajo más bien rutinario: hacer algunas reparaciones y actualizaciones en la estación. Mientras en el espacio las cosas transcurrían sin grandes complicaciones, en la Tierra, la Unión Soviética comenzaba a resquebrajarse irremediablemente, y en pocos meses acabó desintegrándose.

Sin embargo, Krikalev seguía en el espacio, de manera que esa misión exenta de peligros terminó dejándolo en un limbo durante meses, orbitando en el cosmos más del doble del tiempo planeado y sometiendo su cuerpo y su mente a efectos desconocidos derivados de áquella larguísima exposición.

Al final, la verdadera odisea del cosmonauta no fue soportar más de diez meses en un limbo del que no tenía fecha de regreso. Lo irreversible fue aterrizar en un país que ya no existía, que tenía ya otro nombre. Aquel tiempo abandonado en el espacio le valió para pasar a la historia como «el último ciudadano soviético».

El 25 de marzo de 1992 por fin llegó la expedición de relevo. En total, Krikalev había estado 313 días varado en el espacio. «Tirado en el espacio: la disolución soviética provoca el retraso de la vuelta a la Tierra de un cosmonauta en órbita», tituló el diario *Los Angeles Times* al día siguiente. Cuando aterrizó, lo primero que hicieron las autoridades rusas al sacar a un Krikalev desorientado y enclenque de la nave fue taparle las banderas de la Unión Soviética que adornaban su traje.

Tras los más de diez meses que había permanecido en la estación Mir, Krikalev regresó a otro mundo. No tenía patria y el mítico centro de lanzamiento de cohetes enclavado en la estepa de Tyura Tam, en Baikonur, desde donde había salido, pertenecía ahora a la república independiente de Kazajistán. Su sueldo, de seiscientos rublos, no alcanzaba ni para comprar un kilo de carne; su ciudad natal ya no se llamaba más Leningrado sino San Petersburgo y su carné de miembro del Partido Comunista carecía de toda validez porque esa agrupación estaba proscrita. Se fue de la URSS y regresó a Rusia. Sobre las banderas de su país había caído una suerte de *damnatio memoriae*.

Durante la conferencia de prensa que se organizó a su vuelta a la Tierra, un periodista le hizo una de esas preguntas comprometidas: «¿Lloró alguna vez durante todo este tiempo?». Krikalev escuchó con atención, como si meditara la respuesta, pero guardó silencio. En su lugar, respondió uno de los responsables técnicos de la misión Soyuz: argumentó que había demasiado trabajo como para pensar en las lágrimas y que además —cubriéndose las espaldas por lo que pudiera seguir— mandaban al espacio a gente emocionalmente estable.

El periodista insistió con una pregunta menos directa: «Pero qué pasaría con las lágrimas en el cosmos». Y ahí sí respondió: «Las lágrimas habrían flotado como bolitas y se habrían pegado a los cristales de la estación espacial. Después, los cuarenta ventiladores las habrían llevado al contenedor donde se acumulan las sobras. Así de sencillo».

Aún faltaban diez años para que un grupo musical llamado Sad Astronauts lanzara una canción llamada *In Space No One Can Hear You Weep*; «En el espacio nadie puede escucharte llorar». Y en ocasiones, pienso en Krikalev mientras orbitaba la Tierra sin saber que pertenecía a un mundo que ya había muerto. Pienso en su perplejidad al aterrizar cuando vio que los hombres que le ayudaban se afanaban en cubrir esas banderas que ya no significaban nada, como si aquel mundo antiguo del que procedía estuviera condenado.

Lo llamaron el náufrago de las estrellas.

La URSS no murió del todo hasta que Krikalev regresó del espacio. Con los años me he llegado a convencer de que, en realidad, los soviéticos alargaron la epopeya sin dejarlo volver porque sabían que añorar es el último hilo para mantener vivo un mundo que ya no respira.

La canción *Casiopea*, de Silvio Rodríguez, dedicada a Sergei Krikalev, último cosmonauta de la URSS, terminaba así: «Quizá ya no sea yo cuando me encuentren».

—¿Te acuerdas de tu comunión, Kuki? —me preguntó Luisa.

Estábamos en su casa de Ronda de Sant Pere, octavo primera, las paredes pintadas de azul claro, el salón repleto de lienzos de todos los tamaños. Mi tía llevaba en los pies zapatillas parecidas a una mopa de color amarillo fluorescente. Los pelos sintéticos largos y quietos como tentáculos varados sobre el parqué. Un animal subacuático de miles de millones de años de antigüedad sobre las lamas de madera de pino. Cuando mi tío trajo los cubiertos, nos lanzamos a la merienda:

—Charly, están buenísimas estas ensaimadas. El próximo día compra más y congelamos para desayunar.

Se quedó callada, como si hubiera perdido el hilo, y con una servilleta de papel se limpió el azúcar adherido a las comisuras de la boca. Luego siguió:

—Pues es que a tu comunión no fuimos. Tu padre nos dijo que no podíamos ir. Después rectificó diciendo que podíamos ir solo a la iglesia, pero que teníamos que ponernos en los últimos bancos, no en el espacio reservado a las familias. Que teníamos que pasar desapercibidos porque tu otra familia ya estaría en las primeras filas. Por eso nosotros decidimos no ir. En realidad, no queríamos molestar. Al final, tu padre y tu abuela sí fueron, pero se quedaron apartados.

Imaginé dos familias en la iglesia: la de la madre y la del padre, las oficiales. El padre y la abuela de verdad sentados en los últimos bancos, alejados. De incógnito en una misión de espionaje para pasar desapercibidos.

—El problema de todo esto —siguió mi tía— es que tú no tuviste niñez. Que no te lo pasaste bien. Que te quedaste fuera de tu propia vida. Lo peor es que nosotros, aunque nos dábamos cuenta de la situación, no hicimos nada por ti. Todo era siempre un problema.

—La pena es que sois mis únicos tíos —dije sin pensar.

Pero por mucho que los quisiera, también ellos, ante la marejada, desaparecieron. Mis únicos tíos, por desconocimiento y miedo, decidieron acatar lo que decía mi padre porque él creía estar haciendo lo mejor, de manera que tampoco ellos iban a inmiscuirse en mi nueva vida.

Esto confirmaba aquella sensación recurrente de que las cosas que más feliz me hicieron no me estaban permitidas. Ni mis tíos, ni Irene. Me embargaba la sensación de que tenía unas obligaciones con unas personas a las que yo debía visitar y querer porque así tenía que ocurrir.

A medida que trataba de escribir esta historia e intentaba hablar con mi familia me daba cuenta de que reducía el número de preguntas que inicialmente quería hacer. O peor, que las iba modificando conforme avanzaba la conversación. Me veía incapaz de seguir hasta el final porque no quería molestarles, ni hacer que se sintieran incómodos, ni ponerles en el aprieto de tener que contarme algo que no desearan. Fui, por tanto, una pésima entrevistadora. Se colaban invariablemente la culpa y la tristeza y me decía que ya era suficiente. Sentía la presencia imaginaria de mi madre mirándome por el rabillo del ojo, atenta a lo que quería saber.

Cada uno de los miembros de mi familia, al verse confrontados por esa historia que sucedió tantos años atrás, sentía vértigo ante esa pregunta: ¿qué hiciste tú?, ¿podrías haber hecho algo? Llegaban rápido a la conclusión de que me habían abandonado e incluso me miraban con pena, y era eso lo que les impedía decirme claramente qué había ocurrido. Quizás simplemente habían preferido mirar hacia otro lado.

—Me gustaría ayudarte —dijo mi tía—. Yo no recuerdo demasiadas cosas, porque tampoco te vi tanto, pero en lo que yo pueda hacer... Mirando atrás hay cosas que me extrañan, pero quizás podrías preguntarle también a tu madre. ¿Le has preguntado a ella...?

—No quiere hablar.

—Ya. Lo único que recuerdo es aquel verano en que te volviste más silenciosa, introspectiva. Pero es que hasta cierto punto eso es normal, ¿no?, niños que pasan por periodos de transición. Estuviste unos días en el camping con nosotros. Me acuerdo porque Irene se echó aquel amigo, ¿sabes? El belga. Apareció tardísimo una noche y estuvo castigada sin salir unos días. Pero a lo que iba, de repente estabas inquieta, te escondías. No querías que nadie te viera cambiándote, cerrabas todos los pestillos. Que no quiere decir nada, pero ahora lo pienso y me extrañó.

—Me habría vuelto más tímida.

—Te quedaste sola. Y lo que más me duele es que nosotros te queríamos. Y tu padre también. Claro, y tu madre.

Nos quedamos un rato calladas.

—Es que nunca supe qué era lo que yo tenía que hacer... Cuál era mi papel en todo esto.

Mi tío, que permanecía en silencio desde el inicio de la conversación, como sopesando qué era lo que podía añadir, solo dijo:

—Es que, en realidad, ese es el problema. Que tú no tenías que hacer nada. Solo ser una niña, jugar, ser feliz. Me arrepiento tanto de no haber ido a tu comunión. Eres mi ahijada. Me hubiera gustado.

Esbozó una media sonrisa, pero se le congeló en mueca. Entonces dejamos el tema y les pregunté por mi prima, por sus nietos. El ánimo cambió.

Me marché con restos de azúcar glas en los pantalones negros.

De vuelta en casa, pensaba en aquel día que recordaba con tanta tristeza, el de mi comunión. Tomé la comunión en mayo de 1993. Me pasé toda la ceremonia nerviosa y acabé convirtiéndome en Sergei Krikalev.

Incluso me atrevería a decir que en la cinta de VHS de mi comunión, Sergei Krikalev soy yo. En un momento dado, por el lateral de la primera fila aparece mi padre, que ha avanzado para poder ver lo que ocurre, ya que no puede hacerlo desde los bancos de atrás donde está exiliado. Se para en una esquina y me hace fotos. La cámara se queda quieta y filma a aquel hombre, un padre extraviado por las primeras filas, y a la niña vestida de blanco que mira al *Mossèn*. Sé que quien graba es un primo de Miquel, porque si hubiera sido él jamás habría filmado a mi padre con aquella parsimonia.

Pero Krikalev y yo nos fundimos en una misma persona en una escena que me recuerda al cambio de guardia en el palacio de Buckingham. Delante del altar, una familia: mi madre, Miquel, mi hermano y yo. Nos están haciendo las fotos oficiales de comunión. Cuando terminan los retratos, ellos se van y me quedo sola durante unos agónicos segundos en los que, perdida, miro a ambos lados esperando a alguien, pero nadie llega. Mi madre ha abandonado su puesto rápido, como sin querer cruzarse con ninguno de los que ahora hacen su aparición: la familia que ha sido relegada a los últimos bancos de la iglesia.

Y en ese momento en que me quedo sola soy Krikalev, el puente entre dos mundos, uno que ha desaparecido y otro al que, sin saberlo, ya pertenece. Se acercan mi padre y mi abuela. Falta el pífano, la flauta usada en las bandas militares, y el tambor, que acompaña a los centinelas en su relevo. En la grabación, veo cómo mi padre se dirige con señas al fotógrafo para que nos haga también una foto a él y a mí.

Estoy desubicada en el cruce de familias, no sé si debo estar contenta o no, ni cómo me tengo que dirigir a cada uno de ellos.

Mi padre se marcha rápido, sabiendo que no le han concedido un turno demasiado largo para hacerse fotos, y yo hago lo posible por mantenerme impasible, por no hacerle el menor caso, aunque me ha hecho una broma y me he reído. A veces siento que le tengo que castigar, aunque no sé por qué. Suspiro cuando se marcha y vuelve a por mí mi familia monolítica a la que llamo por nombres que no a todos les pertenecen. Pero mi madre está tranquila, de manera que yo también puedo estarlo. Mi felicidad es y será siempre la de mi madre.

Me acuerdo de un detalle más que nadie ve porque solo queda lo que permanece en las fotografías. Así, después, en el restaurante, cuando nadie mira y ya es tarde y los adultos están con los puros y las copas, me encierro en el baño, finalmente sola, sin tener que dar las gracias por los regalos o repartir bolsas de peladillas y un absurdo recordatorio de comunión. Entonces me cubro los ojos con las manos y siento cómo avanzan esas bolitas punzantes que no flotan ni se pegan a ningún cristal espacial, la gravedad hace que rueden por las mejillas y terminen empapando el cuello bordado del encaje de ese vestido de comunión almidonado que compró mi madre en El Corte Inglés.

No recuerdo nada más de aquel día.

La pregunta, persistente, rotunda, casi agónica, me alcanza en ocasiones cuando estoy a punto de quedarme dormida: ¿cómo puedo yo, que nunca he sabido lo que es una familia —que la tuve pero desapareció, y la memoria de los vivos me la robó—, tener una mía, una familia propia?

La Barcelona de mi infancia y mi adolescencia es marrón y gris. Es una ciudad mate, que no brilla, pero al menos es real. No recuerdo el verde de los parques, sino más bien estanques de agua marrón, algún pato extraviado en explanadas de césped con calvas marrones. El césped sucio, las fachadas de los edificios sin restaurar. Se trata de la Barcelona preolímpica e industrial. Después llegó el futuro y la ciudad se sumergió pronto en unos años frenéticos para intentar estar a la altura de sus propias expectativas. Y llegó la villa olímpica, el Gambrinus de Mariscal, el *dream team*, las torres Mapfre y aquel pez de Frank Gehry frente a las galerías Sogo de mi padre, pero también se quemó el Liceu en 1994 y mi abuelo lloró al ver reducido a escombros aquel edificio, que era un símbolo, aunque tampoco yo entendí a qué se refería.

Barcelona, a pesar de parecer marrón y gris, era el ombligo del mundo para mí. Aunque mi lugar favorito era Pineda de Mar, el pueblo costero del Maresme donde mis tíos tenían una caravana en un camping.

Pineda no era marrón y gris. Era verde, azul como el agua de la piscina del camping, que tenía forma de riñón. Eran los niños belgas con los que un verano bailamos *Saturday Night*. Quedarme a dormir ahí, en la caravana, me parecía una aventura. Recuerdo aquel juego, el siete y medio, en el que nos enzarzábamos una tarde tras otra. Era un juego de una mecánica increíblemente sencilla y de un significado más complejo, porque el secreto era saber plantarse en el momento adecuado. Mi duda fue siempre cuál era el momento óptimo para plantarse.

El verano del siete y medio fue también el del amigo belga de mi prima y el de cuando me rompí el dedo meñique del pie porque traté de imitar a Michael Jackson en *Thriller*, que era uno de los videoclips favoritos de mi padre. Nunca se me llegó a curar. Se quedó muerto, pegado al de al lado, y hasta el día de hoy vive pegado a él, como si fueran un solo dedo.

Fue también el verano en que descubrí que mi padre era un gran dibujante. Le hizo a mi tío un retrato a boli Bic que terminó enmarcado en el salón de la casa de Ronda de Sant Pere. De no ser por ese dibujo yo nunca hubiera sabido de aquella habilidad escondida de mi padre.

Pero mi recuerdo más nítido de ese verano no es el retrato, ni la piscina, el verde, las cigarras cantando a la hora de la siesta, el dedo roto, el belga o *Saturday Night*, sino otro bien distinto.

Mis tíos, Irene, mi padre y Clara se marchaban de vuelta a Barcelona, después de que mi familia oficial me recogiera en un área de servicio cerca de Sant Pol, porque yo seguía con ellos las vacaciones. Solo tenía que hacer una cosa: salir de un coche y meterme en otro, pero no pude moverme. Me quedé dentro del de mis tíos, sola. Fuera, mi madre se abrazaba a ellos, porque hacía muchos años que no los veía, también a Irene. Las únicas que nos quedamos dentro de los coches fuimos Clara y yo. No supe cómo tenía que reaccionar. ¿Cuál era mi equipo, entonces? ¿Se enfadaría mi madre si yo abrazaba a mi padre para decirle adiós? Fui incapaz de salir del coche hasta que ella vino a por mí. No podía contarle mi estrategia de los dos papás, *aquells*, aquellos, todos mis nombres. Sabrían que jugaba a dos bandas. Y me iban a querer menos. Y ya tenía una edad, once años, como para sentir que todo eso empezaba a ser ridículo.

Al marcharme de Pineda, en el coche de mi familia oficial, estuve angustiada el resto del viaje. Mi madre me preguntó si me lo había pasado bien, pero no quise decirle que sí. Me encogí de hombros.

Ahora pienso en que en algún momento me convertí en una versión benevolente de la protagonista de *Quienes se marchan de Omelas*, el cuento de Ursula K. Le Guin que parte de un texto de William James y cuenta que la felicidad de todo un pueblo, Omelas, depende de la infelicidad de un niño miserable escondido en un garaje. ¿Podemos seguir siendo felices, tenemos derecho a serlo si sabemos que ese niño existe?

—Qué ilusión me ha hecho ver a Luisa y a Charly —comentó mi madre. Porque para ellos siempre había habido nombre—. Lo que más pena me dio de la separación fueron ellos, para mí eran como mis hermanos.

Era una frase que también había escuchado en alguna ocasión y la única referencia que hizo nunca mi madre a la pena de perder una parte de su vida.

Los adultos, con sus versiones y sus vidas, sus estrategias, tenían sus agarraderos, sus coartadas. Yo no.

El artista y el psicótico mantienen una íntima unión gracias a la sobreinclusión, es decir, a la capacidad de unir conceptos contradictorios. Lucia Joyce, la hija de James Joyce, fue una bailarina de gran talento rota por una psique devastada. Su padre la llevó a ver a Carl Jung, el gran psiquiatra del Zúrich de los años veinte, para que la ayudara a salir del atolladero en el que se encontraba. James Joyce buscaba, como cualquier padre del mundo, aquel veredicto benevolente: «Es un genio». Pero no lo encontró. O solo a medias. Porque comparándola con él mismo, con aquel padre verdaderamente genial, aunque narcisista y frágil a partes iguales, encontró varios puntos en común y uno diferencial. Y le dijo: «Donde usted flota, ella se hunde». Y lo que hacía flotar a Joyce era el arte.

Entre la psicosis y el arte hay un paso tembloroso, el del retorno.

Yo no fui artista, pero tampoco psicótica. O no del todo. Aunque habité en la línea durante años y, cuando echo la vista atrás, recuerdo los límites de la cordura como esas líneas de tiza en el suelo de la rayuela, que podían desdibujarse pronto, con una mala caída, una pérdida repentina de equilibrio, la suela de la zapatilla Victoria borrando las rayas que demarcan la casilla del número tres.

A pesar de que no tenía la carrera de Económicas porque, como ella misma decía, «tampoco hace falta para trabajar en un despacho», mi madre decía que era economista en determinados ambientes y situaciones. Era un dato que a mi hermano y a mí nos inquietaba, porque sabíamos que no se ajustaba a la realidad, y sobre todo porque a duras penas había terminado el primer año. Pero aquel «ser economista» ella lo utilizaba como argumento de autoridad. «Me fue igual de bien sin la carrera, ¿para qué iba a querer terminarla?», decía, adelantándose siempre en positivo a las consecuencias de sus decisiones.

Terminó trabajando en un despacho de arquitectos, llevándoles la contabilidad, y en una única ocasión, al menos que yo recuerde, en una reunión de padres del colegio, cuando le preguntaron si era ella también arquitecta, dijo «casi» y ante mi mirada perpleja me respondió «al fin y al cabo tampoco dibujo tan mal, ¿no?».

A lo largo de los años convirtió en legendarios algunos de los episodios del despacho de los arquitectos, pero sobre todo, para nosotros era mítica su compañera Carmencita, por la que preguntábamos una y otra vez, fascinados por aquel personaje que parecía sacado del papel cuché. Las historias que más nos interesaban eran las que estaban basadas en hechos reales.

A menudo también le preguntaba por los amigos de su primera juventud, cuando yo aún no existía.

Con respecto a Tomás había una especie de pacto de silencio sobre el accidente, pero sí que podía hablar de la vez que se quedaron sin gasolina y tuvieron que seguir andando diez kilómetros, o de la primera boda a la que fueron juntos, donde él se intoxicó con unas sepias en mal estado.

Mi madre dejó de trabajar cuando yo tenía ocho años y solía rememorar con cariño esa época en el mundo laboral, en especial episodios que había vivido con Carmencita, a la que me describía como una mujer increíblemente inteligente, divertida, poderosa. De su discurso se desprendía que ambas habían levantado una empresa, aunque eso no fuera del todo exacto y lo hubiera añadido yo de mi cosecha. Las imaginaba como aquel cartel de la película que se acababa de estrenar y no me habían dejado ver, *Thelma y Louise*, mi madre pelirroja, Carmencita rubia.

Ambas viajaban mucho, y mi madre me describía con todo detalle aquellos viajes a Londres, a Milán. Ellas eran las mujeres a las que yo quería parecerme de mayor.

Le supliqué a mi madre que me llevara a conocer a Carmencita. Ella se había marchado a vivir fuera, a Valencia, y hacía mucho tiempo que no se veían.

Mi madre se mostró reticente a dar el paso para verse y al principio yo no entendía por qué. Finalmente, quedamos en el parque de la Ciudadela. Nos arreglamos con esmero, como si tuviéramos que estar a la altura de quienes ellas eran hacía diez años, y cuando nos sentamos en un banco a esperar a Carmencita, creo que las dos estábamos nerviosas. Íbamos descartando a todas las mujeres que se acercaban porque no cuadraban con la información que mi madre me había dado de ella. De pronto apareció una mujer saludándonos mientras venía andando hacia nosotras. No podía ser ella, me dije. Yo estaba esperando a otra mujer, a la que me había imaginado. Y mi madre también, la que ella había necesitado recordar. Vi, en la mirada de mi madre, la desilusión.

Nunca más volvimos a hablar de Carmencita. De regreso a casa me dijo que había cosas que era mejor no resucitar. «Habría preferido recordarla de otra manera». Tuve la sensación de que le había estropeado la nostalgia a la que todos tenemos derecho cuando recordamos nuestras vidas mucho mejor de lo que fueron.

Fue en febrero de 1995. Una tarde en que se me acabó el Tippex, bajé a la papelería a comprarlo sola y ya de vuelta, como el ascensor llevaba días sin funcionar porque estaban reparándolo, subí por las escaleras. Ahí, en el rellano vacío que hacía las veces de entresuelo, donde no había luz, se encontraba un hombre al que yo nunca había visto. En realidad, apenas tuve tiempo de fijarme: salió de la oscuridad y me agarró, arrinconándome en una de las esquinas. Delante de mis ojos vi una especie de encendedor de cocina. El hombre acercó la llama hasta que noté el calor en mis pestañas y el olor a pollo frito que procedía de algunas hebras del flequillo. Recuerdo perfectamente el tono de voz con el que me dijo: «Te voy a quemar».

Pensé que iba a morir y cerré los ojos con fuerza. Y, en mi oscuridad, pasaron veloces imágenes estáticas, diapositivas, momentos de mi vida.

Ahí mi memoria se detiene y solo queda un vacío que se extiende a lo largo de días.

Mi hermano y mi madre me contaron que, al cabo de un buen rato, alarmados porque no hubiera vuelto, salieron de casa, miraron por el hueco de la escalera y me llamaron. Bajaron las escaleras. Mi madre iba detrás de mi hermano, de manera que el primero en verme, a través de las penumbras, fue Marc. Estaba en una esquina, sentada en el suelo, agazapada. Mi madre empezó a gritar mi nombre, pero yo no reaccionaba. Agarraba fuerte el Tippex con la mano, sin poder soltarlo. De la fuerza se había abierto el tapón y el líquido impregnaba mis manos. Olía a pollo frito. Mi madre consiguió levantarme. Abrí la boca, pero tenía la mandíbula desencajada y no salió de mí ningún sonido.

Me subió a casa como pudo. Mi hermano lloraba, asustado, pero en mi cabeza solo quedó un vacío enorme, insalvable.

Tenía once años.

Cambié. El miedo se hizo más grande, más incapacitante. Nadie, a día de hoy, ha conseguido averiguar qué sucedió.

Aquel episodio conforma un punto de inflexión en mi capacidad de recordar. A partir de entonces, mi memoria conecta y desconecta. Hay sucesos a los que no tengo acceso, al llegar a ellos saltan los plomos, casi puedo escuchar el ruido. Todo se funde a negro.

Es como si no hubiera ocurrido.

Casi todos mis recuerdos pertenecen a los primeros diez años de mi vida, después a menudo me encuentro con una nebulosa, o peor, con una completa oscuridad.

A la soledad y a ese miedo a ser la causante de varias muertes se sumó aquel hecho en el rellano de la escalera que a día de hoy no recuerdo. Y quizás, me digo, quizás fue demasiado.

Muchos años después, mi padre me contó que recordaba que a partir de cierto momento me había vuelto extraña. Para ducharme, para ponerme el bañador necesitaba estar sola, era imposible que me cambiara a su lado, aunque pudiera taparme con una toalla. «Tal vez fuera timidez», dije, la adolescencia. Pero yo no era adolescente aún. Le pregunté si él creía que me había pasado algo y me dijo que no lo sabía, pero que esperaba que no.

En 1998 tengo catorce años y empiezo a teñirme de rubio con agua oxigenada y camomila Intea, una mezcla imposible que arroja unos resultados un tanto dudosos: mi pelo, en vez de rubio, se vuelve naranja. Mi madre, que siempre está dispuesta a ayudarme, me lo vuelve a teñir, y reímos al ver el resultado y ella dice «te lo dije, pero como eres tan tozuda». He pasado ya por una anorexia nerviosa, a los doce, que me llevó a pesar treinta y seis kilos, pero, una cosa por otra, he dejado atrás lentamente ese TOC que me obligaba a disponer los flecos de la alfombra en la misma dirección y a llenar el vaso de agua, de plástico transparente y dibujos de Mickey Mouse, solo hasta la segunda nube del cielo. Tampoco coloco en las estanterías todos los objetos tocando la pared. Ni rezo larguísimas oraciones inventadas para que nadie muera o para que yo no cause la muerte de nadie más. Todos habían sido equilibrios, sin saberlo, sobre el filo que separa la cordura, la mal llamada normalidad, de otra cosa para la que no tenía nombre.

Durante la breve anorexia —fueron apenas tres meses—, mi padre trata de sobornarme con dinero para que coma croquetas de jamón, pero no hay manera. Además, me ofrece sumas irrisorias. Cuando le subo la apuesta me dice que no, de modo que intuyo que tampoco es tan grave que no me coma las croquetas. Sé que debería poder dilucidar el motivo que me llevó al punto de dejar de comer, pero sospecho que a mí engordar y las calorías siempre me han dado igual. Durante esos meses mi madre se desespera de la pena, porque en nuestro lenguaje la comida ha sido siempre la forma que ha tenido de demostrarme su amor y sin ella no puede acceder a mí, le faltan medios.

Visto de negro, con tops de deporte que me hacen parecer un chico. No quiero tener pecho ni quiero tener la regla y por eso escondo durante muchos años que ya la tengo, e imagino que la gente debe de pensar que sufro un extraño desarreglo hormonal. Deseo ser un niño, me rapo el pelo al dos, también lo hago para que se esfume esa feísima tonalidad naranja, la raíz más oscura. Sospecho que lo que quiero, más que adelgazar, ser un niño o tener el pelo rubio, es desaparecer. Pero ya he aprendido la lección: es mejor decir que te ves gorda que esa otra cosa que tampoco te atreves a pronunciar.

Sigo, a los doce, los trece, los catorce, los quince, intentando no traspasar la línea, no hundirme del todo, no ser Lucia Joyce. Y lo consigo. Me invento otra personalidad, la que vive en otro nombre, Amanda, la que será amada, pero a veces siento que ya se me ha pasado la fantasía de los nombres, que son agarraderos momentáneos que solo sirven para confundir. Los astronautas ya no me interesan de la misma manera, han dejado de serme útiles porque mi propia familia me empieza a resultar un fastidio más que un misterio, el cajón donde volcar las culpas y las responsabilidades.

Escucho mucho dos canciones, *'74-'75*, de The Connells, y *I Don't Want to Wait*, de Paula Cole, y he visto en bucle *Le Mépris*, aunque no sepa quién es Jean-Luc Godard, pero también esa banda sonora de la película, en especial el tema *Camille*, me acompaña mientras atravieso esos años en que estudio varios idiomas a la vez y me obsesiono con los universos paralelos de la física cuántica de Hugh Everett III. Sin embargo, empiezo a perder el interés por los libros cuando me adentro en el mundo de los chicos.

Conviven, en mi adolescencia y primera juventud, los contrastes. Pero sobre todo aquel periodo lo recuerdo marcado por la necesidad de encajar, de ser como los demás, un deseo muy propio de la adolescencia pero que es, en mi caso, una estrategia de imitación perfeccionada a lo largo de los años. Es la continuación de los dibujos de las familias normales, de la prohibición de comer pelos, de modelar una conducta basada en no cruzar líneas, o al menos en no decirlo.

No soy simpática, tampoco agradable. Soy arisca, incluso déspota, pero extremadamente vulnerable, como sospecho que son todas las personas ariscas y déspotas. El verano de mis diecisiete me marcho a un campamento en Irlanda a estudiar inglés y ahí me enamoro de un francés un año mayor que yo que se llama Didier. Nunca se lo llego a decir, arisca como soy, pero el día antes de marcharme a Barcelona nos abrazamos largo rato, o lo que es un largo rato para mí, y se me hace un nudo en el estómago y me pongo a llorar. Con toda la vergüenza del mundo, me marcho corriendo. No le puedo decir que nunca nadie me ha abrazado y que no sé qué he de hacer. Porque lo he visto en las películas, pero no entiendo cómo tengo que poner los brazos, si los debo deslizar de arriba abajo por su espalda o me tengo que quedar quieta. No se lo puedo decir porque nunca he sentido tanta vergüenza de mí misma como entonces. La estrategia de imitación no ha sido suficiente, me faltan datos pero, sobre todo, experiencias.

No vuelvo a ver a Didier, pero él me sirve porque abre una puerta. Hay algo ahí, me digo, algo que sí salva y no es el bucle de las oraciones.

No es el amor. El amor no salva de nada.

No es el amor. Es algo que se le parece. Es la ternura.

A los dieciocho ya no soy ni tan arisca ni tan déspota. Estoy en segundo de bachillerato y he descubierto el alcohol que, si me tomo en suficiente cantidad, me ayuda a poder ser otra persona. Una que deja paulatinamente de llamarse Amanda porque se cansa del juego. A veces, aunque no lo logre del todo, puedo dar un abrazo, un beso, poco más, porque los hombres me seguirán dando miedo durante un tiempo, años, quizás toda la vida y yo no llegaré a saber por qué. En realidad no sé si la palabra es miedo, a veces es una suerte de angustia que casi bordea la repulsión.

La falta de figura paterna: de ahí algunos podrían sacar ríos de tinta. También de esa infancia de niña desubicada, sin lugar, una infancia de la que todos son parte pero solo yo consecuencia. Habrá muchas teorías, pero ninguna me convencerá.

A los dieciocho tengo un accidente de moto y doy dos vueltas en el aire antes de que mi cadera se parta en dos al impactar contra el suelo. Aquella fue la segunda vez que, en la oscuridad, los ojos cerrados, la presión de un párpado contra el otro, acudieron a mí instantáneas de mi vida que pasaron veloces, sin que pudiera apresarlas. Desperté en el hospital y mi madre estaba a mi lado. Todavía me sobrecoge su expresión y el desgarro con el que pronunció mi nombre. Ese tono que se parecía a ese otro con el que mi abuela, muchos años después, pronunciaría el suyo, Clara, en otra cama de hospital. Ese tono que se pasa de generación en generación, hilos que nos unen los unos a los otros también en las incapacidades. La herencia en la sombra.

El médico me explica que ha sido un milagro, que he tenido mucha suerte porque al principio parecía una lesión de médula. Le cuento al hombre joven que me mira desde los pies de la cama que, a pesar de que sé que suena a tópico manido, se me ha pasado la vida por delante de los ojos, y él me dice con amabilidad que es una experiencia bastante común entre los que vuelven a la vida tras una situación límite. Me inquieta pensar lo que tuvo que pasarme en la escalera del piso del Paseo de San Juan para que sintiera lo mismo que cuando di dos vueltas de campana por los aires en la calle Bailén de Barcelona.

Mientras escucho al médico joven que me cuenta lo que deberé hacer los próximos meses, me disocio y me quedo congelada. Veo algunas de esas imágenes en movimiento, diapositivas, y en ellas distingo el fuego. Pero por mucho que lo intento no puedo acceder al dolor, a la memoria. Está fuera, en otro lugar al que nunca tendré acceso. Mi madre, cuando más tarde le hablo sobre las imágenes del fuego, el flequillo y el olor a pollo frito, desaparece de la habitación, se ausenta, dice que tiene que ir al baño, pero hay un baño dentro de la habitación.

El verano de mis dieciocho años lo paso en la cama, sin poderme mover, duchándome sentada en una silla de plástico. Pero cuando empiezo a recuperar movilidad algo cambia: me siento afortunada. Sigo viva.

En septiembre, cuando ya puedo andar casi con normalidad, me marcho a estudiar fuera con una beca. No volveré, a no ser que sea de vacaciones, en doce años.

Los astronautas que pasan largos periodos en ingravidez acaban teniendo graves dificultades de visión debido a un daño en el nervio óptico. La NASA fue consciente del problema en 2005, al revisar la vista de uno de sus astronautas llamado John Phillips. Los expertos detectaron que sus globos oculares se habían vuelto más planos en su área posterior y que el nervio óptico estaba anormalmente inflamado. Al principio no se sabía a qué podía ser debido, hasta que se descubrió que tenía que ver con desórdenes del líquido cefalorraquídeo, y eso conducía a una pérdida de visión irreversible.

No sé si tienen visión borrosa, si se agranda el ángulo ciego del ojo, si quizás, después de estar tanto tiempo en ingravidez, también su cerebro puede decidir qué ver y qué cubrir de un manto de oscuridad.

El corazón de los astronautas cambia de forma en el espacio. Pierde masa muscular porque no trabaja tanto. Pero pienso que, tal vez, por qué no, al volver a la Tierra, de repente hay sentimientos que no pueden capturarse ni sentirse porque ya no caben. Se han quedado fuera y no han vuelto. Si fuera así, en el espacio, además de la basura espacial, de las fotos abandonadas entre el polvo lunar, viajaría, junto a los Discos de Oro de las Voyager, todo aquello que no se ve, lo que ya no cabe en ese músculo que, contraído y marchito, regresa a la Tierra habiendo perdido algo que no sabe qué es.

La memoria nos salva de la muerte. Es así. Nuestra capacidad de recordar es lo que nos salva o condena. Por eso los seres humanos que han sufrido un trauma eliminan esa zona del neocórtex. Es un enigma cómo podemos ocultarnos algo a nosotros mismos, cómo una entidad puede ser, a un tiempo, la que oculta algo y a la que se le oculta ese algo. La unidad y la transparencia que normalmente adscribimos a nuestra mente son ilusorias. Los huecos, lagunas e incoherencias son aspectos constitutivos de lo que somos.

Uno entiende la historia tiempo después y a veces es demasiado tarde. Además, la verdad llega a través de cauces inesperados, actores completamente ajenos, una suerte de *deus ex machina* que señala ese ángulo ciego en el que los protagonistas no habían reparado. Se llama sesgo cognitivo, y es difícil salir de las trampas en las que uno mismo decide encerrarse.

Habían pasado unos cuantos meses ya de pesquisas, lecturas, visionado de proyectos documentales, y el hecho de almacenar toda aquella información simplemente me había retenido a la hora de escribir. Si alguien me preguntaba cómo iba con la novela de mi familia, respondía animada que estaba en la fase de documentación que se basaba, especialmente, en ver archivos de otros, en adentrarme en trabajos ajenos, para no encarar la decepción que me suponía no contar con nadie, más allá de mis tíos —que habían sido testigos muy secundarios de mi vida—, que quisiera ayudarme.

Solo tenía aquella única fotografía de mi familia y había podido interpretarla un poco mejor saliéndome del encuadre, pero las preguntas las hicieron otros, no yo, porque estaba ciega, a pesar de que nunca había vivido en ingravidez. O sí, pero de otro tipo.

Las preguntas me las hizo un hombre que asistió a una de las clases que di en la universidad sobre el concepto de álbum familiar en relación con la memoria. Se trataba de la sesión de clausura de un posgrado en Literatura Comparada, y el que me había invitado a dar la charla, un profesor extranjero, se sentó al final de la clase.

Me acompañó hasta la salida y, sin querer darnos cuenta, fuimos andando hacia ningún lugar en concreto, luego él dijo vamos hacia la playa y yo simplemente le dije que me parecía bien, que fuéramos.

Mientras descendíamos por las Ramblas le fui preguntando por su trabajo, que era lo que yo solía hacer siempre, preguntar a los demás, y entonces, como si él fuera consciente de mi estrategia, empezó a preguntarme a su vez y, sin oponer resistencia, comencé a hablar de la única fotografía de mi familia, que le mostré en la pantalla del teléfono. Se detuvo, hizo zoom sobre los distintos personajes y sonrió.

—Qué cansada estaba tu madre y cómo te pareces a ella.

Me devolvió el teléfono y reanudamos el paso.

—Aunque esto de las fotografías es un test de Rorschach, cada uno interpreta a partir de sus carencias. De todas maneras, ¿quién hizo la foto?, ¿falta algún comensal?

Me encogí de hombros porque no lo sabía y añadí que nunca me habían dicho que me parecía a mi madre.

Volví a hacer un intento de recuperar el control de la conversación preguntándole por sus hijos, de cinco y siete años, lo había leído en una entrevista que le habían hecho en un periódico, pero me dijo que bien, todo bien, adaptándose a la nueva situación, no es fácil para ellos, aunque es mejor que vivir con unos padres que ya no se aguantan. Sonrió y me dijo que ya veía que no era muy de hablar de mis cosas, que si quería podía dejar de preguntarme. Y fue aquella franqueza la que me hizo pensar que por qué no intentarlo.

Terminamos viendo anochecer tras la barra acristalada de un restaurante, cerca de la calle del Laberinto, y estuvimos largo rato hablando sin mirarnos, porque es más fácil hacerlo así, viendo la vida de esa plaza marinera a través del cristal donde tres ombúes de tronco retorcido dan sombra en verano.

Mientras le contaba mi vida a un desconocido pensé que lo que más nos seduce de conocer a alguien nuevo es la posibilidad de volvernos a contar. Más que escuchar el relato del otro, es la oportunidad de estrenar el nuestro, de pensar que las palabras nos dan un traje nuevo y que somos vistos por primera vez por unos ojos que nunca nos han mirado ni nos han escuchado. Es fácil volverse adicto a esa sensación, la de pensar que nuestro relato nos estrecha al otro, los ojos del otro que se abren para decir, en el mejor de los casos, te entiendo. Nacemos de nuevo en el relato que inventamos para un extraño.

Me escuchó, sin sonreír en ningún momento, ni cuando me enredé en los pormenores de la casa encantada, ni en mis conversaciones con Benito Pérez Galdós, el vacío legal, los terrores y la muerte, la delgadez o la ausencia de un padre. Salté de una etiqueta a otra, esa que me permitía organizar la historia, como si también yo hubiera creado unas diapositivas con las que resumir el relato.

Lo llamaron por teléfono y salió fuera. Desde mi posición privilegiada de observadora tras la barra me fijé en sus manos, en cómo gesticulaba, sus manos grandes, la alianza aún en el dedo anular de la mano derecha, mientras desaparecía tras el más voluminoso de los tres ombúes. Cuando volvió, tomó asiento de nuevo y se quedó pensativo.

—Si finalmente lo escribes, no vas a romper nada que no esté roto ya.

Apuró el vaso de tinto.

—Me queda una pregunta. Tú y tu hermano viendo sombras en la pared y escuchando psicofonías. ¿Dónde estaba tu madre?

—¿Mi padre?

—No, no. Tu madre. Que si te lo has preguntado alguna vez. En tu historia, digo. En tu vida.

—Pues ahí..., en casa... —me escuché decir con un hilo de voz—. ¿Te refieres a eso? Siempre estuvo ahí, a mi lado.

Entonces comprendí que no se había equivocado de pregunta, que no había sido un lapsus. No añadió nada más y tampoco fui capaz de seguir hablando de aquello. Me embargó una profunda sensación de ridiculez. ¿En qué punto estaba mi vida si mi mejor opción era contárselo todo a alguien con el que me sentaba por primera vez a tomar algo?

—Nunca me habían hecho esa pregunta —le dije al rato.

Pero la suya no era una pregunta literal. Claramente, mi madre no había desaparecido. Se refería a esos otros lugares y capas que habitamos sin movernos del sitio a lo largo de la vida.

Me ocurrió lo de siempre, las prisas por irme.

—Quédate —me dijo, y colocó su mano, sus cinco dedos y la alianza, sobre la mía. Las puntas de los dedos, que contienen una de las zonas con más terminaciones nerviosas del cuerpo humano, que son la principal fuente de información táctil sobre el mundo. Hizo una ligera presión, abrió los dedos índice y anular y abrazó con ellos mi muñeca. Le dije que era tarde y retiré la mano tan suavemente como pude, me levanté y le conté que tenía que marcharme porque un amigo estaba en el hospital y le había prometido que iría a visitarlo.

Eran las diez de la noche. Ningún amigo mío estaba enfermo e ingresado, o no ese día. Sabía, claro, él sabía que me lo estaba inventando sobre la marcha, cómo no iba a saberlo. Me dijo que quizás podríamos quedarnos a cenar, a comer algo, y asentí, pero añadí que en otra ocasión, y apenas quise escuchar cuando él me dijo «no voy a hacerte nada». Me marché como si temiera que en ese momento se encendiera un mechero y yo, arrinconada en una esquina, tuviera que salir corriendo.

¿Era eso cierto, que ninguna de aquellas palabras iba a romper lo que no estuviera roto ya?

Todas las cosas se descubren después. El amor, por ejemplo. La soledad.

¿Por qué ella quiere marcharse?

¿Por qué ella escribe en tercera persona?

¿Y si se quedara?

Claro que no iba a hacerme nada. Nada malo.

¿Por qué no ocurre como en aquellas películas?

¿Por qué un personaje se marcha queriendo quedarse?

Me fui. Un taxi que me llevó al Hospital del Mar, como si llevar una mentira hasta el final de sus consecuencias me acercara un poco más a la verdad, y una vez ahí recordé que yo no tenía ningún amigo hospitalizado, que ni siquiera vivía cerca y que solo huía de una posibilidad.

Lo siento, Kuki, el cuento tenía el mismo final que siempre.

Así, en tu cuento, la niña, que ya es una mujer, no puede subir las escaleras hasta que no vienen a recogerla. Ese es el relato.

En un lugar remoto, lejos, inaccesible, donde ella, la niña, o yo, no llega, se halla el inicio, aquello que se nos escapa, aquello que, si pudieras alcanzarlo, arrojaría un poco de luz.

Entendí que un extraño me había regalado una historia, la mía, una historia que había estado ahí siempre. Me había regalado otro comienzo.

II. Solus Rex

Mi madre vive a poco más de un kilómetro de mi casa y desde el preciso instante en que empecé a escribir esta novela se negó a mantener cualquier conversación que pudiera ser reproducida en ella, así que la pregunta de «dónde estaba tu madre» era un acertijo difícil de resolver. Sabía el lugar exacto en el que vivía, en el que había vivido aquellos últimos años, pero sobre ese otro paradero incorpóreo conocía pocas cosas y tampoco daba con la manera de acercarme a él.

Años atrás, en un lapsus, uno de esos episodios a los que cualquier psicoanalista sabría sacarle partido, un amigo me preguntó por mi madre, con la que habíamos quedado, y respondí que estaba a punto de llegar. Resulta que yo no había entendido bien la pregunta y mi interlocutor se rio: «No, que cómo es tu madre, si os parecéis». Me quedé pensativa durante unos instantes. «¿Físicamente?», y me adelanté respondiéndole que no, que no nos parecíamos en nada, que yo soy un calco de mi padre.

«¿Y de carácter?». Y ahí respondí vagamente que quizás en los gestos, pero que no nos parecíamos demasiado a pesar de haber sido mi única figura de referencia porque no había tenido padre —era una manera de hablar, pero se acercaba bastante a la realidad, y el resumen que con los años me había construido yo de aquella pregunta, «dónde está tu padre»—. Sin embargo, a las cosas importantes llegamos a veces por equivocación y me di cuenta de que aquel lapsus, aquel error, era lo que mejor definía a mi madre: era una mujer a punto de llegar. Podías intuir su presencia, como en aquella palabra en inuit que no tiene correspondencia en castellano: *Iktsuarpok*, un término a medio camino entre la impaciencia y la anticipación, ese sentimiento que te lleva continuamente a asomarte a la ventana para ver si alguien se acerca. A mi madre la ves, es ella, incluso puede que te salude a lo lejos, pero nunca estás a su lado porque siempre está llegando.

La vi llegar: bajaba desde la calle Amigó para cruzar Travessera de Gràcia. Era nuestro punto de encuentro habitual. Cuando el trabajo me lo permitía iba a su casa a comer, pero cuando teníamos que hablar de algo en concreto, o serio, utilizábamos la excusa de ir de compras.

Las grandes conversaciones se tienen, aunque parezca extraño, cuando no hay una mirada de por medio, cuando hay movimiento. En un coche, dando un paseo. La compañía vuelve finito cualquier tema, así que las personas se quieren no cuando pueden conversar todo el tiempo sobre cosas nuevas, sino cuando no les molesta escuchar ni decir lo que ha sido dicho y escuchado infinidad de ocasiones.

A mi madre nunca le ha gustado la improvisación, tampoco el ocio sin contexto, porque para ella el ocio siempre «soluciona», y solucionar significa llenar, como si uno hiciera cosas más para tachar un día en el calendario que para quedarse en ellas. Así que desde que había vuelto a Barcelona, después de doce años viviendo fuera, mi madre y yo solo hablábamos cuando íbamos de compras, aunque ir de compras no era, en realidad, comprar, sino ir andando de una tienda a otra para así tener un recorrido, una meta.

Quería contarle que había estado pensando en la posibilidad de ser madre. Pero también quería preguntarle por aquella foto que había dado inicio a esta historia.

La recogí puntual en ese chaflán cerca de la casa en la que viví unos años, después de mudarnos de la casa encantada y hasta los dieciocho, cuando me marché, y desde ahí comenzamos una ruta que podía hacer con los ojos cerrados.

Nos dirigimos hacia Rambla de Catalunya mientras una le contaba a la otra su semana. Nos detuvimos en la esquina con Diagonal, en Women'secret. Es extraño tratar de profundizar en algo entre sujetadores y zapatillas de estar por casa, pero siempre fue nuestra manera de quitar trascendencia a cualquier tema, inmersas en una gincana en la que palabras y objetos convergen. Cuesta cambiar esas dinámicas tan arraigadas, porque si una le dijera a la otra «vamos a comer, que tengo que hablar contigo», inmediatamente saltaría la alarma.

A lo largo de mi adolescencia me recogía una vez por semana en el colegio y comíamos en el Chicago Pizza Pie Factory. Hamburguesa, aritos de cebolla rebozados, las *Deep-dish pizza*, miniensalada de *coleslaw*. De postre, *brownie* con helado de vainilla, en esa época en que comer en restaurantes americanos me parecía el colmo del glamour y el cosmopolitismo. Pero después de que yo me marchara tomamos la rutina de los paseos en los que saltamos de un tema a otro sin ton ni son, y siempre coincide que llegamos a lo importante en la entrada de una tienda y se detiene la conversación, de manera que alguna de las dos dice, «bueno, miramos y ahora te cuento».

Históricamente, en casa, cuando ha ocurrido algo verdaderamente importante e irreversible mi madre ha sido la encargada de transmitir la noticia. Su tono de voz, neutro de por sí, adquiere en esas ocasiones aciagas un tinte trágico y demoledor: «A ver, es que ha pasado algo» suelen ser las palabras con las que empieza. Fue así como nos enteramos de que Sonsoles, una muy buena amiga nuestra, había tenido un accidente y de que no se había podido hacer nada por ella. De que mi abuelo se había muerto.

215

Mi madre podría haber sido una excelente actriz de doblaje. Sus distintos tonos de voz son la antesala perfecta de lo que viene a continuación. Por ejemplo, cuando de niña llamaba mi padre a casa para saber cuándo podía recogerme, su voz fría, indiferente, como si llamara un desconocido para arreglar la caldera, dejaba tras de sí un rastro helador, glacial. Era una voz con la que lanzaba un mensaje inequívoco: «No eres bienvenido». Al escuchar aquel tono tan particular, tan medido, solía levantarme rápido de donde estuviera para encerrarme en el baño. No quería ponerme al teléfono. No sabía qué tono era el adecuado. En las pocas ocasiones en que no logré zafarme, impostaba la voz fría de mi madre para que viera que estaba de su lado, que también yo le hablaba así a mi padre. Que yo no quería a mi padre.

Me atormentaba esa reacción fingida. Ese truco. Me habría ayudado haber leído entonces a Vladimir Nabokov, sobre mimetismo y lepidópteros. Si hay algo que heredé de mi madre fue una terrible fobia a las polillas. No me reconcilié con ellas ni siquiera cuando leí la fascinación que estas —además de las mariposas diurnas— ejercían sobre el escritor ruso, pero entendí algo de mi vida con respecto a eso que él llama mimetismo, a los estampados de las alas que muestran una perfección artística que solo se relaciona generalmente con las cosas hechas por el hombre, a los trucos de algunas orugas acrobáticas que durante su infancia tienen forma de excremento de pájaro, o a una polilla que mueve sus antenas a la manera de las avispas en lugar de hacerlo como una mariposa.

Una de ellas, la *Gastropacha quercifolia*, más conocida como mariposa de la hoja seca, cuando desea parecer una hoja no solo reproduce de forma concretísima todos sus detalles, sino que además logra emular las marcas que semejan los agujeros perforados por los gusanos. Imitan la perfección, pero también la destrucción. Los mecanismos imitativos son defensivos, una forma de magia para protegerse de las incongruencias de la vida.

Por eso, yo misma me convertía en excremento de pájaro, en el ala de una mariposa infinitamente agujereada de gusanos cuando cogía el auricular que me pasaba mi madre. «Es Jaume», me decía, y yo, con una mueca de hastío, hablaba con monosílabos, frases cortantes, muletillas, para que la conversación terminara cuanto antes.

Después de Women'secret bajamos por Rambla de Catalunya, entrando y saliendo de alguna otra tienda, mientras ella me contaba: «A papá al final le pasaron la reunión de ayer a esta mañana, y por suerte aún no nos habíamos ido», o «Tu hermano cenó algo que le sentó mal y el pobre no ha podido ir a entrenar», o «Hemos comprado varios décimos de lotería para la familia, el tuyo te lo guardo yo». Papá, mi hermano. Su familia. Yo asentía, acostumbrada ya a abordar lo más banal al principio sin encontrar, cuando lo hay, lugar para lo importante. Le pregunté por aquella foto de la que no había querido hablar el día de Reyes. No se acordaba, me dijo, pero de todos modos hacía demasiados años de eso, y ni siquiera me dejó enseñarle la pantalla del teléfono donde guardaba la imagen escaneada.

No insistí, porque estábamos de nuevo en la vorágine de perchas, dentro de otra tienda. Dábamos vueltas, recorriendo las mismas zonas una y otra vez como si las prendas cambiaran a nuestro paso, y ella se probó un poncho, un sombrero, y las conversaciones se nos quedaron a medias en la cola de los probadores, frases cortadas como: «Bueno, pues al final aquel proyecto no me salió, pero ya vendrán tiempos mejores», o incluso «Nos deben más de veinticinco mil euros y no sé qué haremos», o «He ido al médico a hacerme unos análisis de nada porque tenía otra vez esos ganglios de la mononucleosis». Y yo, bromeando otra vez con la enfermedad del beso, y «Es que estoy pensando en congelarme óvulos». Pero no pasé de ahí. Nuestras conversaciones eran fogonazos de algo que se encontraba más allá pero que nunca llegaba a vislumbrarse. Diálogos mediados por las pausas, el baile de perchas. Al salir de la tienda me preguntó: «¿Y eso que me estabas diciendo? Lo de los óvulos». Pero casi inmediatamente superpuso otra pregunta: «¿Quieres un cruasán de chocolate? Es la hora de la merienda». «Creo que ha llegado el momento de asumir que si quiero ser madre...». Ella había desconectado. Estaba calibrando la magnitud del desastre antes de decir, con tristeza: «Es que, hija, no has sabido hacerlo».

Mi madre dice que no sé hacer muchas cosas. Una de ellas, y la más importante, ser feliz. Lo repite de vez en cuando desde que tengo uso de razón. Cuenta que desde muy pequeña deseé estar en cualquier casa que no fuera la mía. Lo afirma con el tono de quien revela un misterio, algo completamente inexplicable. Como si hubiera niños que, en su código genético, vinieran predispuestos a la queja y a la tristeza, que nacieran queriéndose ir de los lugares y estuvieran en permanente búsqueda de otra familia sin ningún motivo.

Por eso, cuando de pequeña yo empezaba con mi retahíla de «es que los padres de fulanito son», o «es que la casa de menganito lo otro», ella me respondía que nunca estaba contenta con lo que tenía. La frase caía como una losa sobre mí, que aparentemente disponía de todo para ser feliz y, sin embargo, me empeñaba en no serlo.

Me sentía culpable por no lograr apreciar lo que tenía, por hacer sentir mal a mi madre.

Crecí secretamente convencida de que mi único talento era para la insatisfacción.

No recuerdo episodios que confirmen que yo no quería a mi madre, a Miquel y a mi hermano. Sospecho que ese era simplemente su relato. Sí me acuerdo, por ejemplo, de la incomodidad que me producía sentir que no tenía un lugar, que en aquellos sofás de micropana rosa del salón no supiera al lado de quién tenía que sentarme. Por eso me encerraba en la habitación y escribía, me iba a otros lugares. La escritura empezó a ser la manera que encontré para experimentar mi vida. Antes de que pudiera valerme de ella, todo había estado desenfocado.

Es posible que aquel aislamiento fuera una forma de decir aquí estoy, de reclamar un lugar y un cuidado, el deseo de que un día ella me dijera que no hacía falta que me escondiera. O de que me preguntara qué te ocurre sin un matiz en su voz de acusación o de sospecha.

Todos seríamos más felices si tú pusieras de tu parte, parecía decirme, pero nunca supe qué significaba cooperar en aquella situación.

Tal vez, si mi madre hubiera pensado que a su hija le ocurría alguna cosa, habría tenido que aceptar que ella tenía algo que ver.

En todos los paseos que damos mi madre y yo llegamos a una zona límite que no solemos traspasar: Rambla de Catalunya con Gran Vía. En ese punto, como movidas por un resorte invisible, retrocedemos.

Mientras desandábamos el camino noté que mi madre le daba vueltas a este tema de los hombres y mi vida, que ella consideraba muy exitosa en algunos aspectos y muy poco, rozando el clamoroso suspenso, en otros, porque repitió: «No, hija, con los hombres no lo has sabido hacer».

Sumé otro punto a esa lista en continua expansión de las cosas para las que al parecer seguía incapacitada y me pregunté qué demonios significaría hacerlo bien, si existía una manera universal de acertar y poder hablar entonces desde el trono de la autoridad moral.

De vuelta a casa, nos enfrascamos en otros temas: la novia de mi hermano, la situación sentimental de varias de mis amigas y Lydia, la hija de unos antiguos vecinos de mis abuelos con la que mi madre, al ser hija única, compartió infancia.

—La ha vuelto a dejar —sentenció mi madre—. Yo a veces pienso: tan guapa que es y tan inteligente para unas cosas y tan tonta para otras. Es que Toni se ve que aún no veía claro lo de irse a vivir juntos. Fíjate tú. Va a cumplir cincuenta y ocho años. No me digas si eso no es de juzgado de guardia. ¿Cómo puede ella menospreciarse de esa manera? Que es médico, por favor.

Sacó un cigarro y la miré reprobatoriamente, pero aun así lo encendió.

—Porque, a ver, me dices que tiene veinticinco años y digo, vale. Pero es que tiene casi el doble. ¿Cuántas veces la ha dejado? Qué lástima que una chica que podía tenerlo todo se haya quedado así.

Con «así» mi madre se refiere a no tener hijos, a tener un hombre a medias porque él nunca ha querido ataduras. Mi madre formula preguntas que ella misma responde.

En Lydia, mi madre y mi abuela encontraron la referencia para dar lecciones sobre la vida de los demás, algo en lo que tarde o temprano terminamos graduándonos todos. Siempre ha sido un espejo de todo aquello que no había que permitir, porque ocurre que algunas personas nos sirven para trazar una línea, para descargar nuestras frustraciones. Sus vidas se convierten en una advertencia, en el contraejemplo perfecto.

—Solo de pensar que él le ha sido tantas veces infiel... Y ella perdonándolo todo. ¿Es que cómo se puede ser tan tonta?

A veces, al escuchar sus encarnizadas disquisiciones sobre Lydia pienso que, en realidad, mi madre me habla de ella misma y se reafirma en alguna de las decisiones que ha tomado. Por ejemplo, sacar el amor de la ecuación para quedarse con lo que soluciona, con lo práctico.

Cuando nos estábamos despidiendo, en Vía Augusta, volví al tema de la foto y entonces sí, a pesar de sus reticencias, saqué mi teléfono:

—¿Por qué tienes esa mirada? ¿Estabas cansada, te había ocurrido algo? —le dije.

—Yo qué sé.

Entonces por primera vez miró con detenimiento la imagen y, haciendo zoom con los dedos, se le cambió el semblante.

—Ah, esta foto. Es que, para empezar, ¿sabes quién hacía la foto?

La miré extrañada.

—Una amiga de tu padre que nos encontramos en el restaurante. Y yo tenía la cara que hay que tener cuando tu marido hace ese tipo de cosas. ¿Qué cara quieres que ponga? Voy a comer con mi familia y aparece su amiga de la facultad justo en el mismo restaurante. Ya es mala suerte.

—Pero Jaume estaba con Clara, ¿no?

—Supongo...

—¿Y esta amiga de dónde sale?

—Pero ¿para qué te sirve todo esto?

—Porque sois mis padres.

Y se quedó en silencio. Eso no podía rebatírmelo.

—No lo entiendo, la verdad. Es mi vida.

—Y la mía, ¿no? Y si tú no me la cuentas...

—Te lo acabo de contar: una comida con tus tíos y Jaume en un merendero de Horta. Nos encontramos a una amiga de Jaume. Pregúntale tú a ver qué relación tenían. Pero bueno, qué más da. Si ahí ya habíamos hablado de separarnos.

Se quedó mirando al vacío, fijándose en cómo un motorista guardaba el casco en el cofre.

—No le des más vueltas, cariño. Es que no hay más.

Me devolvió el teléfono, con la pantalla bloqueada, y me atreví, en un momento de silencio, a decirle:

—Al final sí que voy a escribir algo sobre la familia.

Se quedó en silencio y yo seguí.

—Sobre mi familia. Tú y mi padre.

—Seguro que te quedará muy bonito.

Fue así como cerró la conversación, nos despedimos y seguimos cada una para un lado.

Mientras llegaba a mi casa, recordé un relato que mi madre nos leía de niños. Contaba esa historia de un rey al que hacen creer que va ataviado con unas telas extraordinarias, invisibles a ojos de los necios y de aquellos quienes no merecían su cargo. La historia de aquel niño lúcido que se atreve a decir «el rey va desnudo».

Los cuentos clásicos y las historias de las infinitas Lydias con las que nos cruzamos lo mismo valen para pensar en metáforas cuando ni siquiera sabes qué es una metáfora como para, tantos años después, recordar una vida al hilo de esas preguntas retóricas y las trampas en las que uno puede perderse. En el cuento de Hans Christian Andersen, lo que ocurre al final es que la conciencia de la gente se despierta.

A veces, al hecho de señalar lo que los demás no son capaces de ver no se le llama lucidez, sino locura. Mientras cruzaba la plaza Narcís Oller, se me ocurrió que de entre todas las cosas que pueden marcar una vida, pocas son comparables a la fuerza que imprime la sensación permanente de estar loco, de ser el único niño del mundo que ve que el rey está desnudo, de ser un niño que no pierde la esperanza de que un día su madre lo agarre de la mano, se gire hacia él y al menos le diga: «Shhh, cállate. Ya lo sé, pero no tienes que decirlo».

Las madres dicen eso: yo te protejo. Pero creces y olvidas.

En el ámbito médico, la iatrogenia es un daño en la salud provocado, como efecto secundario, por un acto médico legítimo y avalado, destinado a curar o mejorar una patología determinada. Se puede dar por mala praxis, por negligencia, pero también cuando el procedimiento se desarrolla de manera adecuada y, a pesar de ello, de él se deriva un efecto adverso o indeseado.

En definitiva, se da la paradoja de que quien tiene que sanarte te causa el daño.

Pero existe otra acepción de iatrogenia que no se recoge en el diccionario. Es la iatrogenia relacional, la que se da entre padres e hijos cuando un progenitor renuncia, voluntaria o involuntariamente, a su misión protectora.

La patología en los padres genera a su vez patología en los hijos. Un padre o madre dañado, aun sin intención de herir, producirá un impacto en su hijo porque su comportamiento genera confusión, duda —¿es esto amor?, ¿es así como los padres quieren a sus hijos?—, y las cicatrices de ese primer mundo que habitamos se irán arrastrando a lo largo de la vida. Con el paso de los años, es posible que este niño, ciego ante las circunstancias que lo han llevado donde está, se convierta en un padre dañado. En un padre iatrogénico.

Porque la iatrogenia también es eso, el daño que se repite inevitable y encadenadamente. Es la red que nos cubre, la telaraña que nos devuelve la realidad convertida en delirio y anula con ella nuestra capacidad de conocimiento.

A lo largo de los años, mi madre y yo habíamos ido almacenando todo el material escolar dentro del canapé de mi antigua cama, y siempre le prometía que iría a por él, que empezaría a liberar espacio de la habitación para ordenar todo aquel revoltijo de papeles, notas, carpetas, libros y cuadernos de vacaciones. Pero luego nunca encontraba el momento.

Lo hice para seguir escribiendo esta historia.

Mi madre se unió a la expedición arqueológica, y mientras hurgábamos entre pilas de papeles amarillentos comentaba, divertida, lo que iba apareciendo. Desde primaria hay corazones, corazones por todos lados, personas dibujadas con cara en forma de corazón.

Vimos también las melenas rojizas y los hijos que nacían del interior del pelo, pero más tarde, en los dibujos titulados «Mi fin de semana» o «El día de Navidad» nos fijamos en algo: en todos ellos se repiten dos monigotes, dos niñas juntas, rubias con dos coletas, que se dan la mano. A veces una es de mayor tamaño. Somos, claro, mi madre y yo. En uno de los dibujos aparece un bocadillo que sale de la boca de una de las niñas y dice: «Es mi amor», y yo no sé si se lo decía a mi madre o a mi maestra, pero antes de que tuviera la certeza de que si me decían «familia» yo tenía que dibujar otra cosa, antes de que llegara el astronauta, cuando me hablaban de familia yo dibujaba dos niñas que éramos mi madre y yo, porque esa es y siempre ha sido mi idea de familia.

Años más tarde, después del episodio del astronauta, aparecen los demás integrantes de mi familia oficial. Mi hermano, siempre muy pequeño, minúsculo, y el marido de mi madre, Miquel, a quien se ve en varias ocasiones flotando, sus pies a unos escasos milímetros del suelo del dibujo, como sin tocarlo. En uno de los dibujos, para mitigar ese efecto desagradable hay un pedestal hecho del mismo color que la hierba en la que nos apoyamos los demás. Pero se sigue viendo que es un personaje que no tiene equilibrio y por eso transmite cierta tristeza.

Mi madre frunce el ceño cuando lo ve. Supongo que hay cosas que no puede evitar ver.

Después, coge mis notas y las va leyendo: es una niña muy alegre, muy activa, tranquila.

Sonríe porque en ellas aparece también la palabra entusiasta. Nunca me hubiera aplicado esa palabra a mí misma, pero a mi madre le encanta. Tampoco me hubiera puesto un diez sobre diez en alegría.

—Es que eras tan alegre. Y cómo cantabas —dice mi madre.

Y era alegre, muy alegre. Confirmo.

Sí.

Luego dejé de cantar y tampoco quedó rastro del entusiasmo. Mi madre, aunque no pueda hablar de ello, aunque no pueda formular una pregunta en alto, también lo ve; en las evaluaciones, algo cambia a partir de los diez u once años. Llega la introspección. La ansiedad. La inseguridad, pero sobre todo llega la desmemoria. La sensación de no querer llamar la atención, de ser una carga. Eso no lo reflejan los boletines de notas, lo de la desmemoria, pero mi madre me alcanza el último parte que acaba de leer, ya no en voz alta. Dice «tiene problemas para relacionarse con sus compañeros», «está ausente la mayor parte del tiempo», y me pregunta que si quiero un café, que va a la cocina a prepararlo.

En 1998, yo, mi pelo rubio oxigenado y mi madre fuimos a La Villarroel a ver una obra de teatro: *La reina de belleza de Leenane*, de Martin McDonagh. La pieza cuenta la tortuosa historia de Maureen y Meg, madre e hija.

En muy pocas ocasiones he visto a mi madre reír a carcajadas, pero aquella tarde tuvo lugar una situación peculiar, muy poco propia de ella. Cuando estábamos sentadas en los sillones de terciopelo verde, esperando a que la obra empezara, en nuestra fila entró una pareja que tendría más o menos la edad de mi madre. Tuvimos que levantarnos para que pudieran pasar a ocupar sus asientos. Me fijé en ellos y entonces mi madre lo miró a él y se quedó unos instantes dubitativa, en silencio. «Hola», «hola», se dijeron. Una de las piernas de mi madre se quedó atascada entre el reposabrazos y el sillón contiguo y estuvo unos segundos, que se le hicieron eternos, intentando sacarla. Los tres nos reímos porque no lo lograba. Y ella se reía cada vez más. Cuando al fin lo consiguió, secándose las lágrimas, le dio dos besos al hombre. Él dijo «hay cosas que no cambian», y volvieron a reír. La mujer que lo acompañaba la miró con curiosidad. Solo ellos dos, mi madre y él, sabían de qué hablaban.

Después mantuvieron ese tipo de conversaciones de ascensor llenas de obviedades, «así que en el teatro, ¿eh?», «sí, a mi hija le gustaba el título», y el tipo cambió de tono en un momento y dijo: «Te llamamos muchas veces», y mi madre, seria, asintió, sin saber qué decir. Se sentaron en el extremo opuesto, entre ellos y nosotros fueron acomodándose otras personas. Mi madre y yo volvimos a reírnos de aquel ataque de torpeza más propio de mí que de ella, pero no mencionó nada de aquel extraño más allá de «un viejo amigo», aunque no me cuadró con aquel plural de «te llamamos muchas veces».

A la salida, no nos despedimos del extraño, desaparecimos entre la muchedumbre y regresamos a casa en taxi. No le mencioné el encuentro porque era lo suficientemente lista como para intuir que mi madre no quería que le preguntara. Y de hecho, al regresar a casa, cuando Miquel quiso saber qué tal había ido la obra, dijo que muy bien y ahí se quedó la conversación.

En 2019, en la sala de La Perla 29, en la Biblioteca de Catalunya, volvimos a ver *La reina de belleza de Leenane*. Habían pasado veintiún años, y si en 1998 me resultó brutal, pero soportable, entonces me pareció una obra de una violencia atroz. Entendí, en esa segunda ocasión, que madre e hija son a la vez verdugos y víctimas de una relación asfixiante, arrolladora.

De regreso a casa, subiendo por las Ramblas, recordé de repente aquella escena ridícula que había tenido lugar tantos años atrás y pensé en aquel hombre de cuya presencia me había olvidado por completo.

—¿Quién era?

—El hermano de Tomás.

—Ah. ¿No lo habías vuelto a ver nunca?

—No.

—Te dijo algo que ahora no recuerdo.

Mi madre se quedó callada unos instantes.

—Hay cosas que no cambian.

—¿El qué?

—No, que eso fue lo que me dijo. Eso y que me habían llamado mucho.

—¿La familia de Tomás?

—Sí, me imagino. Quisieron mantener la relación.

—Y tú...

—No es que no quisiera saber de ellos, pero es que él estaba muerto, no me hubiera servido de nada verlos.

—Pero llamarlos alguna vez...

—Sí. Pero no pude. Y además, luego yo ya estaba con Jaume y de alguna manera me parecía..., me parecía que estaba mal.

—¿Rehacer tu vida?

—Sí. Fue todo muy seguido en el tiempo. De cara a ellos no estaba bien.

—Se hubieran alegrado seguro. No fue tu culpa.

—No sé si fue mi culpa o no.

—¿El qué? ¿Que se muriera? ¿Cómo va a ser tu culpa?

—Bueno, él me estaba yendo a buscar en moto.

Entonces entendí que ahí, en esa presunción inverosímil, anidaba aquel silencio con respecto a su muerte.

—¿En serio piensas que es tu culpa?

—No como algo intencionado, pero, si yo hubiera cogido el autobús, él no se habría muerto. Eso es un hecho.

Lo dijo con una tranquilidad pasmosa, con una certeza difícil de rebatir.

—Mamá, eso no es cierto.

Pero ella no me escuchaba, estaba ausente, en su mundo, tal vez recordaba el accidente, los detalles que yo nunca había oído de su boca. Después de unos instantes calladas, mi madre, que no soportaba los silencios, que los llenaba de lo que fuera, empezó a hablar.

—Lo que no sé es qué hacer finalmente con lo de las fundas del sofá. ¿Al final, cariño, vas a querer que te arregle las fundas de los cojines?

Asentí, aunque no lo necesitara. Pero aquel vínculo con lo material, aquella ayuda que ella siempre me brindaba con todo lo que pudiera medirse, era su manera de decirme que me quería.

Aquellas eran las cosas que podía pedirle a mi madre. Que preparara una comida determinada, que me arreglara unos pantalones, que hiciera una reserva en el teatro. Que comprara una mosquitera o un cuelgafácil. Que me enseñara a limpiar las juntas del baño. Que cosiera el dobladillo de las cortinas. Que me ayudara a terminar los deberes de cualquier asignatura.

El problema procedía de ese otro nivel de la realidad, el de los sentimientos. El de los recuerdos. Mi madre había desarrollado una capacidad asombrosa para no recordar aquello que dolía al ser recordado.

Sin embargo, seguía alcanzándola una culpa antigua y, a sus casi sesenta años, pensaba que podría haber hecho algo para evitar la muerte de alguien a quien quiso.

También las culpas modifican la expresión de los genes. Porque anclan y detienen e, invisibles, cambian el curso de las historias.

Cuando cumplí los veinticuatro tuvieron que extirparme dos bultos del pecho izquierdo. La ginecóloga pidió hacerlo de urgencia, de manera que al día siguiente de la ecografía me ingresaron. Había que sacarlo rápido para después biopsiar el tejido y «descartar» la malignidad. Descartar, esa palabra que es la antesala del terror.

Al despertar de la anestesia con todas esas vendas que me oprimían el tórax, el gotero, la vía, vi a mi padre a un lado de la cama. Había venido de Madrid. Entonces recordé lo que me había preocupado antes de caer en el sueño narcótico. Lo recordé porque mi madre entró en la habitación y ahí, recién operada, no pude hacer nada por aligerar el ambiente. A los pocos minutos mi padre hizo amago de levantarse, pero mi madre, amable, le dijo que no se preocupara, que ella se iba a dar una vuelta. «¿Están bien tu hermano y Luisa? Dales muchos besos».

Aquella fue la última vez que se vieron mis padres.

Me quedé con él el resto de la tarde, recordando el altar de la comunión y las dos familias que se daban el relevo. Para la merienda una enfermera me subió un donut y, hambrienta, lo devoré. A los pocos minutos, sobre la bandeja de plástico, lo vomité. «Es el efecto de la anestesia», le dije a mi padre para que no se preocupara. Me di cuenta de que nunca hasta este momento me había pasado algo mientras estaba con él.

Al cabo de un rato vinieron mis abuelos paternos, mis tíos. Pasaron la tarde conmigo, pero en vez de disfrutar de estar juntos, de que la operación hubiera salido bien, yo estaba inquieta porque no sabía en qué momento iba a regresar mi madre.

No hubo nada que pudiera hacerme sentir así, ni siquiera el fugaz encuentro de mi madre y mi padre, pero desde pequeña, en ese tipo de situaciones, me resulta imposible dejar de estar alerta, a la espera, como cuando mi padre me acercaba a casa de mi madre en coche alguna de las veces que se quedaba conmigo por la tarde y me aterrorizaba cruzarme en el portal a Miquel, que regresaba del trabajo también a aquellas horas. Era un sentimiento parecido a la vergüenza, a haber sido descubierta. Cuando ocurría, el padre real hacía entrega de la hija a su otro padre antes de traspasar el umbral. En aquellos momentos, en aquel cambio de familia en la puerta del edificio volvía a ser Krikalev, a medio camino entre dos mundos, era el testigo que se pasa en las carreras de relevos. Mercancía de cambio. Subía en el ascensor con Miquel sin saber qué decir, y al llegar a casa corría a encerrarme en la habitación.

Mi madre no se ríe demasiado. No me refiero a sonreír o a reírse comedidamente. Hablo de esas ocasiones en que la risa se expande, se ensancha y toma posesión de un cuerpo llenándolo por completo. Como si uno se riera también con los hombros, las orejas, las clavículas, las manos y los dedos de los pies.

Las poquísimas veces en que la he visto hacerlo se le saltan las lágrimas e inclina ligeramente la cabeza hacia delante. Coloca el pulgar y el índice sobre el lagrimal, presionando el pequeño manantial del que emergen esas minúsculas gotas compuestas de agua y proteínas, lípidos, enzimas, glucosa, urea, sodio, potasio.

La estructura de cristalización de las lágrimas cambia según la emoción que las produce, y si pudiéramos observarlas, si dispusiéramos de la visión de un potente microscopio, descubriríamos las diferencias entre las lágrimas de desamor, de alegría, de tristeza o de rabia.

No recuerdo dónde leí que las que provoca la risa cristalizan «de forma alocada», y el adjetivo me pareció muy acertado. Así imagino los elementos que habitan las lágrimas de mi madre: atolondrados, vivarachos, impetuosos, un poco imprudentes incluso.

Si la anécdota que ha provocado el estallido de risa de mi madre se alarga un rato —y la anécdota puede ser mi hermano Marc imitando a un actor, a un presidente; o Miquel que, de nuevo, en vez de decir Jackson dice Yanson o que es incapaz de pronunciar Guggenheim sin que el resultado sea un batiburrillo indescifrable de sonidos guturales—, entonces, mi madre mantiene inmóviles los dedos sobre el lagrimal y va repitiendo «ay». Se hace un silencio, después llega un suspiro. De nuevo, «ay».

Ese es, desde siempre, uno de mis momentos favoritos. Una madre que ríe, mi madre que ríe.

Con los años he logrado encontrar la fórmula infalible para provocar su risa: pedirle que me haga la manicura. Mi madre, que es experta en un larguísimo inventario de actividades —masillar paredes, pintar cuadros, barnizar muebles, llevar contabilidad de empresas, reformar espacios, hacer croquetas de cocido y pastel de tortillas, jugar al ajedrez, predecir el tiempo, arreglar dobladillos, blanquear juntas, destripar argumentos de películas que no hemos visto—, es, sin embargo, incapaz de mantener el pulso cuando desliza el pincel del esmalte sobre las uñas. La primera capa le queda bien porque empieza desde el centro hacia los bordes, sin acercarse a la cutícula por miedo a rebasarla. Cuando va hacia el nacimiento de la uña, desliza el pincel en esa dirección y ahí empiezan los problemas. «Ahora esto lo tapa todo», anuncia. Dos lenguas de esmalte colisionan y se abultan en el punto de unión, formando una protuberancia, una falla tectónica que atraviesa la uña. El desastre es ya irreversible porque cada una de las siguientes capas consigue estropear más el resultado. Llega el momento en que deja el pincel y me anuncia que lo puede arreglar con un palito de naranjo con el que normalmente se retiran las cutículas. Le pone un poco de quitaesmalte en la punta y, concentrada, empieza a reseguir el nacimiento de las uñas.

La risa floja le entra cuando afirmo irónicamente «casi no te has salido, vas mejorando» y entonces alejo la mano para que tome perspectiva de su obra y lo ve. Deja el palito, cierra el esmalte. Empieza a reír.

«Es que no sé», dice. Y yo: «No, no, pero si lo has hecho perfecto». Y cada vez el ridículo es mayor, y en algún momento coge el palito de nuevo y trata de eliminar el exceso de pintura, pero ya no se borra, la piel que rodea el nacimiento de la uña cada vez está más enrojecida, como si fuera sangre, «mira, mamá, uñas perfectas para Halloween», le digo, y ríe, ríe y ríe, y entonces desaparece todo lo demás, se quita las gafas, las deja sobre la mesa y coloca los dedos índice y pulgar sobre el lagrimal. Ay, dice, ay.

Es solo agua, proteínas, lípidos, enzimas, glucosa, urea, sodio, potasio.

Se ríe. Y dejo que pronuncie esa misma frase —«Es que nunca aprenderé»— para que yo pueda desear con todas mis fuerzas que nunca lo haga. Porque en ese caso dejarían de aparecer esas lágrimas llenas de elementos atolondrados, alocados, impetuosos, imprudentes. Y dejaría de reírse.

Entre las cosas que heredamos está también la capacidad o la incapacidad de relacionarnos con la piel del otro, de vivir el contacto sin que sea amenazante. Dejar la mano sobre esa otra mano, el antebrazo, la espalda, sin que eso resulte peligroso, incómodo o una formalidad. Esa herencia avanza de puntillas, agazapada y a oscuras.

Nunca vi que mi madre abrazara a su madre, al igual que jamás mi madre me abrazó a mí. Por eso una vez, cuando mi abuela era ya muy mayor, le dije a mi madre que tenía que intentar tocarla, acariciarle el pelo, lo que fuera. Me miró extrañada y después con una pena infinita. Me dijo que no sabía.

—¿Cómo que no sabes?

—Abrazar. Nunca sé cuánto tiene que durar un abrazo. Cuándo tiene una que apartarse. Ni si el abrazo se da con todo el cuerpo... ¿Es solo con la parte de los hombros?

—No, mamá, con todo el cuerpo.

—Pues yo no sé.

La hice levantar de la mesa de la cocina.

—Vamos a practicar.

Empezó a reírse.

—Clase de abrazos —anuncié.

Después dejó de reírse para tensarse.

La abracé, como si yo supiera hacerlo, pero notó, supongo, que a mí también me ocurría, que aquellas dudas suyas las había heredado yo: como el color de los ojos, la incapacidad de acercarme a alguien y tocarlo sin tener que pensar hasta cuándo y dónde y por qué. Pero desde que Didier, aquel primer intento de amor, me había abrazado supe que había algo que las dos nos habíamos perdido.

—¿Y dónde pongo la cabeza? —me dijo tratando de liberarse del abrazo. Yo la retuve.

—Mamá, donde tú quieras.

Pero nos separamos rápido y me dijo que a partir de entonces iba a intentarlo.

Mi abuela murió pocos meses después de aquella conversación. Recogimos sus cenizas en una urna biodegradable de color coral y fuimos a esparcirlas el día de su cumpleaños. Subimos los cuatro en el coche de Miquel. Él conducía y ella iba de copiloto, agarrada a la urna. Detrás, mi hermano y yo. Recorrimos la carretera serpenteante hacia el parque de atracciones del Tibidabo y pensé que hacía muchos años que no estábamos los cuatro juntos en ningún sitio que no fuera una comida familiar. Solo nos sentábamos a comer por cualquier celebración: santos, cumpleaños, navidades. Pero nunca habíamos vuelto a vivir la cotidianidad de unas vacaciones, o ni siquiera de un fin de semana.

Miquel conducía pendiente de que sonara el teléfono. Desde que hubo manos libres para el móvil lo recuerdo haciendo sonar las voces a través de pequeños micrófonos instalados donde no podíamos verlos.

—No veas cómo me sale ya lo de las dominadas —me contaba mi hermano. Me mostró un vídeo en el que se colgaba de una barra y levantaba una y otra vez su cuerpo musculado.

—A ver cómo lo haces —quiso saber mi madre.

Y volvió a reproducir el vídeo mientras yo alababa los bíceps de Marc, porque me ocurría a veces, con mi hermano también, que con los años habíamos adquirido algo parecido a un temario de conversaciones y no nos movíamos de los mismos epígrafes: comida, series de televisión, su entrenador personal —un irlandés que nos daba mucho juego— y cualquier vídeo de los mejores momentos de

Leslie Nielsen, que conseguían hacernos reír sin importar cuándo los viéramos.

Sonó el teléfono y Miquel atendió. La poca cobertura hizo que el sonido se escuchara entrecortado. Se repitieron varios intentos infructuosos de llamada que le incomodaron. Cuando llegamos, ascendimos a pie el trecho que nos separaba del parque hablando de Tim, el entrenador irlandés. Marc y yo nos adelantamos a mi madre y a Miquel, y le pregunté cómo estaba, refiriéndome a la muerte de nuestra abuela.

—Me dio mucha pena. Pero ¿sabes qué me pasó? Estaba haciendo un entrenamiento en casa y de repente sentí un frío helador. Me quedé clavado. Como si hubiera una presencia...

No dije nada, porque ya me había contado esa historia, el día después del fallecimiento, y no era por aquello por lo que le preguntaba.

—A los pocos minutos de que me ocurriera eso me llamó mamá para decirme que se había muerto...

Miré a mi hermano y sonreí.

—Era ella —dijo—. Vino a despedirse.

Y volví a sonreír porque lo esotérico, ese sentimiento de sentirse escogido al ver lo que otros no ven, era marca de la casa. Quizás fuera herencia de quien crece viendo sombras, espíritus, manchas en la pared con las que hablábamos, luces que se encendían al anochecer. Pero era también una manera de pertenecer a un núcleo, de compartir un miedo, aunque no supiéramos con exactitud en qué se cifraba aquel temor. Después de años contando las historias de la casa del Paseo de San Juan, dejé de cuestionarme si era posible que todo aquello hubiera ocurrido para preguntarme qué nos había pasado a nosotros, a mi hermano y a mí, para que viviéramos toda la infancia con ese terror, buscando manchas y hombres malos en el gotelé de la pared.

—Soñé el otro día con ella —me dijo de repente refiriéndose a la abuela—. Y estaba bien. No era tan mayor.

Estaba con el abuelo, como en un jardín en el que había una buganvilla. Se la veía contenta, ¿sabes?

Mi madre y Miquel nos alcanzaron, intentamos entrar en la basílica, pero estaba cerrada, de manera que nos dirigimos hacia la barandilla donde años atrás echamos por accidente las cenizas de mi abuelo. Por accidente porque la bolsa se rompió y una nube gris me rodeó, el viento sopló con intensidad hacia mí y me comí parte de ellas: «¡El fémur, el fémur!», gritó mi hermano a carcajadas cuando dije que tenía piedritas pequeñas en la boca. Y reímos todos porque sabíamos que mi abuelo, allá donde estuviera, también se estaba riendo. Quisimos encontrar el lugar exacto donde volaron sus cenizas, pero no pudimos acceder hasta allí, de manera que dimos vueltas por los senderos colindantes al parque buscando un caminito, un lugar que a mi madre le gustara para dejar todo aquello que llevaba en la bolsa, unas cenizas, pero también una vida, la galaxia de la que procedía, el recuerdo de la niña que fue, que ya no podría ser evocada por nadie. La muerte de los padres es también eso: ya no puedes ser niño nunca más.

Mi madre estaba perdida, sabía que su madre no se encontraba en la urna, pero aun así, eso era lo último que le quedaba de ella.

Nos detuvimos frente a la entrada del parque cerrado. A través de las rejas podíamos observar la fuente sin agua donde, de niños, mojándonos en los chorros helados de diciembre, nos poníamos una calcomanía en el dorso de la mano. La visita anual al Tibidabo era lo que más ilusión me hacía en el mundo.

A lo lejos divisábamos las atracciones del parque, los rieles de la montaña rusa, esa barra de seguridad a la que nos agarrábamos con fuerza. Fuera de la montaña rusa, en la vida, la barra de protección ante la muerte es la generación que nos precede. Ellos van primero. Y cuando se marchan ellos, nos toca a nosotros.

Marc y su padre iban bromeando y yo me adelanté para acercarme un poco más a mi madre, que encabezaba la comitiva y con la mirada trataba de encontrar el lugar perfecto. ¿Pero qué lugar es bueno para dejar lo que queda de una vida?, imagino que se preguntaría. Entonces, se fijó en un árbol cortado por la mitad que marcaba el comienzo de un camino sin salida. En el centro de los anillos del tronco, alguien había pintado un corazón azul y rosa. Sobre el sendero, en el cielo, se dibujaban los rieles por los que iban las vagonetas de esa atracción que nos gustaba tanto, el Embruixabruixes. Las vagonetas, suspendidas en el aire, seguían un recorrido por el parque hasta que se adentraban de nuevo en la cueva de la montaña y entonces una voz cavernosa decía: «*Estigueu ben atents que la màgia no es farà esperar. Entrem a casa, entrem a la muntanya. Comença el viatge cap a la màgia*».

Nos detuvimos al inicio del caminito, pero mi madre siguió avanzando. La seguí y después mi hermano, Miquel iba el último. Mi madre se adelantó unos metros más, con la urna. La abrió, cogió las tijeras, hizo un corte en el plástico interior y volcó lentamente el contenido, las cenizas, con las que dibujó una serpiente. Se dirigió entonces a su madre como si ninguno de nosotros estuviéramos ahí, se quedó sola con ella y le dijo: «*Et deixem aquí*», y se emocionó: «*T'estimo molt*». La otra vez, en el hospital, le habló en plural, «*t'estimem molt*», y le besó la frente. Yo lo anoté mentalmente, a modo de advertencia, para no olvidar, porque la maldición del plural es que siempre diluye. Las cosas verdaderamente importantes son las que se dicen en singular.

A veces ocurre: cuando te atreves a decir las cosas ya nadie te escucha, quizás porque están dirigidas a una serpiente de ceniza, pero tal vez porque cuando te armas de valor para expresarte finalmente en singular es porque no hay nadie a quien decírselo más que a ti mismo.

Así que un día de junio dejamos las cenizas de mi abuela ahí, bajo los raíles del Embruixabruixes, en un rincón del bosque húmedo por las lluvias de la semana. Me gustaría pensar que desde que el parque volvió a funcionar, en esas vagonetas que surcan el cielo, justo en el momento en que se abre esa puerta hacia otra dimensión, alguien mirará hacia abajo y la verá.

De ese momento permanece esa pregunta: la de si sigue habiendo madre después de la muerte.

En 2003, el escritor surafricano John Coetzee recibió el Nobel de Literatura, y en su discurso contó una historia. Cuando le notificaron el premio, su pareja, Dorothy, hablando de otra cosa, de repente dijo: «Y por otra parte, qué orgullosa estaría tu madre. ¡Qué pena que no esté viva! ¡Y tu padre igual! ¡Qué orgullosos estarían de ti!».

Coetzee le respondió que, de seguir con vida, su madre tendría noventa y nueve años y medio y que probablemente sufriera de demencia, con lo cual no se enteraría demasiado de lo que ocurría a su alrededor.

Pero a lo que Dorothy se refería era a otra cosa, pensó luego. Y en realidad, tenía razón, su madre hubiera estado rabiosamente orgullosa: *Mi hijo el ganador del Premio Nobel.* «¿Por quién hacemos las cosas que nos conducen al Premio Nobel si no es para nuestras madres?», dijo.

«Mamá, mamá, ¡he ganado un premio!».

«Es maravilloso, cariño, pero ahora termínate las zanahorias antes de que se enfríen».

Y por qué extraña e injusta razón sucede eso, que las madres cumplen noventa y nueve años y llevan ya un tiempo bajo tierra antes de que podamos volver a casa corriendo con ese premio que compensaría todos los malos momentos que les hicimos pasar.

Tengo esa sensación a veces. Cuando podrías arreglarlo es tarde. Y no hay nada peor que tarde.

El día que mi padre cumplió sesenta y un años llegué tarde a la fiesta. El tren se había retrasado y cuando aparecí en el restaurante me encontré con un grupo de personas arremolinadas en torno a la puerta de entrada. Mi padre estaba entre ellas y fui a saludarlo. Una mujer que llegó justo detrás de mí se acercó también a él y le dio un abrazo felicitándolo. Era una amiga de Clara. Le preguntó: «Jaime, dónde está tu hija. Es que tengo una cosa para ella», y mi padre respondió que Inés estaba dentro, que él había salido a acompañar a los fumadores, pero que ya entraban porque estaban sirviendo los aperitivos.

Después me intimidó la mesa larga, en forma de herradura, que más que para una celebración de cumpleaños parecía propia de una boda. Me coloqué al lado de mis tíos con timidez: no conocía a nadie más que a ellos, a mi prima Irene y a mi hermana Inés, que estaba sentada con los amigos de mi padre y Clara. Algunos se me presentaron luego, con curiosidad.

—Tú debes de ser la otra hija de Jaime —me dijo uno—. Lo digo porque sois iguales. Trabajo con tu padre, diez años llevamos ya.

—Qué hija tan guapa, Jaime —le dijo un amigo.

—Está demasiado delgada —respondió mi padre orgulloso.

Volvía a tener diez años y ocurría de nuevo que en la foto de familia los personajes eran tres. Yo me sumé a la de «ahora todos», preguntándome si algún día me libraría de ese adverbio, si escucharía la palabra familia y no tendría dudas de que se me incluía en ella.

Cuando trajeron la tarta con las velas, todos nos pusimos unas caretas que había hecho Clara con la cara de mi padre. De repente, su rostro estaba repetido treinta veces. Mi tío bromeó: «Ahora sí que eres tu padre», y no sé por qué aquella sentencia me produjo miedo y satisfacción a la vez.

Fue una experiencia extraña estar en aquella celebración, tuvo algo de divertido, pero cierta sensación de inquietud me fue embargando conforme pasaron las horas. Al igual que mi padre jamás había conocido a ninguno de mis amigos, tampoco yo sabía nada de los suyos. Mientras mi tío me los presentaba y me contaba lo que sabía de cada uno de ellos, me gustaba imaginar todas esas personas que había sido mi padre y que yo desconocía.

«Es que tu padre es un cachondo». «Es que tu padre es más bueno...». «Es que tu padre es el tipo más divertido de la oficina». «Es que todas querríamos tener un marido como tu padre, pero llegamos tarde», dijo una amiga de Clara. «Es que a tu padre nunca le da pereza nada». «Es que tu padre es de esos hombres que saben escuchar». «Es que tu padre nunca pone pegas para ir a hacer la compra» —y ahí me reí, aunque ella no lo comprendiera, porque eso sí que me sonaba—. Escuché todo tipo de elogios que tenían muy poco que ver con el padre que yo conocía. No es que me sorprendiera que fuera todos aquellos hombres, seguramente los había sido, los era, pero aquel hombre se llama Jaime y es el padre de Inés, el marido de Clara.

Ya de madrugada, cuando Clara e Inés dormían, me quedé con mi padre un rato en el jardín de su casa. Se sirvió un whisky y estuvimos en silencio mucho tiempo hasta que logré preguntarle de nuevo por la foto que había visto en Navidad, y empecé diciendo: «Sé que el día de tu cumpleaños igual no te apetece...», pero me escuchó con atención. Le dije que mi madre me había hablado de una amiga suya, la que tomó, en el restaurante, esa foto triste que es la única que tenía de ellos. Me escuchó con paciencia, sin hacer ningún juicio, y le pregunté qué había pasado. Hizo una mueca de desagrado y, como un adolescente temeroso de que llegara una reprimenda, respondió.

—Era una amiga... Bueno, algo más, tampoco nada serio. Fue mala suerte encontrárnosla en un restaurante y que Charly, sin saber absolutamente nada, le pidiera que nos sacara una foto. Él nunca lo supo... y luego va y la pone en mi álbum del sesenta aniversario.

—Papá..., qué desastre —me salió—. Nunca me lo habías contado.

—No me habías preguntado. Es que tampoco tuvo importancia. Era una amiga más que otra cosa.

—¿Y Clara?

—Fue antes...

—Te das cuenta de que la única foto que tengo vuestra es una que hizo una amiga tuya... ¿Me harás el favor de buscar esas otras fotos que tienen que estar en las cajas del trastero?

Me prometió que sí y decidí no indagar más sobre su amiga. No lo necesitaba.

Entendí, entonces, que fuera lo que fuera lo que hubiera ocurrido, mi madre, definitivamente, no quería estar en la foto y que esa era la razón de su sonrisa irónica, que parece gritar quiero salir de aquí.

A pesar de que él dijera lo contrario, sí había significado algo. Por ejemplo, la tristeza de su mujer, con la hija sobre su regazo, la incomodidad. Comprendí a lo que se había referido mi madre con esa frase: «Los hombres que están sin estar», pero pensé que se había equivocado al suponer que no era ella misma la que también se había marchado. La que se elevó de la mesa y de la vida para decir hasta aquí, para declarar que había perdido a dos hombres a los que había querido y que además ahora tenía una niña a la que cuidar, pero que no le volvería a pasar.

Me pregunté hasta dónde había estado dispuesta mi madre a llegar para que no la abandonaran nunca más.

Mirando fijamente la fotografía tuve la impresión por primera vez de que faltaba alguien, pero era por mi madre. Su mirada esquiva, su no estar estando. Al final, quizás fue ella y no mi padre la que realmente desapareció.

Acompañé a mi madre a su médico de cabecera porque desde hacía tiempo los ganglios linfáticos de su cuello estaban inflamados. En la sala de espera de la mutua cogimos una revista del corazón de varios meses atrás, las páginas manoseadas, el especial de cocina suelto, una costumbre de los tiempos en que iba con ella a la peluquería y me dejaban el *Hola* mientras le llenaban la cabeza de papel de aluminio que iban untando con lo que a mí me parecía un pincel.

Cuando sonó el pitido que anunciaba su turno en la pantalla, entró en la consulta y la esperé fuera. Al cabo de diez minutos salió sonriente.

—¿Qué te ha dicho?

—Que no es nada. Que esto se irá en un par de semanas. Pero tiene la misma pinta: mononucleosis.

—Pero ¿no la habías pasado hace unos años?

Se encogió de hombros.

—Mis defensas, que siempre están luchando. Por si acaso me ha mandado un par de pruebas, pero vaya, nada de que preocuparse.

Yo no entendí a qué se refería con lo de las defensas ni para qué serían las pruebas, pero mi madre era una experta en la creación de teorías que se ajustaran a necesidades concretas.

—¿Te acuerdas de que hace dos años se me hincharon también los ganglios? Cuando el cuerpo sufre una agresión, que puede ser la picadura de un mosquito o un resfriado, se inflaman. Es una señal de que están luchando.

El tono didáctico de mi madre me hizo sonreír.

—Pero ¿contra qué?

Se encogió de hombros.

—Pueden ser tantas cosas. Ya te digo, incluso una picadura de mosquito.

Por unos instantes, me acordé de la serie de dibujos animados *Érase una vez la vida*, los centinelas del cuerpo, los policías, linfocitos en sus cápsulas voladoras que anunciaban: «Célula anormal de crecimiento irregular, apariencia de tumor, hay que destruirla inmediatamente», o: «Los ganglios son filtros y trampas para los intrusos, para los microbios. La vigilancia de las células en transformación es una de nuestras tareas más importantes». Se me vino a la cabeza ese mundo infantil, los glóbulos rojos con su mochila de burbujas de oxígeno y los gérmenes de color verdoso y aquello que decía la canción: «La vida es así, es la alegría y es el dolor». Así imaginaba también mi madre el cuerpo humano: avisos de agresiones, una lucha constante. La alegría y el dolor. Quizás tuviera razón.

«Érase un hombre cuya hija no daba un solo paso sin usar su cabeza, por lo que la llamaban Elsa la Lista». Así empieza uno de los cuentos menos conocidos de los hermanos Grimm, en el que unos padres, deseosos de casar a su hija Elsa, encuentran a un campesino llamado Hans que acepta ser su esposo siempre y cuando sea tan lista como sus padres aseguran. Su madre afirma que de tan inteligente como es, puede ver el viento cuando viene calle abajo. E incluso oír toser a las moscas.

Cuando se reúnen en casa para que los jóvenes se conozcan, ya en la mesa, la madre le pide a Elsa que baje al sótano a por cervezas. La dócil hija obedece, y mientras rellena la jarra sus ojos inquietos, curiosos, empiezan a mirar a todas partes, pared por pared, hasta que llegan al techo y entonces, encima de su cabeza, descubre una piqueta que unos albañiles han dejado ahí por descuido.

Conmocionada, Elsa la Lista empieza a llorar a mares sin poder parar, mientras piensa: «Si me caso con Hans y tenemos un hijo y, cuando sea mayor, lo mandamos a buscar cerveza aquí abajo, ¡esa piqueta puede muy bien caerle en la cabeza y matarlo!».

Y allí se quedó sentada, llorando a todo pulmón, adelantándose al posible accidente hasta que los demás bajaron a por ella. Era tan tan tan inteligente que no podía hacer otra cosa que anticiparse a todo.

Hans, al ver lo precavida que era y la profundidad de sus pensamientos, accedió a casarse con ella. En las últimas líneas del cuento vemos a Elsa, ya casada, que sale a segar el campo, pero ya ahí, acuciada por esas grandes preguntas que dirigen su vida —qué hará primero, segar o descansar un poco—, es incapaz de seguir con su labor y termina en una crisis de identidad, sin saber quién es. ¿Es ella Elsa? ¿No es su cabeza tan privilegiada la que debería poder responder sin asomo de duda a cualquier pregunta? ¿Por qué no sabe dónde se encuentra ni si es quien dijo ser?

La oscura fábula de los hermanos Grimm pone de manifiesto, en un final cruel, que no sabemos bien qué es la inteligencia. Que ser muy inteligente equivale en ocasiones a estar muy perdido en la vida, a no saber quién eres. La inteligencia a veces se confunde con su opuesto. Al fin y al cabo, tanta materia gris solo sirve, como le ocurre a Elsa, para confundirse. Para oír toser a las moscas.

No sé por qué decidí marcharme a estudiar fuera. En realidad, no tenía demasiado interés en ninguna carrera en concreto. Siempre me ocurrió que no sabía bien qué era lo que deseaba, me confundían las opciones en cualquier ámbito y andaba a tientas hasta que el tiempo me empujaba hacia alguna de ellas. Se llama inercia. Confiaba a ciegas en aquel refrán de que el tiempo pone las cosas en su lugar, pero le daba un significado distinto al habitual: lo creía literalmente, pensaba que si dejaba pasar más tiempo, el tiempo decidiría por mí.

Un día antes de que empezara el curso, mi madre y mi abuelo me acompañaron hasta allí en coche, el viejo Seat Ibiza blanco de él, y al llegar, cuando me dejaron en la residencia donde viviría los dos años siguientes, me echaron una mano para descargar mis maletas y subirlas dos pisos, hasta una minúscula y desnuda habitación.

Mi madre, nerviosa, me ayudaba a desempaquetar, a poner cortinas. Me sostuvo mientras yo, de pie sobre una silla de despacho con ruedas, retiraba el crucifijo que colgaba de la pared. Fue un momento extrañísimo y triste porque al bajar de la silla, con el crucifijo en la mano, que guardé en la mesita de noche, fui consciente de que me estaba despidiendo de ella y me quedé ahí, de pie, detenida en el tiempo, mientras la observaba disponer los cojines sobre la cama y, funcional, ejecutiva, desenvolver los objetos más frágiles, que habíamos cubierto de papel de periódico.

Ni siquiera hoy entiendo por qué me fui a aquella universidad teniendo, como tenía, tantas opciones en mi ciudad.

En aquellos instantes, cuando terminamos de arreglar la habitación y salimos fuera, donde mi abuelo nos esperaba con el coche, sentí esa fuerza de lo irreversible, como si supiera que ya nunca podría volver. Vi, con una lucidez asombrosa, que dejaba aquel mundo atrás: la cotidianidad de mis abuelos, que se harían mayores, mi hermano Marc, de catorce años, de quien me perdería buena parte de la adolescencia y juventud. Pero sobre todo a mi madre, que fumaba un cigarrillo aparentando, como siempre, que no ocurría nada. Pensé que irme era la única manera de salvar algo, pero no sabía qué.

Antes de meterse en el coche, mi madre me dijo «puedes volver cuando quieras. No hace falta que, si no estás bien, te quedes aquí», y me alcanzó un sobre que guardaba en la guantera. De pie, en la entrada, seguí al Seat Ibiza hasta que dobló una esquina y desapareció de mi vista. Entonces abrí el sobre, y dentro había una foto antigua de las dos en los autos de choque. Detrás ponía la fecha, 30 de mayo de 1989, y con su letra de estudiante aplicada mi madre había escrito «Te queremos mucho», de nuevo en aquel plural que diluía, pero era más de lo que ella había podido decir nunca.

A la vez que me despedía de mi madre me despedí también de mi vida, de todo lo que había conocido, de mi ciudad, de mi lengua materna. Ese gesto de marcharme no significó irme a estudiar fuera, porque no deseaba llegar a un lugar sino irme de otro, y cualquier viaje que empieza sin expectativa de llegada está condenado a repetirse en bucle.

Me convertí, de nuevo, en otra persona. Ya no Kuki, ni Amanda. Usé mi nombre de nacimiento y me compré, a base de esfuerzo y estudio, una vida donde nadie me conocía, que es una tradición tan antigua como el mundo: poner distancia para ser otra, ser la polilla de Nabokov, una hoja que vuela, que no es hoja, aunque el trampantojo solo sea descubierto desde la distancia de los años y la escritura.

Fui pasando de curso, me licencié, hice una tesis, me dieron becas, más becas. Seguí muchos años abonada a la carrera de los logros, aunque ya no supiera a quién trataba de impresionar, quizás tan solo a mí, porque mis padres no estaban ya presentes, los había apartado, como si eso sirviera de algo. Durante ese tiempo me distancié entre pilas de libros, anaqueles de bibliotecas, clases y más clases, y nuevos amigos, y novios. Buscaba una familia, cualquiera me parecía bien. Me puse yo misma en adopción y eso no siempre da buen resultado, porque los criterios de búsqueda eran los de la necesidad.

Por su parte, mi padre, Clara e Inés se habían marchado a vivir a Madrid. Mi hermana tenía ocho años y la perdí, como a mi hermano, y a Inés ya no la recuperé. Nos veíamos el día 26 de diciembre, en casa de mis tíos, y aquellas eran todas las noticias que yo tenía de ellos. Coincidíamos un par de veces al año a lo sumo, pero eran visitas que podían enmarcarse en el sintagma «estar de paso». O yo estaba de paso por Madrid o ellos por donde fuera que estuviera yo.

Cuando regresaba a Barcelona, pasaba la mayor parte del tiempo con amigos: ya nunca quise volver a estar en casa. Seguía sin sentir que tuviera un lugar en el salón, y volvía a encerrarme en la habitación cuando llegaba la noche. Pero entonces ya se había convertido en una costumbre y ni siquiera yo me sentía extraña: había asumido que aquel era mi sitio. Si de niña hubo algo en mí, por pequeño que fuera, de combativo, a medida que crecía me alejé de los conflictos y me convertí en una persona resignada, con pocas opiniones propias pero con una enorme capacidad de fingimiento y adaptación.

Asumí mis lugares dócilmente y me callé.

Con los años, también mi habitación empezó a convertirse en un espacio ajeno donde iba amontonando cosas que no me cabían en los distintos sitios en los que viví. Una suerte de museo de lo que quedaba de los minúsculos pisos que fui habitando.

Cuando terminé la tesis no me contrataron en la universidad, como esperaba, había llegado la crisis y, desilusionada, sin saber qué hacer, me ofrecieron un trabajo en el extranjero que no me gustaba del todo. Lo acepté igualmente. Volví a marcharme. A lo largo de todos aquellos años viví en cinco países distintos, saltando de un sitio a otro, pensando que siempre podía volver, lo había dicho mi madre. Pero volver adónde.

Todos los trabajos que tuve fueron, en la mayoría de las ocasiones, un cúmulo de proyecciones y expectativas que terminaron invariablemente en esas frases que se utilizan cuando no sabes muy bien por qué quieres quitarte a alguien de encima: «Estás muy cualificada». «Tienes que volar más alto». «Te mereces otra cosa». Frases que abren puertas a la nada, porque ninguno de esos jefes o directores de recursos humanos que me entrevistaron, o que me despidieron, me contó cuál era esa otra cosa que me merecía y cómo llegar alto si no empiezas por ningún lugar. «Es que con tu talento». «Eres la persona más inteligente que conozco». «Tu cabeza privilegiada —y alguien sonreía socarrón—, que tan malas pasadas te juega».

Fui recepcionista, asistente, atendí al teléfono en lenguas que apenas entendía, fui la chica que regaba las plantas y preparaba las tazas de café. Fui editora, camarera, repartidora de folletos a la salida del metro, azafata de congresos, scout, redactora de una revista universitaria, redactora de libros que firman otros, es decir, negra, clown, actriz de videoclip, pero podría haber sido cronometradora de aplausos en un festival, la que apaga las velas en las iglesias ortodoxas, la que pasa la mopa motorizada en el aeropuerto, la que prepara los discursos en las funerarias sin conocer al fallecido.

Hice trabajos que me permitieron, al fin y al cabo, mantenerme, pagar un alquiler, pero sobre todo, no volver. En cualquiera de ellos, fueran exigentes o no, todo terminaba en aquel consejo, dado a menudo desde el paternalismo, el de buscar otra cosa, algo mejor para mí, como si ellos y no yo supieran lo que yo buscaba, cosa que resultó cierta en más de una ocasión, por otra parte. Hubo lugares en los que quise quedarme, pero recibí tantas veces aquella negativa, aquella respuesta, la de tú te mereces algo más, que terminé consolándome pensando que quizás era cierto.

Aunque, ¿me preguntaron acaso si yo quería simplemente mirar la ciudad a través de las ventanas mientras hacía sus fotocopias? ¿Si era feliz haciendo envíos y lamiendo el pegamento de los sobres uno tras otro? ¿Si aquello, no pensar, no significaba ya la felicidad para mí?

Si sufres es que eres demasiado inteligente. Si no tienes pareja es que eres demasiado inteligente. Si te cuesta lo básico es porque eres demasiado inteligente. Si no sabes qué hacer es que eres demasiado inteligente. Así, mi vida ha sido explicada por todos los implicados en ella como un cúmulo excesivo de inteligencia que llevaba a la confusión. Una manera de decir que era culpa mía, pero por algo bueno.

Me parecía imposible salvar la distancia entre la impresión que daba y la persona que era. En el fondo deseaba que alguna de esas máscaras me permitiera al fin ser real. Feliz.

Volví a Barcelona cuando mi abuelo se puso enfermo. No tomé ninguna decisión de quedarme, simplemente dejé que el tiempo pusiera las cosas en su lugar, sin decantarme por nada, como solía hacer. Encontré un trabajo y por primera vez no me dijeron que era demasiado poco para mí. Porque empecé a escribir. Y entonces me quedé.

Las misiones del Apolo solo terminaban con éxito cuando regresaban a casa. Regresar a casa, a pesar de que no sepamos lo que es.

En casa de mi madre siempre es verano. Su devoción por las plantas artificiales logra que los espacios de este ático con dos terrazas que habita desde hace tanto tiempo estén siempre floridos y que, invariablemente, los invitados, al entrar, se asombren al ver el limonero, el césped verde fluorescente en el que pueden quedarse las migas de pan para siempre, el cactus que no pincha y las enormes hojas de costilla de adán que no tienen gusanos ni se secan. ¿A que parecen de verdad? Bueno, mejor que de verdad, porque así no se mueren.

Alterna las plantas artificiales con algunas *de verdad*, de manera que el trampantojo es perfecto. Y los invitados no preguntan por su autenticidad, directamente asumen que son reales.

En su casa siempre hace viento. Por mucho que cierres las puertas, alguna termina abriéndose, porque se cuela algún tipo de corriente invisible, y de repente suena un portazo. Mi habitación nunca ha dejado de ser mi habitación, aunque mi mesa esté enteramente ocupada por una impresora gigante en la que mi madre imprime facturas de la empresa para la que trabaja.

En el cuarto que hace las veces de despacho sigue colgado aquel cuadro que pintó en 1992. Es una adaptación de *Los pichones* de Picasso pintada al óleo que presidió el salón de la casa del Paseo de San Juan, pero en esta fue relegada al despacho. De niña me ensimismaba comparando las distintas formas que adquirían las palomas blancas, aquella en la segunda rama del árbol que parece un pez; la que, en el suelo de terracota, está al revés. Las casas que mi madre pintó a lo lejos, en esa lengua de tierra verde sobre el azul del mar. Copió el cuadro de un librito escolar, y al ver el original, muchos años más tarde, reparé en la diferencia entre ambos. En el cielo del cuadro de Picasso hay una paloma en el centro con una mancha negra en el pecho. Mi madre debió de intentar pintarla, pero no le salió bien, de manera que en su versión hay una especie de borrón más oscuro y grisáceo sobre el azul claro del cielo, casi pastel. Queda el recuerdo del intento, maquillaje para tapar cicatrices.

Lo más inquietante son las caras de las casas, las puertas, a lo lejos, que parecen bocas de sorpresa. Las ramas del árbol torcidas, la celosía. Me parecía un cuadro infantil y torpe, pero mi madre contaba que así pintaba Picasso, que había tardado toda la vida en aprender a pintar como un niño.

Ella se pasó toda la vida queriendo tener una casa en la calle Amigó, y ahora que la tiene me pregunto si ha sido feliz, si el estatus lo dan los códigos postales o si es algo distinto, intangible. En realidad, mi madre siempre ha creído en las apariencias como uno de los motores que impulsan la vida. No tanto en lo económico, sino en el sentido de que te resguardan de los juicios de los demás.

Se moriría antes de dar pena. Lo más importante para ella es mantenerse alejada de las opiniones que puedan ser una mancha que se expande y se queda. Ella solo quiere estar a salvo de que cualquiera se acuerde, por ejemplo, de Tomás o del final del matrimonio con mi padre. La compasión, la pena, que alguien pudiera decir «pobre Clara», que la historia no pudiera controlarla ella misma, serían la verdadera catástrofe.

Las apariencias permiten también habitar otro lugar. No sé si estará satisfecha ahora, no sé si en esta casa valorada en tantos cientos de miles de euros siente que por fin ha recuperado la dignidad que en su momento cree que perdió. Si se siente a salvo de la compasión.

Mi padre ha vivido también toda su vida pensando en el estatus y la apariencia. Supongo que por eso mi hermana y yo, más que de cualquier otra cosa, hemos vivido pendientes de algo tan escurridizo e inasible como la belleza. A pesar de que su carrera como modelo terminara con un «no quiero», Inés no se libró de la apremiante mirada de los demás. Del sácate más partido, del no comas tanta bollería industrial, del si quisieras, podrías estar con quien te propusieras, asumiendo de nuevo aquella máxima según la cual es eso a lo que las mujeres aspiramos, como si tantos años de civilización nos llevaran al mismo punto de llegada una y otra vez, en un eterno retorno del que ni los estudios ni el tan manido empoderamiento pudieran salvarnos.

Si yo, que era una persona normal —a lo sumo, mona, ese adjetivo tan castrador, tan de quedarse en las puertas de algo mejor—, trataba de parecer siempre más guapa, Inés lo hacía a la inversa, para que nadie la mirara.

Creo que ella no se acuerda de aquel verano en Sotogrande, los largos paseos en los que mi padre nos engalanaba a ambas y comentaba con Clara que nos confundían con gente de la urbanización, a pesar de que la casa en la que estábamos fuera de alquiler. Era como disfrazarse de otra vida: mocasines Tod's, bolsos de Hermès y la ropa de Isabel Marant. Nos mimetizábamos con la gente elegante e íbamos al club de golf a pesar de que ninguno de nosotros jugara al golf. Solo por estar, por pertenecer. Como si las vacaciones de una semana sirvieran para ser otros, a mil kilómetros de casa, para estrenar el cinturón Gucci o los zapatos que habíamos comprado en las galerías Sogo, de rebajas, aunque no fueran de la talla de mi padre y llevara el pie encogido, como las niñas chinas, lleno de rozaduras. Tal vez todo el espectáculo sirviera para reinventar una vida que no les parecía lo suficientemente emocionante. O quizás mi padre huía del pasado, del gen de la tristeza, que lo vigilaba de cerca, a veces hasta alcanzarle, y consideraba que el mundo de la riqueza ofrece, más que cualquier otro, las garantías de que si llegas hasta ahí obtendrás lo que te falta, que siempre es más, más, más. Cada uno se abona a su particular lista de logros.

La primera novia de mi padre se llamaba Eulàlia y terminó casada con el socio de un importante bufete de abogados. Los veíamos en el club de tenis el fin de semana y mi padre siempre hablaba de ella con admiración. En el fondo, quizás creía que, si se hubiera casado con ella, habría sido también él un socio del bufete de abogados, pero entonces por fuerza tendría que recordar que dejó la carrera a medias y que no fue capaz de estudiar Medicina porque le daba pereza tanto esfuerzo. Años más tarde conocí al hijo de Eulàlia, de mi edad, Claudi se llamaba, y a mi padre le hacía muchísima ilusión. Me insinuó lo bueno que sería que me gustara, y yo incluso lo intenté. Pero en realidad yo estaba más preocupada por gustarle a Eulàlia, por admirar los ojos azules de aquella mujer tan bella y aquella casa llena de muebles lacados en blanco en un barrio bien, que interesada por aquel chico desgarbado. Lo que quería era estar cerca de Eulàlia como si pudiera, a través de ella, alcanzar al joven que había sido mi padre, enamorado de una chica que jamás le correspondió. Es difícil calcular los intentos que a lo largo de mi vida hice por entender a mi padre, fueron tantos que he perdido la cuenta. Pasé años obsesionada con esas mujeres cortadas todas por el mismo patrón, rubias, ojos claros, delgadas, con mucho pecho, esas mujeres con las que él soñaba, las que creía que me habían alejado de él porque ni mi madre ni yo éramos así.

Ambos, cada uno por su parte, mi madre y mi padre, lo consiguieron. No sé si el estatus, pero sí el dinero. Más o menos. Los dos viven ahora en «barrios bien», tienen varios pisos en alquiler y segunda residencia, y creo que mi padre, jubilado ya, ha alcanzado por fin su estado de WhatsApp.

Nunca volvimos a Sotogrande. No hubo necesidad. Clara, hija única, heredó unas fincas y terrenos de un familiar lejano, algo totalmente inesperado. Y, como en una lotería, aquello les cambió la vida.

Llegué a pensar en mi hermano como en el guardián de mi identidad. Su relato era en muchas ocasiones el que daba sentido al puzle. Yo almacenaba datos, estadísticas, proposiciones que se regían por dativo en alemán, afluentes del río Mekong o las proporciones de harina y azúcar para hacer un bizcocho, pero esa memoria enciclopédica no me servía para recuperar no ya determinados hechos que habían ocurrido años atrás, sino tampoco conversaciones que databan de hacía unas semanas. Mi memoria se convertía en ocasiones en una fuerza caprichosa y sin método alguno, que operaba según unos patrones que no me eran en absoluto reconocibles.

Ocurría a menudo que en una conversación sobre unas vacaciones o sobre un cumpleaños, Marc me recordaba «fue ese día en que te regalaron el Alfanova». O aquella otra ocasión «en que papá nos llevó al río y solo tú te quisiste bañar». O la vez en que «te dieron un premio al mejor dibujo hecho con tiza en la calle». Y yo asentía, e incluso a veces su explicación lograba despertar en mí una imagen escondida y aquello me llenaba de alegría, porque sentía que rescataba algo que me había pertenecido.

Necesitamos un testigo, siempre lo necesitamos. Me acostumbré a contrastar mis memorias con las suyas, como si no pudiera confiar por completo en las mías, y, al recordar determinados episodios, la presencia de mi hermano pequeño, viendo lo mismo que veía yo, acompañándome, me hacía sentir menos sola.

Con el tiempo, Marc y yo nos distanciamos. No hubo ningún motivo en particular, influyeron, obviamente, todos aquellos años en que yo había estado lejos. Me fui cuando él era un adolescente, y al regresar hacía tiempo que se había marchado de casa y tenía carrera, coche, novia, piso. Nos quedamos con el código del humor, que siempre nos había funcionado, el reírnos de absolutamente todo, por doloroso que fuera. Herencias de la infancia.

Hubo una época en que los dos vivíamos fuera, yo en Gante y él en La Haya, donde estaba haciendo un erasmus. Lo fui a ver y lo recuerdo como un fin de semana extraño. Cuando llegué, hacía casi un año que no nos veíamos y me quedé en su casa.

No soy consciente de qué pudo ocurrir entre los dos durante ese fin de semana para que se sintiera incómodo. Aunque traté de averiguar por todos los medios de qué podría haberse tratado, no di con nada significativo.

Habíamos cenado en aquel sitio donde servían mejillones con cualquier salsa que cupiera imaginar y me había presentado a sus amigos de la universidad. Fue una cena distendida en que volvimos a contar la historia de la casa encantada. Uno de sus amigos hablaba de una serie en la que una médium visita a gente que requiere de sus servicios. Describió con todo lujo de detalles a una mujer rubia y en apariencia inofensiva que conjuraba demonios y fantasmas, pero también hacía de puente entre el mundo de los vivos y los muertos. En un episodio concreto, la médium entra sigilosamente en una cocina en cuyas paredes se observan unas manchas con formas inquietantes. En ese momento arranqué con nuestra historia y, como habíamos hecho en numerosas ocasiones, revivimos todas las peripecias del piso del Paseo de San Juan. Hubo risas, caras de pavor, muecas congeladas.

Después salimos a tomar unas copas y en algún momento impreciso, en un bar donde estábamos de pie con un grupo de sus amigos, sentí la mirada de Marc sobre mí, pero era una mirada tristísima, perdida, como si yo fuera un punto difuso, sin consistencia. Lo saludé con la mano, tratando de llamar su atención, y volvió en sí y me sonrió forzado, como si lo hubiera descubierto.

Al día siguiente desayunamos en silencio y le pregunté de todas las maneras que pude si le había pasado algo, si yo había hecho algo que le hubiera molestado. Pero lo negó una y otra vez y al mediodía regresé a Gante. Recibí un mensaje de Marc que decía que lo sentía, que eran cosas suyas, que yo no había hecho nada.

«Y no hiciste nada. Fui yo», me dijo. Cuando creía que estaba llegando al final de esta historia quise hablar con él, como intenté hacer con mi madre, mi padre o Clara.

Claro que se acordaba, dijo. Estábamos los dos en su coche, en el parking de un centro comercial donde fuimos a comprar un regalo para el Día de la Madre. Y a pesar de que encendió el contacto, y empezó a sonar la radio, no arrancó. Una locutora daba la bienvenida a la nueva hora: eran las seis de la tarde, las cinco en Canarias. Me fue contando a trompicones, con ese tono neutral que él había heredado de nuestra madre, que lo que le había ocurrido aquella noche en La Haya fue que se había dado cuenta de que no podíamos seguir contando esa historia de la casa encantada porque esa historia no era del todo cierta.

—Yo no me acuerdo de nada —dijo.

Resumió, en cuestión de diez minutos, todas mis memorias, que pensaba que también eran las suyas, de una manera distinta, tan distinta que conformaban otro relato, o quizás el mismo relato explicado desde las causas y no desde las consecuencias.

—Me acuerdo de alguna polilla, pero en realidad creo que teníamos miedo los dos. Tú de lo que te había pasado, y yo de lo que te había pasado a ti.

—¿Del hombre?

—Sí, del hombre. A ti te pasó. Te pasó eso. Yo te vi. Iba delante de mamá. Yo lo vi.

—¿El qué?

—Que te había pasado algo grave. Tenías algo en la cara y respirabas como si fueras un animal, como jadeando. Y después vino todo lo demás. Empezaste a ver cosas y yo también quería verlas. Pero lo cierto es que no las veía. En casa, con mamá, ya sabes que siempre hemos tenido esa atracción por lo que no se puede explicar, los fenómenos paranormales.

—¿Y la rosácea?

—Me recetaron una crema y desapareció. Pero no te mentía, solo es que quería estar contigo. A veces pensaba que te volverías loca y yo trataba de decirte que estaba ahí. Luego te hiciste mayor y te fuiste. Y aquella vez, en La Haya, pensé que te estaba mintiendo. Que contribuía a que te creyeras una historia que no era cierta.

—Pero... El hombre en la pared, las manchas, las psicofonías...

Mi hermano movió la cabeza asintiendo.

—Todo eso no lo recuerdo, pero sí recuerdo el miedo, nuestro miedo, que a cada uno nos llevó a un lugar. Yo me quedé, tú te fuiste. Fueron muchos años, ¿diez, once?

—Doce.

—Tuve tiempo para pensarlo. Y después, cuando algunas veces salía el tema en las conversaciones, yo no sabía decirte que pararas.

Lo escuchaba desde un estado de conciencia difuso. Me dijo que haberme encontrado así en las escaleras era el recuerdo más antiguo de su infancia. Había tenido pesadillas muchos años, aquella rosácea era un síntoma del estrés.

—¿Recuerdas algo de lo que pasó después? —me preguntó mi hermano.

Negué con la cabeza.

—Mamá se marchó unas horas, no sé cuántas. Me dijo que cuidara de ti. Tú te metiste en el baño y después dejaste de respirar raro, te fuiste a tu habitación y cuando volvió mamá hiciste como que no había pasado nada y ella preparó la cena.

Al día siguiente aparentamos normalidad. Fuimos al colegio. Nunca volvimos a hablar de ello. Ni siquiera creo que Miquel lo supiera.

—Pero algo ya cambió. Teníamos miedo y nos inventamos un mundo. No pude formularlo como ahora hasta muchos años después, pero lo que yo quería es que estuvieras bien. Que no estuvieras sola —continuó mi hermano.

Entonces lo imaginé, a Marc asustado, el miedo a que pudiera ocurrirle lo mismo que a mí, y yo, la niña que era Kuki, con un miedo que se cifraba en algo que había pasado pero sin poder acceder a ello, enredados los dos en un miedo distinto, solo que yo no podía recordarlo.

¿Cuánto tarda en borrarse un recuerdo?

¿Cuánto tarda el cerebro en decidir que eso no puede recordarlo?

¿Ocurre sobre la marcha, se detiene la conciencia?

Estuvimos mucho rato en el coche, en silencio, uno de esos silencios que pesan. La locutora volvió a contar que eran las siete, las seis en Canarias, y tuve la sensación de que me había pasado la vida con la necesidad imperiosa de salir a flote, de sobrevivir, pero que no sabía gran cosa de lo que verdaderamente había ocurrido.

El sistema nervioso del ser humano se rige por dos subsistemas de acción: el cotidiano y el defensivo. Desde la defensa, la memoria es importante. Después de pasar por situaciones traumáticas nos mantenemos alerta: el cerebro anticipa que sucederá lo recordado. Sin embargo, en la defensa, los recuerdos del día a día, los banales, los que no ayudan a mantener la rigidez ante la llegada de lo malo, son a veces descartados. Lo único necesario es almacenar lo que nos ayude a no bajar la guardia.

Por otro lado, es necesario distinguir la memoria narrativa, episódica —las historias que la gente cuenta a los demás y a ellos mismos sobre el trauma—, situada en el hipocampo, de la propia memoria traumática, situada en la amígdala, que es precipitada y se activa mediante un disparador. El recuerdo traumático no se puede verbalizar ni evocar: simplemente acontece. En psicopatología se habla de «recuerdos intrusos» porque no preguntan: aparecen sin avisar.

Así, la memoria traumática simplemente ocurre. No tenemos control sobre ella. No forma parte del relato ni tampoco sabemos, en muchas ocasiones, de dónde procede. Pero eso no significa que podamos negarla.

Una noche te caíste de la cama. Al ir a levantarte para llevarte a la guardería no te vi y me desesperé. Estabas enroscada en las sábanas, en el suelo, plácidamente dormida, entre la cama y la pared. Tú imagínate la escena: te levantas a buscar a tu niña preciosa y no está. Creo que fueron los peores segundos de mi vida. ¿Te acuerdas? Bueno, no te acuerdas de muchas cosas, pero es que eras muy pequeña. No sé por qué me ha venido esto a la cabeza.

Ah, sí, al pensar en esto que dices del hombre aquel del entresuelo. Yo creo que simplemente te asustó. Luego te obsesionaste con esa historia del tipo que te recordaba al señor del billete de mil pesetas. Quizás era lo mismo, sí.

¿En serio que no te acuerdas?

La verdad es que no sé qué te pasó. Tu hermano, pobre, fue el primero en verte. Es que a veces pienso que... No te lo tomes a mal, ¿eh?, pero como tenías esa imaginación. Está claro que algo te hizo. Te quemó algunos pelos del flequillo, pero pronto te creció.

Yo no recuerdo que te hubieras hecho pis. ¿Lo recuerda tu hermano? Es que era muy pequeño.

Lo que no sé es dónde terminó el Tippex. ¿No lo compraste? No, no, por la mano no tenías Tippex porque cuesta mucho quitarlo y tendría que haberlo hecho con alcohol. Me acordaría.

Al cabo de unas horas estabas ya tranquila. Pero nunca más volviste a bajar por las escaleras sola. Y además es que luego tu hermano y tú empezasteis a hacer cosas raras en el piso, y ya nos fuimos de ahí.

No, eso descártalo, ya te digo yo que no. Imposible. Si te hubiera pasado algo grave, ya te digo yo que me hubiera enterado. No ves que nos pasábamos el día juntas. ¿Cómo no iba a darme cuenta?

Bueno, si los padres de los demás niños no se dan cuenta de que les ha ocurrido *algo así* a sus hijos es que no están atentos. A mí no me hubiera pasado.

No, de lo del TOC no me enteré. Siempre has sido ordenada y pensé, yo qué sé, los niños son así, que sería una mala época. Además, eras tan inteligente. La anorexia fue otra cosa, te llevamos a un médico, pero aguantaste una sesión. Dijo que eras superdotada, cosa que ya sabíamos, pero también que eras un poco insolente. No sé si fue esa exactamente la palabra que utilizó, pero me lo vino a decir, que no cooperabas mucho.

Es que no sabía. Nunca supe qué hacer...

No me lo vuelvas a preguntar: no.

El Tippex no lo compraste. No, no, cómo quieres haber tenido Tippex en las manos si ya te digo que no lo compraste. Tu hermano seguro que recuerda otra cosa, pero es que tu hermano también tenía una fantasía...

Que no, seguro. Si te hubiera pasado algo, yo lo sabría.

Pero no quiero que escribas sobre esto. Porque no sabemos nada y yo quedaría como una mala madre y tampoco hace falta que la gente se entere, ¿no? Porque yo te quiero mucho.

No, no hace falta que dejes el libro, tú escribe lo que quieras, pero que no salga yo.

(Se ríe).

Claro, puedes decir que era astronauta. Aquella mujer que te gustaba tanto. Pero no, no, que esa mujer se murió y a ver si luego eso significa que me moriré yo también.

Invéntate a una madre. Yo no puedo estar reconocible porque hay mucha gente que entonces pensará que lo he hecho mal. Búscame otro trabajo. Ni pintora ni economista. Nada.

Arquitecta tampoco porque la gente atará cabos.

Es mi historia y no tienes ningún derecho a contarla.

No, ya te digo que no te pasó nada porque yo estaba las veinticuatro horas del día contigo, no lo compares con el TOC ni con la anorexia, eso son cosas que te pasaron porque eras muy sensible y quizás sí que es verdad que yo no tuve las herramientas... Es que no sabía qué hacer contigo. Pero no lo hice con mala intención.

De verdad, no le des más vueltas. ¿No puede ser que confundas lo de ese hombre con alguna otra cosa que te haya sucedido luego, siendo mayor?

Fue un susto. Pero nada más grave que eso.

Después de que mi abuela falleciera, Silvia, la mujer que la cuidaba, se quedó viviendo en su casa. Solo nos llevamos una parte de las cosas y lo demás, la casa en sí —su olor a laca Nelly, los vasos Duralex, las cortinas de ganchillo, los muebles de contrachapado de pino, la máquina de coser Singer—, ese mundo se quedó ahí intacto esperando a que pasara un tiempo, pero qué tiempo tiene que pasar para estas cosas. Quizás ninguno. O todo.

Silvia fue el hilo que nos unía a aquella casa, a lo que quedaba, y de vez en cuando la llamábamos para saber cómo estaba y nos decía que tenía a mi abuela muy presente. Y a nosotras se nos hacía un nudo en la garganta, sobre todo al ver que Silvia era la única que podía hablar con esa claridad de ella, sin ningún pudor de mostrarse vulnerable, sentimiento que a nosotras nos espantaba. Por la practicidad, porque determinadas palabras cuestan y se atascan. Por ejemplo, que echas de menos a alguien que no volverá.

Un día del mes de junio Silvia apareció alterada en casa de mi madre. Me lo contó pocas horas después, cuando llegué al mediodía. Interrumpió el relato de Silvia para enseñarme las cortinas nuevas de la cocina, pero pronto lo retomó. Me senté a la mesa y, sobre el mantel, al lado del frutero, vi un sobre de fotos de color amarillo. Decía así: «Felices fotos en color... procesadas por Laurocolor».

—¿Y esto?

Silvia había aparecido aquella mañana en su casa con él. Había soñado con mi abuela, dijo. En el sueño, ella le rogaba que hiciera el favor de no ponerse más esas viejas zapatillas de andar por casa, que buscara unas suyas, que no había llegado a estrenar, y que habían guardado ambas en la cómoda del recibidor. En el sueño le repetía: «Pero ve y busca bien. Busca bien, ¿eh? Al fondo». De manera que, a la mañana siguiente, Silvia se había levantado con esa misión. Las había encontrado: estaban a la vista, en efecto, pero detrás de ellas había un sobre escondido, el sobre que le había alcanzado con urgencia a mi madre.

—¿Encontró las zapatillas? —le dije.

Mi madre asintió y, con cuidado, evité entrar en el terreno de lo esotérico, de cómo podía ser que alguien que ya no estaba ahí nos diera directrices para encontrar unas zapatillas de estar por casa. Si entrábamos ahí, ya no saldríamos.

—Es una señal —dijo ella.

—¿De?

Pero ya lo sabía, era una señal de que seguía estando allá. Son las migajas con las que nos quedamos los vivos para sentirnos menos solos.

Abrí el sobre de fotos, que mi madre aún no había visto. Nos adentramos en ese mundo feliz que era de mi madre: mis abuelos con la Vespa, una niña en la playa de Torredembarra con bañador de volantes. La vida en blanco y negro, a pesar de estar dentro de un sobre con la leyenda de «Felices fotos en color». Apareció también Tomás, con mi abuela en un mirador. «Fue en Sitges. Faltaban dos meses para que se muriera...». Pensé en lo extraño que es la cuenta regresiva hacia una muerte. Mi madre se quedó mirando la foto un largo rato. Fuimos pasando una a una las imágenes y, casi al llegar al final, di con una en la que aparecían en primer plano un grupo de niños de excursión, con la montaña de Montserrat de fondo. Mi madre y su primo se encuentran en el centro, los dos con unos cuantos kilos de más. Bromeamos con eso y con las gafas que llevaban también. Me fijé en un muñeco que acompaña al grupo de niños. Es un perro con gafas, capa y sombrero, que sostiene un cartel en el que se lee: «Me llamo Kuki». Fue el perro guardabarreras del antiguo ferrocarril de cremallera que llevaba a Montserrat, y daba la bienvenida a los viajeros. Tardé en darme cuenta de la coincidencia, como si no entendiera el nombre.

—Mira, mamá. Quizás sea la señal —le dije.

—¿Cuál?

—La de que definitivamente tengo que contar esta historia.

—¿Qué historia?

—La mía, la de Kuki.

Haciendo gala de un esoterismo selectivo que consistía en ver solo lo que le convenía, se quedó mirando fijamente la fotografía. Aquello tenía que significar algo, pero cuando no coincidía con sus intereses entonces no era una señal.

—Siempre y cuando cuentes la tuya, me parece bien —dijo.

—Pero también es la tuya.

—Yo no voy a salir en el libro.

Czesław Miłosz nos miraba desde cualquier esquina por el rabillo del ojo.

—Yo solo quiero saber la verdad —afirmé rotunda.

Pero mentía. Yo quería más cosas: una compensación, una disculpa. Quería que recordara lo que yo necesitaba saber. Quería acceder a la fuente originaria de los recuerdos para obtener un material exacto, como si la memoria fuera una cámara de seguridad que graba sin descanso, sin editar, y hubiera un material bruto y desprovisto de narrativa que yo pudiera pedir prestado para revisar mi propia historia. Quería eso, el bruto. Deseaba asignar culpas, probar que mi versión de los acontecimientos era correcta. Quería una justificación real.

Pero hay relaciones cuyos fundamentos se enraízan en el olvido. ¿Cómo iba yo a hacerlas trizas? ¿Por qué?

—Te he contado la verdad —me dijo mi madre.

Quería ver todos aquellos episodios que yo no recordaba. Pero estamos hechos de cuentos, de historias. Nuestros recuerdos no son ninguna acumulación imparcial, sino una narrativa que nos conviene por alguna razón que a veces nos resulta misteriosa.

—Me has contado lo que a ti te conviene.

Y asintió con la cabeza.

—Sí, como hacemos todos. Mi versión es lo único que recuerdo.

—Pero es que yo necesito que me cuentes lo que no te conviene también, solo así podré...

Y tardé en encontrar el verbo, hasta que dije «avanzar». Mi madre me miró como si no entendiera.

—Todo esto que os ha pasado durante estos años me ha afectado.

—Pero eso forma parte del pasado. Tienes que mirar hacia delante.

—Como si a un ciego le dijeran que abra los ojos y vea. Como si al deprimido le pidieran que se tome una copa y se anime.

—He entendido el símil...

Yo quería una totalidad de recuerdos vacía de sentimientos e interpretaciones, pero se lo estaba pidiendo desde mi propia necesidad de interpretar mi vida.

—Mamá, pero es que lo que me cuentas es mentira.

—No para mí.

Y entendí que algunos de los supuestos centrales sobre los que se construye la imagen que tenemos de nosotros mismos son en realidad mentiras, pero no somos nada sin ellos. Quizás mi madre, sin aquellas mentiras, estuviera sola en su tablero de ajedrez.

—Tienes que olvidarte ya de esas cosas. Ya han ocurrido. Basta.

Toda clase de relaciones dependen del perdón y el olvido. Reconstruimos las relaciones porque no lo recordamos todo como cierto. Lo diluimos. Si lo viéramos una y otra vez, quizás no seríamos capaces de ir hacia delante.

—Pero olvidar el qué... Solo me gustaría que reconocieras eso, que estuve sola y que por eso me fueron pasando cosas. Porque no entiendo qué me pudo ocurrir para que viviera con ese miedo, para que desarrollara TOC, anorexia...

—¡Pues que no estabas bien!

—Ya, mamá, pero ¿por qué no estaba bien? ¿Crees que alguien escoge que le pase todo eso?

Entonces, por primera vez en mi vida entré en una discusión llena de reproches y ella, teatral, levantó la voz y me dijo que no tenía derecho a decirle eso, porque ella lo había hecho lo mejor que había podido. Me preguntó si podía ponerme en su lugar: teniendo que sacar adelante a una niña sola, una niña que no había sido fácil, a la que le había dado todo lo que tenía. Pero que ella no había tenido ninguna responsabilidad en todo aquello que había ocurrido.

—Lo que pasa es que no lo viste. ¿En qué momento un hombre me hace algo y tú no quieres ayudarme?

—¡Pero ayudarte a qué!

No atendía a razones, ni tampoco comprendía mi necesidad de entender qué me había ocurrido para pasar tantos años de mi vida así.

—No puedo creerme que vuelvas otra vez con esto. Últimamente todo es un reproche, cosas que no hago bien.

Le recordé que desde ese momento yo había cambiado y que lo certificaban los boletines de notas y lo que me habían confirmado mi padre y mi tía.

—Es que igual no era Tippex lo que tenía en la mano, mamá.

Entonces mi madre me miró, primero sorprendida, pero después su expresión se tensó y se pasó la mano por la sien.

—¿Quieres la verdad? Pues aquí va la verdad: no me acuerdo de nada de lo que ocurrió ese día. De absolutamente nada. No puedo ayudarte. Porque hay algo que sé que pasó... pero... no logro acordarme. Después cambiaste, eso es verdad. Pero no sé... qué pudo pasar.

—Pero ¿cómo es posible que no te acuerdes?

Comprendí que decía la verdad, y su verdad era que no era capaz de recordarlo. Se marchó al baño y cuando regresó, recompuesta del todo, me dijo que lo sentía.

Pensé en Kuki, en la niña que dejó de sonreír en las fotos a partir de cierto momento de su vida, aunque nunca llegáramos a saber por qué, y por primera vez decidí por ella.

—Creo que deberíamos dejar de vernos. Para que podamos pensar —le dije—. Durante un tiempo. No puedo seguir hablando de cortinas como si todo estuviera bien.

Ese día me despedí de mi madre. Le dije que después de todo lo que ahora sabía, y sobre todo de lo que no sabía, quizás era el momento de darnos un tiempo, y me dijo que le sabía muy mal pero que, si lo necesitaba, lo primero era yo.

Salí de su casa furiosa con ella por primera vez. Y fue entonces cuando decidí, además de dejar de verla, dejar esta historia. Pararla. Llevaba más de un año recabando información, hablando u observando, tratando de recordar. Pero vi claramente que nadie, solo mis tíos, habían querido ayudarme, y que eso no era suficiente.

Decidí empezar otro proyecto. Había creído que la narrativa terminaría asomando en algún punto. El sentido, la magia. Como en aquellos documentales que veía en los que al final, imitando la ficción, aparecían los nexos causales, las explicaciones, y ninguna zona de la historia quedaba envuelta en oscuridad.

No podía inventarme unos padres que no tenía. Estaba claro que mi padre no sería nunca un padre que buscara solícito unas fotos a cien escalones de distancia de su casa. Tampoco mi madre rebuscaría en su memoria las piezas que a mí me faltaban.

La escritura no funciona hacia fuera, sino hacia dentro.

La pregunta sobre mi madre, la cuestión de dónde estaba mi madre, se quedó ahí, sin responder. Porque quedaba claro que mi madre había estado siempre a mi lado, pero no había podido mirar.

No había proyecto, ni novela, ni final. Aquí terminaba la historia.

III. *I'm still alive*

Gran parte del trabajo del artista conceptual japonés On Kawara permite a los demás —público, espectador, incluso a sus seres queridos— rastrear sus pasos, dar con las coordenadas exactas de donde se encuentra en cada momento. Va dejando señales, de nuevo las migas de los cuentos clásicos. Con ellas, más que atesorar el tiempo, pretende que no lo pierdan de vista, que sigan sus pasos. Es la mirada de los demás la que nos coloca en la vida. Por tanto, me atrevería a decir que él está perdido y piensa que, si los demás guardan sus coordenadas, sabrá él también el lugar que ocupa en su mundo.

En una primera dimensión, la más obvia, la mayoría de sus obras sirven para identificar el momento y el lugar donde se encuentra On Kawara en el día en que fueron hechas.

Recurre al telegrama para repetir una misma frase. Escribió más de novecientos repitiendo algo en apariencia sencillo, inocente: «*I'm still alive*». Sigo vivo.

Los críticos de arte siempre cuentan que deseaba dejar constancia de la temporalidad. Probablemente así fuera. Pero el arte tiene eso, que se abre y posibilita una interpretación diferente para cada persona, la que para cada una es válida. Por eso es universal. Y yo creo que On Kawara solo estaba buscando que alguien diera con él, que recogiera todos esos telegramas para plantarse delante de él y decirle «claro que estás vivo, On Kawara».

Cada uno trata de ser un punto de luz reconocible de formas distintas. Durante mucho tiempo, después de ver aquel telegrama de On Kawara a Sol LeWitt, que data del 5 de febrero de 1970, diciendo exactamente eso mismo que decía en los 899 telegramas restantes, pensé que eso era todo lo que yo había conseguido: seguir viva. Y me pareció poco en ese momento.

El tiempo que dejé de ver a mi madre fueron exactamente veinticinco horas.

Todavía hoy sigo sin poder escuchar dos canciones de Franco Battiato: *Chan-son egocentrique* y *L'animale*. Ambas forman parte de la Diagonal, del tramo que cruza hacia la avenida de Carlos III para doblar hacia la clínica Dexeus. Eran las tres de la tarde y mi madre tenía consulta médica con el digestólogo, el encargado de darle los resultados de una colonoscopia rutinaria. A pesar de la pelea del día anterior, a pesar de que tenía pensado no verla en un tiempo, le pedí que por favor me mantuviera al tanto. «Una cosa es una cosa y otra cosa es otra cosa», hubiera dicho ella. Pero habían pasado dos horas desde su consulta con el médico y no me había dicho nada. La llamé, no respondió, de manera que me dirigí a la clínica por esa ruta mientras escuchaba esas canciones. Yo llevaba ya una semana medicándome, pinchándome hormonas todas las noches, y pensaba que esa era la razón de ese estado ansioso, pero en realidad, mientras cruzaba la calle y escuchaba —«*Chi sono, dove sono / quando sono assente di me / Da dove vengo, dove vado*»—, me decía que las hormonas no me habían preocupado ni un solo día y no tenía sentido que lo hicieran justo entonces. Llevaba el teléfono en la mano, esperando ver el «ya está, ya he salido, todo bien», pero entré en la clínica sin noticias y me senté en la sala de espera, donde una pareja frente a mí, con la mirada distraída, entrelazaba las manos. No había ninguna mano en mi mano, solo un teléfono y sonaba *L'animale*: «*Ma l'animale che mi porto dentro / Non mi fa vivere felice mai*». Y entonces le escribí un mensaje a mi madre, «¿Todo bien?», y me llamó al instante y reconocí su voz, aquel tono de «ha llamado Jaume» o «es que ha pasado algo». Sus pausas medidas. Dijo: «Han encontrado algo, algo que no saben del todo qué es. Bueno, es un bulto, varios, malo, no lo sé, igual...». Cuando me hicieron pasar a la consulta para contar mis folículos, me desnudé y me puse una de esas absurdas batas de papel que acentúan la desnudez. Me senté al borde de la camilla, a ambos lados los estribos para colocar las piernas, y la enfermera entró para disculparse y contarme que la doctora iba a tardar un poco porque había recibido una visita sorpresa, me dijo sonriente, como si quisiera hacerme partícipe de algo que no le pregunté, porque a duras penas pude hacer el esfuerzo de decirle que no se preocupara, que ya esperaba.

Escuché la sorpresa desde la consulta: una pareja de italianos había venido para presentarle a la doctora al hijo que habían tenido, imagino que fruto de un procedimiento de reproducción asistida en el que había participado ella. Hablaban en un tono alto, de júbilo. La rabia me fue embargando a medida que pasaban los minutos.

La felicidad ajena en momentos así es como una conversación en una lengua extraña que no puede descifrarse. Debió de tardar unos diez minutos, no más, pero se me hicieron eternos. Después tuve que aguantar el ecógrafo y a la doctora que buscaba —uno, dos, tres, cuatro... cuatro..., ¿cuatro?—. Volvió a contar una vez más, como si la cifra pudiera crecer, pero en realidad me importaban un pimiento los folículos porque yo estaba muy lejos.

Me dijo que había salido mal, que era necesario parar el tratamiento, que no había funcionado y que no entendía por qué. Me miró con tristeza, ella también. Me preguntó que si estaba bien, me insistió en que lo sentía pero que había que pararlo todo.

Y así lo hicimos. Todo se detuvo. Mi tratamiento, esa posibilidad.

Nunca he vuelto a escuchar a Battiato ni a ponerme el mono verde que llevaba aquel día que inauguró un año largo. Regresé andando a casa mientras lloraba.

Al llegar, llamé a mi madre. Al otro lado, la voz seguía siendo fría, con una pátina más didáctica, mi madre convertida en una profesora explicándome la lección.

Me preguntó que si me acordaba de los ganglios. Y yo le dije que sí, los de la mononucleosis, de los que llevábamos semanas hablando. La vida es así, llena de alegría y de dolor. Pero me dijo que no se trataba de mononucleosis, sino de algo de la sangre. Empecé a hacer cábalas. ¿Anemia? ¿Hierro? ¿Falta de potasio? ¿Plaquetopenia? ¿Iba a necesitar Sintrom? Traté de bromear.

Y luego había ido al digestólogo y le habían encontrado algo en la colonoscopia —«bueno, lo normal», le dije, «algunos bultitos»—. Pero me costaba mucho esfuerzo relacionar todo aquello de lo que me hablaba mi madre, como si no existiera nexo de unión. Me hice la despistada, creyendo que tal vez así se podía arreglar todo.

—Un linfoma —me dijo mi madre. Y entonces me senté a los pies de la cama. Mi mente arrancó con las preguntas: ¿por qué me sonaba tan mal aquello de linfoma? Pensé en carcinoma, o sarcoma, mieloma. Parecía lo mismo. Esa terminación. Me pregunté si era algo sólido, me pregunté dónde anidaban los linfomas, pero no supe exactamente el lugar, ni si eran células malignas que viajaban a través de las venas o las arterias, tomando posesión del cuerpo. Solo conseguí decir:

—¿Es malo?

Ninguna de las dos quería pronunciar esa palabra.

—¿Es cáncer? —volví.

Entonces mi madre solo dijo que sí.

—Ahora hace falta que le pongamos los apellidos. Me lo ha dicho la hematóloga. Porque los linfomas tienen apellidos.

Por eso, en junio de 2021 dejé de ser escritora, dejé esta novela, para convertirme en detective. Y me olvidé de las versiones, de los astronautas.

—Los detectives tienen misiones, mamá —anuncié después, al colgar el teléfono, cuando fui a su casa, en la cocina, el sobre de fotos de «Felices fotos en Laurocolor» aún sobre la mesa. Me había olvidado de la discusión.

—No me veo mala cara —dijo—. Un día te levantas bien y de repente te dicen que estás muy enferma. Son las defensas, ¿te das cuenta?

—¿No puede ser que el linfoma sea causado por una emoción, por una pelea...? —empecé.

Mi madre cortó de raíz mi entrada en el mundo de la fantasía.

—No eres tan importante. No puedes causarme un linfoma porque te enfades conmigo.

Se rio. Nos reímos, solo un momento, pero lo hicimos.

Empezó un verano en el que no escribí una línea más. Escribí solo lo que nos servía.

Cuando le preguntaron a Buzz Aldrin por su experiencia en el primer alunizaje del ser humano, dejó entrever que no había tenido tiempo para reflexiones filosóficas. De hecho, afirmó que las reflexiones metafísicas eran lo opuesto a la misión que les habían encomendado. Ni Neil Armstrong ni él habían sido educados para el pensamiento abstracto, para los sueños y las divagaciones: al fin y al cabo, eran militares. En el libro *En la magnífica desolación*, Aldrin dice que hubiera querido que la NASA enviara a un poeta o a un periodista al espacio para compartir la experiencia con el mundo, porque ellos estaban acostumbrados a mantener sus sentimientos bajo un férreo control. Y porque no podían entretenerse: tenían un trabajo que hacer y, sobre todo, una misión que cumplir. Y las misiones sirven para defenderse de las metáforas, de los sentimientos. De todo aquello que escapa a nuestro control.

La historia de nuestras defensas es la historia de un fracaso clamoroso y constante. De un deseo profundo y mantenido a lo largo de toda nuestra existencia: que aquellos círculos de tiza que trazábamos vacilantes en el patio de la infancia resguarden, en efecto, de las inclemencias de la vida. Las defensas nacen ahí, en el juego en que ese contorno dibujado es «casa», crecemos agarrados a la promesa de que habrá lugares en donde estar a salvo —solo hay que dar con ellos—. Y es una promesa que se repite por los siglos de los siglos, en un eco que no conoce fin y que todo lo arrolla. *Casa*, repite el niño. Pero *casa* se pierde.

Crecer supone salir del círculo, pero el niño que luego será adulto lo irá buscando siempre, volviendo la vista atrás para dar con ese lugar donde no ser vulnerable, es decir, un lugar donde sentirse a salvo, también de la vida y por tanto fuera de ella. Ocurre con la muerte, con la enfermedad: si no hubiéramos salido del círculo, nos decimos, si no hubiéramos abandonado «casa».

La historia de la humanidad se resume también en esta fantasía de invulnerabilidad, y la prueba de ello es que a lo largo de los siglos contamos con una lista infinita de flagrantes e irrisorios intentos para defender pueblos, países, imperios, que han servido justamente para lo contrario: para llevarlos al hundimiento. Cuántas tentativas de no dejar pasar al enemigo se convirtieron precisamente en aquello que se ansiaba evitar: un despilfarro de dinero, vidas, tiempo y, sobre todo, esperanza. Cuántas defensas no fueron al final la grieta y la catástrofe, y naciones enteras sucumbieron ante esa extraña fascinación de pensar que el control de la desgracia estaba en sus manos.

Siempre me produjo fascinación la línea Maginot, el sistema de fortificaciones que se extendía a lo largo de la frontera francoalemana. Construida durante el periodo de entreguerras por el ministro de Guerra francés André Maginot, pretendía defender a Francia de un posible ataque alemán. Claro que resultó inútil, porque, cuando el ataque finalmente se produjo, las tropas germanas fueron un poco más imaginativas e irrumpieron por Bélgica, Holanda y las Ardenas, esquivando los fortines de la línea Maginot.

Más descomunal es la muralla china. Es la ejemplificación colosal, desproporcionada e inútil de lo que somos capaces de hacer frente a las amenazas de un enemigo invisible al que se pretende detener mediante veinte mil kilómetros de fortificación que se ven incluso desde la Luna. Aunque hubieran sido cuarenta mil o cien mil, el enemigo, sea lo que sea eso, habría pasado igual. Nuestros fracasos con las defensas encarnan una advertencia: hay que protegerse, aunque nadie dice de qué. De los hombres que están sin estar, de los kilos de más, de los alemanes, del amor. Pero cuando las cosas llegan lo hacen siempre por el otro lado.

O por un despiste. Constantinopla, por ejemplo, después de armarse hasta los dientes, fue conquistada por un error fortuito de los soldados de Bizancio: en el fragor de la que sería la última batalla se dejaron abierta una pequeña puerta llamada Kerkaporta, por donde circulaban los peatones en tiempos de paz. Cuando algunos de los soldados otomanos se percataron de su apertura entraron en la ciudad y, arrastrando al resto de su ejército, consiguieron conquistar Constantinopla. Tan simple como eso. Las peores cosas en la vida ocurren por culpa de un despiste que, como en el caso de Kerkaporta, la puerta olvidada, puede cambiar la historia del mundo.

En esa ocasión, también fueron las defensas.

Por último, está la historia de una madre, la de Marguerite Duras, Marie Legrand, que luchó contra la pobreza con todas sus fuerzas. Tras la muerte de su marido se entregó al cuidado de la casa, a la limpieza, al orden, al control y la vigilancia de sus hijos para que no enfermasen y se comportaran como correspondía a su origen y no se convirtieran en unos salvajes. Tras veinte años de ahorros, consiguió hacerse con una tierra, una concesión en la costa donde cultivarían arroz. El problema llegó cuando las tierras comenzaron a inundarse por la crecida de las mareas en junio, dato que Marie Legrand ignoraba cuando las adquirió. El agua salada arrasaba los campos y quemaba los tallos de arroz. *Un dique contra el Pacífico*, la tercera novela de Marguerite Duras, la más centrada en su madre, cuenta sus inagotables esfuerzos para construir barreras contra la invasión del océano y luchar contra las crecidas. En ella aparece por primera vez este personaje: una mujer enérgica, valerosa, testaruda. Amada y odiada, respetada y denigrada a la vez. A través de ella conforma el retrato de esas mujeres que rozan el delirio y la genialidad, y que son tan características de la literatura de Duras. Sobre su madre, un tema obsesivo y mítico en su obra, confesó: «Tuve la suerte extraña de tener una madre desesperada, de una desesperanza tan pura, que ni la felicidad de la vida, por muy grande que fuera, lograba salvarla de la desesperanza...».

Siempre conservé esa imagen en la cabeza, la de una mujer poniendo diques al océano, que me hacía pensar, supongo, en mi propia madre, que llevaba toda la vida preparándose para una larguísima lista de cosas pero sobre todo para que, cuando en el monitor de la sala de espera del hospital apareciera su número y entrara en la consulta 56B, un oncohematólogo le explicara lo que ocurría:

—Entre los glóbulos blancos se incluyen los neutrófilos, monocitos (macrófagos), linfocitos, eosinófilos y basófilos. Cada uno cumple una función para ayudar a combatir las infecciones en el organismo. Por ejemplo, los linfocitos ayudan a producir anticuerpos que atacan a los microbios invasores y los marcan para que los neutrófilos, monocitos y macrófagos los destruyan. Los basófilos y eosinófilos participan en la respuesta del cuerpo a las reacciones alérgicas, y los eosinófilos también ayudan a combatir algunas infecciones parasitarias. En general, el linfoma es un tipo de cáncer que se desarrolla cuando se produce un fallo en la forma de actuar de los linfocitos (células blancas de la sangre que ayudan a luchar contra las infecciones). Este fallo provoca la creación de una célula anormal que se convierte en cancerosa.

Entonces empezó a hablar de los tipos de linfomas y de cómo se dividían en indolentes y agresivos, pero ninguna de las dos retuvimos demasiada información a partir de cierto punto. Eran datos, nombres, apellidos.

Todo empieza siendo pequeño, casi imperceptible. Un mero despiste. También la enfermedad. Y un cáncer puede confundirse con una faringitis, con una peca. Ocurre con las grandes tragedias, que hubo un principio, pero nadie estuvo atento porque se parecía a otras muchas cosas.

De vuelta a casa hacía mucho calor.

—Los linfocitos, pobres, que han defendido tanto que se han pasado —dijo mi madre—. Con lo bien que hacían su trabajo. Demasiado bien.

De manera que mi madre se puso enferma por un exceso de buen trabajo, algo así como una huelga a la japonesa. Como cuando alguien te dice que no te dan el puesto porque estás demasiado cualificada. De modo que fracasas por una suerte de superabundancia, lo cual, según como lo mires, es un fracaso mitigado, un autoengaño que alimenta con condescendencia nuestro relato.

¿Acaso mis trabajos no terminaban en ese mismo lugar?

Quedó inaugurado, pues, el relato con el que mi madre contaba un linfoma, un relato que seguiríamos manteniendo aquellos meses y que la emparentaba con Marie Legrand, la línea Maginot y la infinita muralla china. Las defensas, al final habían sido las defensas.

Al día siguiente llamé a mi padre para explicárselo. Me di cuenta de que era la primera vez en mi vida que me ponía en contacto con él para contarle algo que había pasado, no para preguntarle o pedirle nada. Nuestras llamadas habían estado siempre mediadas por la necesidad. Por eso cuando le conté lo ocurrido se quedó tan callado al otro lado de la línea. No había traducción por parte de Clara, que hubiera dicho algo parecido a «Jaime, tu hija necesita que le digas algo, lo que te salga».

—Vaya —dijo mi padre.

—Ya —respondí.

—Vaya. ¿Tiene arreglo?

Pero se hizo un largo silencio y colgué sin responderle, sobre todo porque no lo sabía.

Horas después, cuando contó con la traducción de Clara, me llamó él.

—¿Quieres que vaya?

—¿Dónde?

—No sé, ¿a Barcelona?

Se lo agradecí, pero le dije que no hacía falta.

—¿Llamo a tu madre?

Siempre me ha gustado esta historia del cineasta Werner Herzog y Lotte Eisner. En invierno de 1974, a Herzog, que por entonces rondaría la treintena, le dijeron que su amiga Lotte Eisner, crítica de cine, estaba gravemente enferma. Devastado, decidió ir a verla. Pero no cogió un avión, o un tren, ni siquiera un coche. Recorrió los 684 kilómetros en línea recta que separan Múnich de París a pie. Lo hizo como una suerte de promesa. Se dijo: «Mi decisión mantendrá a Lotte viva. Ella no puede morir. Caminaré por ella». Y en esta épica romántica de Herzog, emprendió el viaje el 23 de noviembre y no llegó a su destino hasta el 14 de diciembre. Fue un trayecto solitario y frío, y de ahí surgió el libro *Del caminar sobre hielo*. Su amiga Lotte no se murió, no entonces, así que no sabemos si fueron los pasos de Herzog, uno detrás de otro, los que la salvaron.

Parece fácil y casi intuitivo: andar para que alguien no muera. Entendí que la fantasía nos había salvado a muchos, con ella pretendíamos defendernos, poner un dique tras el cual sentirnos a salvo.

También yo encontré mis propias fantasías. Las llamaba misiones: anoté concienzudamente, durante el transcurso de la enfermedad, todos los pasos, pruebas, fármacos, consultas, nombres de los especialistas. Me dejé guiar por ellos. Pensé que si la literatura me había salvado siempre, quizás ahora podía volver a intentarlo.

Después del diagnóstico, la primera vez que salimos de compras fuimos a una tienda de pelucas llamada Hairstyle.

Para dar con la dirección concreta escribí «películas oncológicas» en vez de «pelucas oncológicas», de manera que el primer resultado de la búsqueda fue «las cincuenta mejores películas sobre el cáncer». Y no comprendí, hasta unos segundos después, en qué me había equivocado.

Una vez dentro de la tienda nos vimos rodeadas de turbantes, gorritos, diademas, pelucas de pelo natural y sintéticas. En una salita aparte le fueron probando distintas opciones. Se quedó con una que le pareció bonita, del mismo tono rojizo que su pelo, una melena sobre los hombros, pero el flequillo le molestaba en los ojos y la mujer que nos atendía cogió una especie de navaja para ir desfilándolo poco a poco, con cautela, diciendo: «Es que claro, hay que tener cuidado porque este ya no crece». Yo lo grababa con el móvil, porque entonces, además de escribir, empecé a grabar como si quisiera dejar testimonio de todo.

Nuestros recorridos cambiaron con la enfermedad. Aquellas semanas antes de que empezara el tratamiento dejamos de hacer los de siempre para poner rumbo a otros destinos con la sensación constante de que habíamos entrado en un túnel, en una pesadilla, y el ambiente era denso, costaba atravesar el tiempo, y parecía que los días no terminaban nunca.

El final de las metáforas es la enfermedad. Allá estaba yo, despojada de las palabras, porque los fármacos que le

iban a administrar a mi madre no admitían mapa, ni do-
blez, ni teoría sistémica ni relatos de Herzog. Los fármacos
tenían nombres largos y alambicados, y esa era la poesía
que me quedaba, ir analizándolos y explorando sus efectos
secundarios para transmitirle que todo iba a estar bien.
Decir, por ejemplo, que la cisplatina era feroz, que podía
causar ototoxicidad a la larga, pero su efecto duraba solo
veinticuatro horas. Y ella me creía. Por eso valía la pena
inventar todas aquellas historias.

Después de su divorcio, salvo aquellas llamadas en que yo me convertía en alas de mariposas mordidas por polillas, es decir, cuando él quería consultarle cuándo me recogía o algún tema referido a mí, mi padre y mi madre se llamaron solo en dos ocasiones.

1. Cuando mi padre tuvo cáncer de piel, en enero de 2010.

2. Cuando mi madre tuvo linfoma no Hodgkin, en 2021.

Pasaron once años entre una y otra llamada y tuvo que mediar una enfermedad. Mi padre llamó a mi madre un miércoles 8 de agosto de 2021. Un número que ella no tenía guardado llenó la pantalla de su teléfono y lo cogió. Con esa voz especial que tiene para los números que no conoce.

—¿Sí?

—Hola, soy Jaume —dijo mi padre, que recuperó entonces su nombre de nacimiento.

Se hizo un silencio al otro lado de la línea y mi madre fue contando Jaumes. Su cuñado; el hermano de su marido, pero no le sonaba la voz; el gestor de La Caixa, pero estaba de vacaciones, según le habían dicho; un amigo mío de toda la vida, pero para qué iba a llamarla, y además, recordó, tenía su teléfono guardado.

—Es que ahora no caigo —respondió.

Supongo que en la cabeza de mi padre algo se detuvo. Se colapsó. Debió de tardar algunos segundos en responder, perdido en algún nivel de la realidad.

—Soy yo —le salió. Como si eso valiera. Entonces dijo su apellido y mi madre exclamó un «ahhh» de reconocimiento.

Hablaron, aunque no sé de qué. Se lo hubiera tenido que preguntar a mi padre, porque lo cierto es que mi madre sufre de amnesia repentina con todos los temas que conciernen a mi padre, incluso los que suceden en riguroso directo.

—No me puedo creer que no lo reconocieras —le dije a mi madre.

—Bueno, son muchos años.

—Ya, pero también lo vuestro fueron muchos años. Quiero decir..., que fue tu marido.

—Sí, sí. Le di las gracias por llamar, ¿sabes? Me parece un detalle.

Y ahí terminó la conversación. Le dije que mi padre no la había llamado antes porque estaba convencido de que ella le tenía manía.

—¿Por qué tendría que pensar eso? —me respondió desviando la vista hacia el techo en un claro gesto de exasperación.

En el verano de 2021 nos convertimos en dos detectives camufladas de madre e hija para pasar desapercibidas en vestíbulos, farmacias, consultas, hospitales. Recopilábamos datos, pruebas, informes, interpretábamos miradas de los médicos y dábamos sentido a un suspiro, a una sonrisa, a cualquier gesto. Apuntábamos, repetíamos. Desapareció Lydia de nuestras conversaciones porque de repente éramos investigadoras, y aquello, el estar en una permanente misión en contra de algo que nos excedía, llenaba nuestros días mientras los demás se iban a las playas, a descansar, porque empezaban las vacaciones, el periodo de la vida en el que hay que ser oficialmente felices. Hablábamos con dietistas, yo compraba cúrcuma, *shiitake*, me inventaba guisos curativos, llamaba a amigos de amigos que eran oncólogos, pero con la misma seriedad hubiera llamado a un tarotista o a un iridólogo si me hubiera valido para inventar ese futuro preciso que necesitaba.

Esas misiones nos mantenían en una constante ocupación. Dejé de ser escritora, solo apuntaba, anotaba con la urgencia que da saberse en una misión. Un PET, una punción aspirativa, una biopsia, aprenderse el nombre de aquellos fármacos: CHOP-rituximab, metilprednisolona, vincristina, doxorrubicina, ciclofosfamida, granisetrón.

—Verás, mamá —decía yo enfundándome una bata blanca imaginaria—, el rituximab no es tan malo como parece, solo es inmunoterapia, un anticuerpo monoclonal, y los efectos secundarios son mínimos.

O:

—No te preocupes, que no es más que un antihistamínico de segunda generación.

A pesar de que eso fuera mentira, una invención, porque eso era lo que me habían recetado a mí para una rinitis alérgica. No sentía ningún remordimiento por estar «adaptando» la información a las necesidades de cada momento.

O:

—Bueno, en ocho meses estamos fuera de esto —anunciaba.

—Ayer dijeron un año —rectificaba mi madre.

—No. Dijeron que a partir de los ocho meses.

Yo, que había militado siempre y con vehemencia contra el optimismo naif, vacío de razones, lo adopté entonces con una fuerza y una determinación insólitas.

A lo largo de aquellas primeras semanas en las que todo era incierto, niebla densa que no lográbamos atravesar, lo que más echamos de menos fue tener información fiable, así que no tuve más remedio que buscarla, que inventármela. O basarla en la poca realidad a mi alcance. Mi madre había recibido un diagnóstico de un linfoma raro que afectaba a una ínfima parte de la población, de manera que no encontré nada a lo que pudiéramos agarrarnos y empecé a recabar información, una información completamente interesada, claro. Nos habían advertido que no buscáramos en internet, pero yo lo hice con los debidos filtros. Puse en el buscador el nombre de su linfoma concreto, con todos sus apellidos, seguido de «historias de éxito» o de «remisión completa». Iba modificando las palabras para dar con el resultado deseado y, como en español parecía que no había gran cosa, entonces cambié al inglés: *success stories* o, más hiperbólico, *super success stories*. Y eureka: ahí aparecieron las historias que necesitaba escuchar, que deseaba contar.

El día que finalmente estrenó ese port-a-cath de doble entrada, la enfermera iba explicándonos cómo iban a proceder con la medicación: «Primero esto, y después lo otro, y finalmente...». Pero la verdad es que no retuve nombres, concentrada como estaba en ver cómo entraba por primera vez aquel líquido rojo que sabía que iba a avanzar por el sistema linfático de mi madre hasta ir llenándolo, destrozándolo, salvándolo. Para dejar de pensar en eso, empecé mi gran relato de verano: día a día, mientras la acompañaba por pasillos, hospitales, consultas, le iba desgranando los entresijos de aquellos casos que se convirtieron en la meta, la proyección, la certeza de que mi madre se iba a curar.

Se llamaban Bill, o Sheryl B., o Shary. Sus historias abarcaban todo el transcurso de la enfermedad, desde el diagnóstico principal, el susto, hasta la explicación de los pormenores de los autotrasplantes y la recuperación final.

Fui almacenando información y me autoimpuse una única regla: no leer ni una sola historia que terminara mal. Así, me especialicé en dos tipos de narrativas, las historias más fáciles, en las que todo se resolvía sin sobresaltos, y otras con más complicaciones por si también en el caso de mi madre surgían contratiempos.

En realidad, una parte de mí pensaba que cuanto más difíciles fueran, mejor: cuanto más avanzado el estadio, cuantas más fuesen las complicaciones, más me gustaban las historias. Me recordaban, supongo, a las comedias románticas de Hollywood y permitían que la esperanza se mantuviera incluso en el más complejo de los casos.

—Ahora cuidado que no te empiece a picar, que esta medicación es muy puñetera —decía la enfermera.

Y entonces yo arrancaba:

—¿Te cuento sobre Bill? Estadio 4, cincuenta y seis años. También se lo detectaron por los ganglios linfáticos inflamados, como a ti. Imagínate que el tipo hizo una media maratón antes de saber que tenía cáncer... Empezó el tratamiento con miedo, claro, pensando que a partir de entonces ya no podría hacer deporte de esa manera. —Mi madre me miraba expectante. Viene la magia—: Pues nada de eso: cuando terminó el tratamiento, que le fue superbién, hizo otra maratón.

Mi madre sonreía cuando el líquido empezó a entrar en el port-a-cath, muy cerca del corazón.

La concreción es enemiga del miedo, de manera que yo trataba de combatirlo con eso, con palabras largas, porcentajes, ejemplos, porque lo que nos asustaba era la abstracción. Transitamos mejor aquello que podemos imaginar.

—Creo que si nunca he hecho una maratón, tampoco ahora me hará falta, ¿no? —me dijo.

—Además, Bill no cambió nada de aspecto. —Ahí mentí un poco.

Como los médicos siempre fueron cautos y daban las buenas noticias a cuentagotas, me animé a seguir con las historias de éxito. Fueron meses alargados, ensanchados, sometidos a escrutinio y análisis, que pesaban no solo sobre mi madre sino también sobre nosotros, mi hermano, Miquel y yo, turnándonos para que no estuviera sola. Se produjo cierta parálisis de la vida en algunos de sus aspectos, por ejemplo, la alegría de los demás, las multitudes y la celebración. Eran emociones que se congelaron, a las que no tuve acceso en muchos meses. Cada vez que escuchaba a alguien reír, o que veía a alguien que genuinamente estaba disfrutando de lo que fuera, me quedaba exhausta.

—¿Te he contado la historia de George, el profesor de Química en Harvard? Pobre, estuvo a punto de morir.

Su atención se aguzaba, sin entender aún que le quisiera contar precisamente una historia que no presagiaba nada bueno.

—Llegaron muy tarde al diagnóstico, mucho más que en tu caso. Nadie daba un duro, pero después hizo tu mismo tratamiento, con el autotrasplante posterior, y no ha vuelto a recaer. Vida normal. Pero mi historia favorita, mamá, es la de Bob. ¿Sabes cuántos años lleva Bob sin recaer?

Mi madre, que había perdido ya el interés, me miró expectante e hice una pausa dramática.

—¡Diecinueve!

—Pero ¿es eso posible?

—Si a alguien le ha pasado..., es que es posible, ¿no? Siempre hay casos que se salen de la estadística.

Así se sucedieron los días, las semanas, mientras me empapaba de las historias y experiencias de canadienses y estadounidenses en unos vídeos que vi más de una vez. En mis continuas pesquisas evitaba leer opiniones edulcoradas de supervivientes de cáncer que afirmaban que padecer una enfermedad así había ensanchado su horizonte, porque si hubo algo que me produjo alergia en esos meses fue la romantización de la enfermedad: el cáncer que llegaba como bendición para que mejorara esa vida que antes no era suficientemente buena. Mentalmente, les respondía a aquellos hipotéticos interlocutores que para eso bastaba con romperse la pierna un caluroso mes de agosto: con eso llegaba el mensaje. Porque el cáncer no ensanchaba nada, la enfermedad era pura contracción, debilitamiento.

Empecé a administrar, como había aprendido de mi madre, mis silencios y mis informaciones. Me di cuenta de que me había convertido en ella. A lo largo de toda mi vida había estado asimilando una misma cosa: que la realidad es terca, inamovible, pero que siempre queda el relato.

En diciembre, ya a punto de terminar la primera fase del tratamiento, la acompañé a realizar una «evaluación de fragilidad», un paso previo que garantizaba el estado mental y anímico para someterse a un autotrasplante de médula. Me pareció, por el título, un documento que debería ser extensible a ámbitos extrahospitalarios.

Me recordó a los exámenes del colegio: una de las partes consistía en recordar palabras —*hija, cielo, montaña*— para después volvérselas a preguntar. También tuvo que dibujar un reloj y, mientras trazaba las manillas, los números, la hora exacta que le habían pedido, las doce menos cuarto, le preguntaron de nuevo por las palabras, de las que olvidó una: *cielo.*

—Al menos no ha sido *hija* —dijo.

Para terminar, era necesario responder un cuestionario tipo test, marcar una opción de entre cuatro en un documento llamado «Escala psicológica», de las que ella subrayó:

1. Me siento tenso/a, nervioso/a:
   · Casi todo el día.
   · Gran parte del día.
   · De vez en cuando.
   · <u>Nunca.</u>
2. Siento una especie de temor, como si algo malo fuera a suceder:
   · Sí, y muy intenso.
   · Sí, pero no muy intenso.
   · Sí, pero no me preocupa.
   · <u>No siento nada de eso.</u>
3. Me siento alegre:
   · Nunca.
   · Muy pocas veces.
   · En algunas ocasiones.
   · <u>Gran parte del día.</u>

Pensé que era una suerte que fuera ella y no yo la que estaba respondiendo el cuestionario, porque de haber sido al revés me hubieran descartado en la primera pregunta. No sería así con ella, que a pesar de todo se sentía alegre «gran parte del día». ¿Cuál era la parte del día en que mi madre no estaba alegre?

La gran parte del día en que mi madre se sentía alegre yo me las arreglaba para seguir trabajando, subir al tren para marcharme a Madrid, regresar para volver al hospital. Me habían ofrecido un trabajo en el que tenía que estar dos días a la semana en esa ciudad y de repente pasé a ver a mi padre cada semana, imitando aquellas tardes en que me venía a buscar con su Alfa Romeo rojo. Tomamos la costumbre de comer todos los miércoles en un restaurante en el que sirven las mejores tortillas de Madrid, según me anunció. A lo largo de esos ratos me preguntaba siempre por mi madre. De alguna extraña forma, mi padre se convirtió en la única persona a la que quería ver para contarle cómo estaba ella. Y él me escuchaba.

A pesar de que no dijera demasiado, su manera de dejarme hablar, de comprender, era mucho más de lo que nunca había tenido de mi padre. Le daba todos los detalles, los nombres de los fármacos, las fases, las hipótesis. También le hablaba de Bill, de Sheryl B. Y él, con su memoria prodigiosa, retenía sus nombres y las siguientes veces, si en alguna ocasión me veía desanimada, me decía: «Piensa en aquello que me contaste, en lo de Bill». Me devolvía mis propias historias porque entendía, aun a pesar de su lentitud con las traducciones vitales, que eso era lo que yo necesitaba. El relato. Él me repetía el mío. Y me servía.

Aquellos meses de hospitales fue mi padre, en otra ciudad, en la barra, mientras pedía dos pinchos de tortilla, el que tiró de mí. Quizás no se daba cuenta, pero yo sí.

La enfermedad no ensancha la vida, la contrae, y es en esa contracción, en ese espacio claustrofóbico, donde se cuelan las únicas personas que crees legitimadas para dar nombres de tratamientos y medicamentos.

Cada una de esas veces que nos veíamos mi padre me prometía que la siguiente semana subiría al trastero para buscar las fotos, pero nunca ocurrió.

—No puedo recordarlo —dijo mi padre—. ¿Qué pasaría con ellas? Hay muchas cajas y no sé por dónde empezar. En las primeras cajas que abrí no estaban.

O:

—Esta semana he tenido revisión del coche. Y después lo llevé al túnel de lavado.

—¿Todos los días?

—¿El qué?

—Que si tienes revisión del coche todos los días.

—No, pero también tengo que ir a hacerme una limpieza dental.

Como si todo lo que cupiera en una semana fuera eso, una higiene dental que durara tres días con sus correspondientes veinticuatro horas, una revisión eterna del coche tras la que se quedaba ahí, durmiendo en el interior mientras enormes rodillos cubrían la luna delantera de espuma, agua y jabón.

A la perra Laika, que significa «labradora» en ruso, la encontraron en las calles de Moscú y zarpó en un vuelo sin retorno, el del Sputnik 2.

La escogieron después de descartar a Albina y a Muja. Albina tenía cachorros a su cargo, así que fue piadosamente absuelta, y Muja pudo haber sido una buena opción, pero se rechazó por ese viejo tema de la belleza: tenía un defecto apenas visible en una de sus patas, que no entorpecía sus movimientos pero sí la hacía poco fotogénica a la hora de pensar en el despliegue mediático. Así que fue Laika, una perra callejera de tres años de edad y seis kilos de peso, apacible y buena, la que finalmente resultó escogida.

La llevaron a Baikonur para prepararla y que pudiera aclimatarse a las vibraciones, a los ruidos, a las aceleraciones, y ahí se ganó el afecto de los científicos soviéticos. De hecho, el que había sido responsable de su elección, Vladimir Yazdovsky, especialista en biomedicina, pidió permiso a sus superiores para, poco antes del lanzamiento, llevarse a Laika a su casa por unas horas.

Quería regalarle unos instantes de felicidad, ya que poco tiempo después Laika partiría al espacio sin posibilidad de regreso.

Yazdovsky siempre recordaría aquellos momentos: sus hijos jugando con la perra, ella feliz, correteando por casa e imaginando que quizás había encontrado por fin un hogar.

Pero el 3 de noviembre de 1957 ya no había vuelta atrás.

Tras colocarla en la cápsula y antes de cerrar la escotilla, con lágrimas en los ojos, Yazdovsky besó su hocico y le deseó buen viaje.

A las 5:30 de la mañana Laika, impulsada por un cohete R-7, partía rumbo a la bóveda celeste, a la inmortalidad, o eso dijeron en sustitución de esa otra expresión menos afortunada que sería la de partir rumbo a la muerte.

Solitaria, la nave se quedó orbitando en el cosmos. La perra estaba viva y, a pesar de que su ritmo cardiaco se había triplicado durante el despegue, gozaba de aparente buena salud.

La noticia se expandió veloz alrededor del globo: un ser vivo orbitaba alrededor de la Tierra, un ser vivo completamente ajeno a aquel acontecimiento extraordinario para la humanidad.

Pero le quedaban seis horas de vida: Laika murió agitada y ladrando hasta el final debido al estrés y a las altas temperaturas del interior de la cabina.

Nunca se supo si la tragedia fue debida a un fallo que impidió que una parte de la nave se desprendiera o si el error ocurrió en el sistema encargado de disipar el calor. Sea como fuera, los soviéticos trataron de ocultar la verdad. Durante décadas afirmaron que Laika se mantuvo una semana con vida y que antes de que se acabara el oxígeno en la cápsula se le administró una dosis de sedante.

Eso es lo que estaba previsto, que el animal viviera una semana dando vueltas a la Tierra, aunque nunca regresaría viva. Pero ese último dato nunca se hizo público. No se conoció el sufrimiento padecido por Laika ni las causas reales de su muerte a las pocas horas del despegue hasta cuarenta y cinco años después.

En 2002, uno de los científicos de la misión reveló que, con tan poco tiempo para diseñarla, fue imposible crear un sistema de control de temperatura que resultara fiable. Todavía no existía la tecnología para hacer descender de órbita a una nave. Es decir, nunca se contempló la posibilidad de que Laika sobreviviese.

Cinco meses después del lanzamiento, y tras completar 2.570 órbitas alrededor de la Tierra, el Sputnik 2 y los restos de Laika se desintegraron al entrar en la atmósfera. Era el 14 de abril de 1958. En aquellos momentos, la muerte de un perro en el espacio era un dato insignificante.

Laika ha sobrevivido como el símbolo de las contradicciones de unos tiempos capaces de enviar a un ser vivo al espacio. Pero sobrevivió también como el recordatorio de la agonía legitimada, de una muerte innecesaria.

Tener los datos, la información, pero no poder revelarlos funciona, en ocasiones, como una maldición. Sobre todo cuando se es consciente de la posibilidad de que las cosas fueran distintas. ¿No habría podido Yazdovsky haber fingido un accidente, el robo de la perra, una misteriosa desaparición, un despiste, cualquier cosa para salvarla? Sí habría podido.

La irrevocable condena de Laika pudo haber sido evitada, las lágrimas de Yazdovsky y ese beso en el hocico son una suerte de beso de Judas, la bendición ante la cobardía de no querer o no saber dar marcha atrás.

Y cómo vivir con esa otra condena, sabiendo algo que los demás ignoran, conociendo el futuro, sabiendo que puedes cambiarlo, pero que no lo harás.

—Lo único que me consuela, ¿sabes qué es? —dijo de repente mi madre—. Que ni tú ni Marc sois pequeños. Que no estáis viviendo todo esto teniendo que volver mañana al colegio y conmigo encerrada aquí..., sin poder estar con vosotros.

Con «aquí» se refería al hospital. Estaba ingresada en un cuartito minúsculo, casi hermético, que daba a la calle, pero el miedo a cualquier infección era tal que no podíamos ni siquiera abrir la ventana, y nosotros, cuando entrábamos para acompañarla, teníamos que guardar las distancias, enfundados en mascarillas, monos de protección y guantes. Estábamos juntos, en un mismo espacio, pero alejados por esas capas de ropa esterilizada. Parecían —lo pensaba a menudo— trajes de astronauta. Fueron unos días largos, agónicos. Las tardes transcurrían lentas y en su cuerpo entraban de nuevo medicamentos que destruían todo a su paso. Había que destruir para después construir. Cuando me fijaba en las múltiples vías, en el suero o cualquier líquido que entrara en su cuerpo pequeño y delgado, habría deseado cambiarme por ella, compartir los fármacos y los nombres y también el miedo a la incertidumbre, a que no funcionara el tratamiento o a que mis historias de superéxitos se quedaran cortas, ridículas, comparadas con la realidad que nos aguardaba.

Una tarde, una enfermera nos dejó salir con el gotero a dar una vuelta por el pasillo de la planta. Emocionada, como si nos fuéramos al Zara, a reanudar esos antiguos paseos que se quedaron en suspenso, se puso sus flamantes Nike con cámara de aire, que estrenaba, y empezamos a andar lentamente, mi madre agarrada al portasueros, yo con mi traje de astronauta. Fue un paseo por las antípodas de las historias de los superéxitos. A ambos lados del pasillo veíamos las cámaras transparentes a través de los cristales dobles, presenciábamos el ritual de las dos puertas de seguridad, de la desinfección de las enfermeras antes de entrar, y más allá a los pacientes que no podían levantarse, constantemente vigilados, adormecidos por pitidos continuos. Fingimos no darnos cuenta, que aquello no iba con nosotras, concentradas como estábamos en nuestra propia misión de salir adelante.

En silencio, nos dirigimos hasta una pequeña salita al fondo del pasillo. Desde el ventanal sellado también veíamos la torre Agbar. Estaba anocheciendo y observé a mi madre agarrada a la percha del suero, vestida con aquel chándal que habíamos ido a comprar porque se negaba a ponerse el pijama del hospital. Se sentía agobiada, llevaba ya tres días sin salir y le quedaban otros siete. Estaban preparando su cuerpo para el autotrasplante.

Permanecimos en la salita, sin sentarnos, mirando el mar, que tan lejano parecía entonces en el horizonte.

—No pienso morirme —dijo—. Pero a veces todo esto asusta.

No supe qué contestarle, me pilló por sorpresa. Y entonces se sentó en la silla de plástico, como si hubiera envejecido muchos años de golpe, y empezó a hablar a través de la mascarilla y me contó una historia larga que podría explicarse de muchas maneras, pero también así.

Una mujer tenía una niña pequeña a la que un día perdió de vista porque bajó a comprar un Tippex a una hora normal en que las niñas pueden bajar a comprar Tippex, pero a la que un desconocido le hizo daño en un rellano sin luz. Daño eran las marcas que tenía alrededor de la mandíbula como si fueran unas manos grandes, señales que dejaron las uñas en su piel, pequeñas heridas. No había podido gritar. Daño era que tenía algo en la mano, pero qué era lo que tenía en la mano. Daño era el pelo quemado, el olor a pollo frito que nunca volvieron a comer ni la madre, ni el hermano ni la niña.

Cuando la madre la encontró se la llevó a rastras hasta casa, el hermano pequeño iba detrás llorando y gritando, pero la niña estaba silenciosa, sin palabras ya. Se las habían llevado. Y la madre los dejó solos en casa y le dijo al niño «cuida de tu hermana».

Y la madre se fue corriendo por el Paseo de San Juan, dejó atrás Tetuán, el Arco de Triunfo, llegó a la Ciudadela y después intentó ir a esa comisaría, pero no podía recordar dónde se encontraba y no supo llegar. No pudo. Los brazos, las piernas, todo le falló, y en vez de eso terminó en un bar pidiendo auxilio, pero en ese bar nadie la conocía y el mozo, un chico joven, le preguntó qué le pasaba. Ella respondió que era tarde y que tenía que hacer la cena a sus hijos, pero estaba desorientada. Y entonces aquel chico se apiadó de ella y la acompañó de vuelta a casa, en un taxi, y la ayudó a abrir la puerta, a la que acudió un niño pequeño que se abrazó a la madre, y él le dejó un número de teléfono para que lo llamara. La niña se había bañado y puesto el pijama y estaba leyendo, y cuando vio a su madre le dijo que tenía hambre.

Como si fuera un robot, la madre se fue a la cocina y creyó que se había vuelto loca, pero nunca, nunca, nunca regresó. Después, durante unos días, tomó pastillas, muchas pastillas, y fue olvidando.

Su hijo, sin embargo, fue el único que recordó, como en una maldición, y todos los días, durante muchos años, se levantó con rosácea en la cara, y dijo ver luces, sombras, igual que la niña, que dejó de cantar y se pasó, a partir de entonces, la vida rezando, aterrada, escuchando sonidos, imaginando a un hombre que se acercaba a ella, que la miraba desde la pared.

Pensó que si lograba que su hija olvidara, como ella, quizás podría ser otra vez una niña, aunque fuera una niña enfadada. Pero la niña desapareció para siempre y le pasaron tantas cosas que la madre se marchó a otro lugar donde no pudiera verlo.

Las conexiones neuronales de la madre se pusieron todas al servicio de la estrategia, y la estrategia fue olvidar. No hubo denuncias, ni conversaciones sobre lo ocurrido. Madre e hija se callaron. Ninguna de ellas supo con exactitud qué había pasado y con los años perdieron toda capacidad de evocar aquel día, que quedó reducido al flequillo quemado, al olor a pollo frito. Una etiqueta que no sabían qué contenía, una señal en el mapa que marcaba, entre otras cosas, el lugar que habita un olvido. Sin embargo, la historia regresó de repente, sin avisar, cuando la hija tuvo un accidente y estuvo a punto de morir, cuando le habló del fuego y de aquel día. Entonces la madre, en la habitación blanca que habían llenado de flores, lo recordó, se vio a sí misma tirando el uniforme de la hija a la basura junto con el número de teléfono del mozo de aquel bar de la Ciudadela. Vio la cena de aquella noche: filetes de lomo empanados y ensalada de col lombarda. Vio la cara de la hija magullada, las pequeñas heridas que ella curó con Betadine.

Para que las dos pudieran olvidar, se aseguró de que le quedara claro, mientras le decía la oración de las cuatro esquinitas, que había sido un susto. Que fue un loco. Pensó que la amnesia salvaría a la hija, pero nada la salvó. «Cuatro esquinitas tiene mi cama», empezó la madre y, cuando llegó el final de la oración, aquella frase lapidaria de «no me dejes sola...» hizo aún más teatrales esos puntos suspensivos para que su hija pudiera concluirlos con:

«Que me perdería».

Cuando terminó el relato había oscurecido y nos quedamos las dos en silencio. Solo veía sus ojos, sobre la mascarilla quirúrgica blanca. Y ella los míos. La torre Agbar, con su forma de bala, se había iluminado de tonalidades azules y rojas.

Traté de recordar, pero no podía, no había nada. Solo el fuego. A pesar del ángel de la guarda, de mi madre, a pesar de que una noche tras otra hubiera respondido «me perdería», me había perdido.

—Lo hice lo mejor que pude —dijo—. Yo te quería mucho.

Le respondí que lo sabía, que yo no estaba poniendo nada en duda, solo que era difícil de entender que, aunque le había preguntado por aquello en tantas ocasiones, hubiera esperado a estar allí —y señalé las cámaras transparentes que asomaban hacia el final del pasillo— para contarme lo que hubiera necesitado saber tantos años atrás. Porque eso sí que formaba parte de mi historia, y no de la suya. Y no era su culpa que aquello hubiera sucedido. Era, sí, culpable de habérmelo ocultado, de que nunca hubiéramos podido hablar y de que yo me hubiera pasado tantos años sabiendo que había ocurrido algo, pero sin saber el qué.

También hay amenazas que no terminan de materializarse. O que lo hacen de una manera distinta a la esperada. «Los restos del Skylab caerán mañana», rezaba un artículo de *El País* con fecha de 10 de julio de 1979. El Skylab o laboratorio espacial estadounidense, una nave de ochenta toneladas de peso, se había puesto en marcha seis años atrás, y al día siguiente, 11 de julio, según la NASA, se precipitaría sobre la superficie terrestre.

Era imposible adivinar el momento exacto en que lo haría: debían tomarse las 18:10 como punto central de un periodo de treinta horas, quince antes y quince después, durante el cual podía producirse la reentrada en la atmósfera terrestre.

La primera pregunta era: ¿pero dónde exactamente?

Las últimas previsiones señalaban Angola y el Pacífico Sur como posibles lugares del impacto.

La NASA contó que dos terceras partes de la estación espacial iban a desintegrarse por completo al entrar en contacto con la atmósfera. Pero el resto llegaría a la Tierra en quinientas piezas de distintos tamaños. Primero caerían los fragmentos más pequeños, de entre uno y un centenar de kilos de peso. Después, las piezas grandes, una docena de las cuales pesaría más de media tonelada —y alguna incluso llegaría a las dos toneladas—, y alcanzarían la Tierra a más de trescientos kilómetros por hora.

A pesar de los alarmantes datos, el director de la NASA repitió en numerosas ocasiones que no había motivos reales de preocupación. En primer lugar, porque tres cuartas partes de la superficie terrestre están cubiertas por océanos.

Y además, porque la probabilidad estadística de que una persona fuera alcanzada por un trozo del Skylab era de una contra 152.

Pero qué demonios podía significar aquella estadística. Y además, el riesgo, por remoto que fuera, existía.

¿Cómo resguardarse de esa nave que procedía del pasado y que, enloquecida, se desintegraría al impactar contra la atmósfera?

Ocurrió lo que suele ocurrir, que después de la advertencia, cuando las precauciones y el miedo se habían extendido, la defensa fue innecesaria.

El Skylab se desintegró sin causar ningún daño. No quedó ni rastro. Simplemente se pulverizó.

Trato de imaginar a todas aquellas personas que, vigilantes, inquietas, debieron de mirar largamente hacia el cielo a la espera de algo: polvo, humo, alguna marca imperceptible que revelara el paradero de lo que quedaba del Skylab. Un ruido. Un olor. Lo que fuera que certificara que sus miedos no habían sido en balde. ¿Y las piezas de dos toneladas? ¿Se habían desintegrado por completo? ¿Quién podía asegurarlo?

Lo más perturbador de las amenazas es que se diluyan de esa manera.

Que estén sin estar.

Hubiéramos preferido ver caer los restos porque habríamos sabido, o intuido, que después del peligro, del desastre, al fin estábamos a salvo.

Vivimos así, entre restos que no vemos. Nos atemoriza ese pasado que irrumpe pero se fragmenta en una infinidad de partes invisibles.

Cuando terminamos la conversación, en el pasillo del hospital, supe que mi madre y yo nunca volveríamos a hablar de lo que había ocurrido tantos años atrás en un rellano oscuro. Entendí que yo necesitaba cartografiar las partes, los fragmentos, medir la dimensión del desastre, pero, sobre todo, dar con lo que quedaba de una niña. Agarrarla del brazo, llevármela, consolarla. Pero la niña, o las piezas de la niña, aunque no fueran tan pesadas como las del Skylab, también se habían pulverizado. Y esa certeza era la única que iba a obtener.

Le hicieron el autotrasplante a mi madre el 8 de marzo. Sus células salieron y regresaron transformadas a su cuerpo. El proceso consistía en que las células madre, que habían sido recolectadas mediante un procedimiento llamado aféresis, una vez limpias de enfermedad volvían a introducirse en el cuerpo para funcionar desde cero. Era lo más parecido a empezar de nuevo, sin cargas. Aunque siempre quedaba el recuerdo de la sombra, y a veces la sombra volvía a despertar.

Toda su habitación olía a berberecho, el olor que desprendía el conservante de las células al descongelarse, y eso nos facilitó la broma, el chiste fácil con el que pasar el mal trago.

Cuando el oncohematólogo entró en la habitación, le contó:

—Tus células encontrarán el lugar. Han estado congeladas todo este tiempo, en bolsas. Ahora tu cuerpo es como una fábrica que antes estaba llenísima y en la que solo queda la estructura. Tus nuevas células tienen que encontrar el mismo sitio que ocupaban.

—¿Las células tienen memoria? ¿Sabrán encontrar el camino?

—Claro.

La segunda fase del autotrasplante era domiciliaria. El día después la llevamos a su casa, que se convirtió, a lo largo de las dos semanas siguientes, en un hospital improvisado donde la visitaban enfermeras y médicos todos los días.

—Pero ¿cómo van a encontrar el lugar? —protestó a la primera enfermera que vino a hacerle el seguimiento—.

Mis células están acostumbradas al café, a los cruasanes, al sofrito para la pasta... Ahora las pobres vagan como almas en pena por ahí, sin saber en qué cuerpo están.

—Nada de cruasán, Clara. ¿Las sardinas en lata te gustan?, ¿las manzanas hervidas?

Ojiplática, mi madre la miró. Parecía que los ojos se le fueran a salir de las cuencas.

—¿Sardinas?, ¿para desayunar? Esto sí que es el acabose...

Empezó a reír.

—Mis pobres células pensarán que les han cambiado el cuerpo. Te digo yo que así no van a encontrar el lugar... Se van a ir. Las pobres se pondrán en huelga.

Nos reíamos, también la enfermera, mientras le iba infusionando una bolsa de plaquetas colgada de la barra de la lámpara de la cocina, que hacía las veces de portasueros. Y al final nos dio la risa floja porque mi madre seguía desvariando con el tema de las sardinas en lata. Se reía tanto que, sin que hiciera falta una manicura, sus ojos terminaron llenos de esas lágrimas que cristalizan de forma alocada. Y dijo «ay» varias veces. Y nos contagió a la enfermera y a mí.

La miraba, con su cabeza pelona, con ese tacto de gamuza que me hacía pensar en aquella raza de gatos, sphynx.

—Mamá —le dije llamándole la atención sobre la pantalla del móvil, y le enseñé una camada de gatitos sphynx.

—Un tema es ser calva, que ya tiene su aquel. Pero una cosa es una cosa y otra cosa es otra cosa.

Es la nostalgia por la vida pasada: esa pregunta que el artista chileno Alfredo Jaar imprimió en las marquesinas de los autobuses —«¿Es usted feliz?»—, pero hecha en un tiempo verbal que no permite rectificaciones, acuarela sobre acuarela, vidrio que se enfría y endurece, el mosquito fosilizado en el interior de un medallón de ámbar. ¿Fue usted feliz?

Solo el cine permite soñar con la posibilidad de resucitar un mundo desaparecido a través del ADN de un mísero mosquito. Luego, en la realidad, rige el principio de autoconsistencia de Nóvikov —no podemos hacer algo viajando al pasado que nos impida, más adelante, viajar al pasado para hacer ese algo— y solo se resucita en los libros de religión.

En Formentera, el 14 de agosto de 1990, mi hermano corría desnudo por la playa de Cala Saona. Tenía casi dos años y, en el relato de aquel viaje, cuenta mi madre que la llegada a la isla fue accidentada. Como el avión iba con overbooking nos pasaron a business. Marc rompió a llorar porque tenía sed, o eso supusieron, y las azafatas, solícitas, le trajeron un vaso de cristal —porque era business, remarcaba siempre mi madre— que agarró él solo con sus manitas y se llevó a los labios. Lo mordió y se partió. De pronto su boca estaba llena de trozos de cristal. Mi madre le introdujo asustada los dedos para quitárselos y él rompió a llorar. De aquel vuelo a Ibiza recuerdo eso: el niño a punto de tragarse un cristal, los rizos oscuros de la cabeza de mi hermano pegados a la sien por el sudor y el llanto.

Del interior de la carátula con el título «Escenas familiares 1989-1990» extraje un CD, y las dos, en la mesa de la cocina, centro neurálgico del hospital domiciliario, lo pusimos en el ordenador. Inundó la pantalla mi madre con treinta y tres años y ya dos hijos, ella joven y morena, con un bañador en el que se leía «Satellite» y un pañuelo anudado en la cabeza con un lazo al lado, y no pude más que observarla entonces, en su cocina, su gorro negro de bambú e hilos naturales que le cubría la cabeza sin pelo. Le pregunté si era un buen momento para ver esas cintas de VHS digitalizadas, y ella, convencida, me volvió a decir que sí, que le hacía ilusión.

Me confesó que lo que le daba pena era que se le hubiera pasado la vida. Que su fragmento de vida, su etapa, hubiera terminado. En un instante. Sus padres ya no estaban, sus hijos éramos mayores y, de alguna manera, se acercaba a la certeza de que pronto se iría ella y de que lo más importante lo había hecho ya. Detuve la reproducción porque vi que realmente no había sido una buena idea. Ella insistió en terminar.

Se estaba mareando, dijo, pero era normal. Observé a cámara lenta cómo cerraba los ojos unos instantes y, sentada al otro extremo de la mesa de cristal, apoyaba la cabeza sobre sus manos. Definitivamente, paré el vídeo. Me quité el jersey blanco de cuello vuelto que llevaba y se lo puse a modo de almohada, para que no sintiera el frío del cristal en la mejilla, y corrí a la habitación a buscar una almohada real, como si el problema fuera ese, que su mejilla tocara el cristal de la mesa de la cocina. Me sorprendió que su cabeza se hubiera vuelto pesada, que apenas pudiera movérsela, como si se hubiese fundido con el cristal. Era un peso muerto.

Mi madre oía mis palabras, pero no reaccionaba. Le llegaban desde muy lejos mientras se abrazaba al jersey blanco. Escuché su respiración pausada y me pregunté, aunque fuera por unos breves instantes, qué se suponía que tenía que hacer, a quién debía llamar. No podía moverse, era incapaz de desplazar ligeramente la cabeza. «No puedo», decía, porque estaba congelada en una galaxia lejana, fosilizada en ese ámbar en el que habitaba la mujer de treinta y tres años que acabábamos de ver en la playa con el pañuelo anudado.

En esos instantes de perplejidad en que tampoco yo reaccionaba, como si contáramos con todo el tiempo del mundo, recordé que, en un momento del vídeo, yo le quitaba a mi madre la cámara de las manos y empezaba a grabar, pero me detenía un largo rato en la arena. La voz de mi madre me interrumpía: «¿Puedes hacer el favor de grabar a tu hermano?». Yo insistía sin hacer nada más que mirar la arena, la hamaca. Y no pasaba nada, como me ocurría en aquellos instantes, en la cocina. Pensé que, por un segundo, existía un hilo entre la niña detenida y la adulta que era, y que, agarradas a sus extremos, una tiraba de la otra. Cuando conseguí levantarme llamé a urgencias. Decidí no esperar a la ambulancia y, tan rápido como pude arrastrar a mi madre, paramos a un taxi, porque intuía que había que correr más que la ambulancia.

En el hall del hospital, un cartel anunciaba que era el Día de la Poesía y un niño tocaba el piano. Mi madre, agarrada a mi mano, andando lentamente, me pidió que por favor, por lo que más quisiera, no la subiera en una de esas sillas de ruedas ortopédicas para que la viera todo el mundo. Me tranquilicé, porque seguía siendo ella, y regresé, en el ascensor que nos llevaba hasta la tercera planta, al faro del Cap de Barbaria, yo corriendo sola con un vestido de Goofy del que se despegaban dos orejas largas, negras, que se balanceaban con el viento mientras le decía a mi madre que había descubierto una cueva, una cueva muy profunda. La dejé en el box y las enfermeras me echaron mientras la llenaban de cables y electrodos. Las constantes, el análisis, el oxímetro, las plaquetas, los pitidos.

Mi hermano, asustado, llegó al poco rato, pero se tranquilizó cuando le dije que no había querido que utilizáramos una silla de ruedas.

—Vaya ambiente —dijo sentándose a mi lado y mirando alrededor—. Pero podría ser peor —añadió—. Piensa que podría estar sonando *Red Red Wine*.

Y entonces reímos los dos como siempre. Mi hermano tiene la infinita capacidad de hacerme reír en cualquier situación.

En la sala de espera me fijaba en los pacientes en pijama azul arrastrando el suero por los pasillos. Nos miramos por encima de las mascarillas y entonces volví a ser yo, a mis cinco años, en el inicio de la cinta, antes de Cala Saona, la única vez que me dirigía a cámara y anunciaba que me disponía a hacer magia. Magia, eso era lo que deseaba. Escondía un pañuelo de tela dentro de una huevera individual hasta que desaparecía. Mi hermano, con su pañal, que al pobre le iba enorme, hacía de aprendiz de mago, y yo me enfadaba con él cuando me fastidiaba el truco y sacaba el pañuelo de la huevera antes de tiempo. Mientras me dejaba llevar por el trajín de las enfermeras, me abracé al abrigo de mi madre y me pregunté exactamente eso, cómo se hacía la magia y qué ocurre con esa vida en ámbar, la vida en movimiento que se queda congelada en los vídeos del pasado.

Solo fue una bajada de tensión, eso dijeron los médicos. A pesar del susto. Cuando mi madre se recuperó volvimos a casa. El jersey blanco seguía sobre la mesa de cristal, a modo de almohada, como ámbar que contiene fragmentos del pasado, restos de los Discos de Oro de las Voyager.

Están los que disfrutan del truco de magia y los que intentan adivinar dónde se esconde el truco, es decir, los que no disfrutan de la magia.

De niños, a Marc y a mí nos gustaba mucho ir a un restaurante temático llamado Disaster Café, en la playa de Fenals, en Lloret de Mar. A lo largo de la cena, mientras traían los aritos de cebolla, los nachos con queso fundido y los nuggets, el suelo empezaba a temblar. Se producían terremotos y su aleatoriedad —nunca sabías cuándo era una falsa alarma o un temblor— nos parecía divertidísima porque obligaba a agarrarse a la mesa, a sujetar vasos, cubiertos o de lo contrario la Coca-Cola podía terminar vertida sobre la mesa y tus pantalones, los aritos de cebolla saltar por los aires o acabar decorando la pizza. Más divertido aún era llevar a gente que no conociera el lugar y a la que de ningún modo hubiéramos avisado de lo que pasaba. Lo que nos divertía especialmente eran sus caras de perplejidad: la primera vez que notaban el temblor pensaban que no se trataba de un simulacro, sino que estaba ocurriendo de verdad. Éramos adictos a la repetición, a la certeza que nos producían las cosas que se sucedían una y otra vez del mismo modo.

Un día, insistí para que mi padre y Clara me llevaran ahí en mi cumpleaños. Inés era muy pequeña, de manera que la dejaron con una canguro. Ni siquiera llegamos a los postres. No les hizo la menor gracia.

«Qué desastre de cena», dijo mi padre de regreso a casa. Clara salió mareada y me sentí mal por haberlo propuesto, pero yo intentaba crear lazos entre ambas familias, que pudiéramos compartir un mismo lugar, como si eso nos acercara.

De ese día era una de las fotos que finalmente encontró mi padre en el trastero. Aparecíamos Clara y yo, casi de la misma altura, bajo el rótulo de «Disaster Café». Sonrío con ilusión, anticipándome a lo que aún pienso que será una velada divertida.

Sí aparecieron algunas fotos, pero en todas ellas yo ya era mayor, ninguna del hospital en la que mi padre sostuviera a un bebé envuelto en forma de cono, tampoco dándome la primera papilla, o de los primeros meses en casa con mi madre.

Mi padre y yo, como entidad, seguíamos desaparecidos.

Sin embargo, en ese momento ni siquiera me importó. Simplemente, llegó un punto en que dejé de pedirle que las buscara. Me despreocupé de una narrativa que sabía que no existía. Había pasado demasiado tiempo desde el inicio de todas las pesquisas, y al llegar la enfermedad de mi madre las imágenes que no había visto se acumularon en el cajón de las hipótesis, de lo que nunca sabría.

En una cena que había tenido con mis tíos algunas semanas atrás mi tío bautizó esas fotos como las del «bebé fantasma». Se rio. «Quizás es que no existías». Nos reímos, pero rectificó: «Perdona, tal vez no ha sido una broma adecuada».

Con la fotografía del Disaster Café aún sobre la mesa, mi padre se sentó frente a mí, en esa cocina donde cada objeto ocupaba siempre su lugar preciso, no importaba la hora del día que fuera, y empezó a hablar.

—Nunca voy a encontrar tus fotos.

—Sobre todo si no las buscas —le respondí intentando quitar seriedad a su tono.

—No...

Afuera, en la urbanización, el ruido incesante de la máquina cortacésped inundaba la cocina.

—En realidad, ya me da igual. Ya está, me rindo —sentencié.

—Las tiré.

Lo miré extrañada, deseando saber si bromeaba. Me di cuenta de que no.

—¿Cómo... que las tiraste? ¿Dónde? ¿Por qué?

Se encogió de hombros.

—Hace muchos años. No lo sé. Estaba enfadado y cuando me separé de tu madre, al llegar a esa nueva casa, un cuchitril, y verme ahí, sin nada, y todo por mi culpa, lo sé, cogí la caja... La tiré con todas las fotos que tenía de tu madre. También las nuestras.

—Pero si justamente habías sido tú..., que querías irte...

—No tuvo ningún sentido lo que hice. Ninguno.

—¿Sabías que también estaban las mías de niña, o en el hospital?

Asintió con la cabeza.

—Pero pensaba que tenía negativos. Aunque también estaban en la caja... Bueno, en realidad es que ni lo miré. Simplemente la tiré. No lo pensé.

—No lo entiendo.

—Yo tampoco. Lo siento mucho.

—¿Y por qué no me lo dijiste antes...? Llevo todo este tiempo preguntándote por ellas, no solo a ti, sino a cualquiera que sepa de esta historia.

—No me atrevía. Y además, habrías dejado de venir a casa para que las buscáramos. Es que es absurdo, es que no sé qué decirte.

—¿Te acuerdas, al menos, de alguna? —le pregunté.

Se quedó pensativo unos instantes, y cuando estaba ya a punto de dar por terminada la conversación, se levantó a por el bloc de notas de la cocina y arrancó una hoja en blanco. Volvió a sentarse y, con el bolígrafo que siempre lleva en el bolsillo de la camisa, trazó unas líneas. Un rectángulo. Dentro, dibujó una circunferencia, que podría haber sido un globo, pero luego lo unió a un cuello, en forma de pequeño ladrillo en vertical, antes de añadir un tronco. Las piernas, los zapatos, cada uno mirando a un extremo del rectángulo como si no quisieran verse entre sí. Unió sus dos brazos, como formando un regazo y ahí, en esa suerte de estantería dibujó una circunferencia muy pequeña, la cabeza, unida a otra más alargada que hacía de cuerpo. Siguió con el bolígrafo centrándose ahora en los detalles, añadió bolsillos, pies pequeños para las dos circunferencias que simulaban a la hija. En los detalles estaban las familias y aquel era el dibujo de un niño, de alguien que hacía mucho que no dibujaba, pero que en algún momento lo había hecho bien.

Sin dejar de añadir detalles, texturas, líneas, habló por fin, sin mirarme, atento a lo que veía:

—Tú estabas así. Esta era mi preferida. Porque habías estado llorando un buen rato y cuando te cogí te quedaste tranquila, tan tranquila que la enfermera dijo algo así como «mira qué bien está con su padre». Y a mí, ya sabes, aquello me hizo ilusión y le pedí a tu madre que me hiciera una foto. Eras diminuta, y sé que eso es imposible, pero yo te recuerdo sonriendo. El jersey que llevaba era de color rojo, me lo había regalado tu madre por mi cumpleaños pocos días atrás.

Antes de alcanzarme el dibujo, fue rellenándolo de volúmenes, añadió una barba, una sonrisa en forma de media circunferencia que le ocupaba medio rostro, e incluso un suelo, briznas de césped. Y de repente, sin pensarlo, terminó dibujando un árbol al lado de ese padre que estrenaba jersey e hija. Y el árbol ocupaba un lugar de persona, de miembro de familia.

—Es que así no está tan solo.

En ese no estar solo no contó con la hija, que era también una persona. También recordé los muebles de mimbre en las fotos de mi madre, y pensé que, pese a todo, a los tres nos seguía uniendo algo: el deseo de no estar solos. Mi padre, al dibujarse con su hija necesitó de un árbol para que su figura no se percibiera tan sola en medio del blanco de la lámina. Y quizás yo seguía necesitando este libro.

—Te has puesto pelo, papá.

Pero él no se rio. Se encogió de hombros con resignación.

—Así, al menos, en la única foto que tenemos juntos me recordarás como a mí me hubiera gustado... ser.

No supe si se refería solo al pelo.

—A veces, cuando eras niña, te miraba y me decía a mí mismo: lo estás haciendo mal. Me lo decía Clara. Pero nunca pensé que lo hubiera hecho así de mal. Y bueno, ya ves. Aquí sigo, como en aquel chiste, ¿te acuerdas?, «ha tocado fondo, pero sigue rascando».

Se levantó de la silla de la cocina porque llamaron al interfono y me quedé ahí, con el dibujo en la mano, como si pudiera obtener de él más información. Cerré los ojos y repasé los surcos del bolígrafo sobre el papel, me recordaron la marca de una cicatriz. Pensé que, en realidad, la piel guardaba también la memoria y que en algún lugar debía de habitar esa foto, también impresa dentro de mí, con un padre que llevaba aquel jersey rojo recién estrenado.

—Algo que me repitieron muchas veces cuando decidimos separarnos tu madre y yo es que si no me daba pena por ti. Por dejarte siendo tan pequeña. Desde fuera, la gente se aventura a decirte muchas cosas. Un padre que se va, que abandona. Me echaron en cara el ejemplo que estaba dándote. Ahora pienso que después de todo, ese era justamente el ejemplo que quería dar. Mi único legado.

—¿Dejar a una hija?

—No, eso no. Que nunca te quedes en sitios en los que no puedas estar. El legado es que no alargues lo que no tiene vuelta atrás.

Muchas cosas se entienden después, la soledad, por ejemplo. También la sentencia de «*Amb el cor no es mana*» y ese miedo que la acompaña, décadas después, recordando la fuerza que habita en lo irrevocable.

Lo que es hermoso se pierde con facilidad. Guardé el dibujo de mi padre y me lo llevé de vuelta a ese álbum de la infancia. Lo dejé ahí, suelto, en la primera página, sin querer encerrarlo en las hojas plastificadas. Me pareció, en realidad, que era el mejor regalo que podía haberme hecho. Era, sobre todo, un retrato de ese padre que yo tampoco había conocido, que no había sido el mejor padre, como tampoco yo había sido probablemente la mejor hija, pero había sido el único padre que yo había querido tener.

Se acabaron las misiones, pero lo cierto es que no escribí la más importante. El alta. Las células de mi madre lograron encontrar el lugar de donde habían salido.

Dejé de escribir las misiones porque me acostumbré a la enfermedad, nada hay más cierto que el hecho de que las personas somos seres de costumbres, y encontré también yo, como las células de mi madre, mi lugar entre sesiones de quimioterapia y transfusiones de plaquetas. Entendí que ya me había acostumbrado a la enfermedad, que nada me sorprendía, ni el olor a berberecho ni llegar de urgencias a un hospital. Porque la escritura me ofreció la manera de atravesar el camino. Porque la escritura es un modo de entender, pero también de no vivir.

El día del alta yo no estaba en Barcelona. Fue el mismo en que mi abuela hubiera cumplido noventa y un años, y yo estaba en el aeropuerto de Madrid, frente a la puerta J12, rogando que me dejaran entrar en un vuelo sin reserva de plaza. Me llamó mi madre y dijo solo dos palabras, «resultado PET», y tras un vacío indescriptible, un silencio incómodo, otro par: «remisión completa».

No entré en el vuelo, tampoco en el siguiente. Pero me dio absolutamente igual. Si me hubieran dicho que tenía que volver a Barcelona andando, me habría parecido igualmente bien. ¿Acaso no lo había hecho Herzog por Lotte Eisner? Sentí, con toda la alegría cansada que me permití en ese momento, que habíamos andado mucho juntas mi madre y yo. Y ahí, en la puerta J12, estuve a punto de echarme a llorar.

El día después de que le dieran el alta, mi madre se fue hacia el Tibidabo, a la montaña mágica. Le costó subir la cuesta hasta la basílica. Pero llegó y, dentro de la iglesia, puso cuatro velas. Después, se encaminó hacia ese árbol donde estaban las cenizas de mi abuela.

«Tenía que darles las gracias, ya sé que es una tontería. Pero han estado conmigo todo este tiempo».

Me lo contó la siguiente vez que la vi, en su cocina, me dijo que le haría mucha ilusión que volviéramos al Tibidabo juntos, los cuatro, como tantos años atrás y repetir el ritual de las calcomanías en la fuente, o sin calcomanías, volver a las atracciones, a la montaña rusa, el túnel del terror, a aquel tiempo en que todo era posibilidad, dos niños asustados que correteaban por allí, montados en la vagoneta que se adentraba en la montaña para mirar hacia abajo y pasar por el lugar exacto donde estaba lo que quedaba de una madre, la suya, mi abuela.

Ojalá la literatura pudiera detener la vida en el punto en que quisiéramos hacerlo. Pondría aquí FINAL, y mi madre estaría curada para siempre. Ya no existiría la amenaza, la alerta, tampoco un mañana donde la enfermedad pudiera volver. Solo habría lugar para la madre eterna que me prometió que sería.

La carátula de DVD con el título de «Escenas familiares» seguía encima de la mesa, como si con el paso de los días hubiera acabado formando parte de la decoración. Mi madre la miró fijamente unos instantes y luego la desplazó hacia mí.

—Fue una pena tan grande.

Al escucharlo me quedé sorprendida, como si no supiera exactamente a qué se refería, pero entonces supe que por primera vez no se refería a mí, a todo lo que yo no sabía hacer, sino a ella misma, a su incapacidad para ver a sus dos hijos, para contarse una historia que no fuera el reflejo de un deseo suyo truncado e inmenso de que no la abandonaran.

El pasado siempre nos está alcanzando.

La primera palabra que pronuncian la mayor parte de los niños es «mamá». Esa es también una palabra performativa, con una inmensa fuerza de invocación. A lo largo de los años, en determinados momentos, el nombre se sigue invocando, como si al pronunciarlo apareciera ella, una madre. Y desde ese primer momento en que pronunciamos esa palabra vamos cambiando, mutando, deslizándonos hasta que un día nos convertimos en hijos. En una hija. En su hija.

En el prólogo a *Despachos de guerra*, de Michael Herr (el mejor libro sobre guerra que he leído), se dice: «Somos responsables de lo que vemos». Pero creo que, en especial, somos responsables de lo que no queremos ver.

Unos días después del alta, acompañé a mi madre a una revisión con su nuevo oncólogo para que nos explicara los controles que debería seguir a partir de ese momento. En la planta, nos recibió un ficus benjamina muerto:

—Bueno, como me ponga como tú a buscar metáforas... —Mi madre sonreía detrás de la mascarilla.

Fuimos tranquilas a la consulta, al fin y al cabo le habían dado el alta del trasplante, y esperábamos solo una confirmación de las buenas noticias que nos habían ido comunicando con cuentagotas, pero el médico nos dio una versión ligeramente más pesimista del futuro que le aguardaba. No se trataba de otra historia, es decir, no había una alteración significativa de las circunstancias, sino que estaba más focalizada en lo malo, en la defensa. En que había que estar preparados para el regreso de la enfermedad.

Pero mi madre ya se había defendido, de hecho, según ella, demasiado, y eso había sido la causa de la aparición del linfoma. El médico pronunció algunas palabras: crónico, por ejemplo, que tenía otros muchos sinónimos que yo no había querido leer ni encontrar en mis historias de superéxito de Bill, Sheryl B. o Shary.

Después de la consulta, regresamos a la incertidumbre del primer diagnóstico, al inicio de la enfermedad, como si lo que la aguardara en aquellos instantes fuera un tiempo indeterminado, pero únicamente para volver a la casilla de salida. Aquel día me quedé sin herramientas, sin historias de éxito, y mientras la acompañaba a su casa la noté apagada.

—Es que tengo que encontrar la manera de no ver lo que no quiero ver. Lo que no puedo ver. No sé si me entiendes.

Asentí con la cabeza.

—Yo no puedo vivir así, hay que buscar otra versión. Yo no soy como tú, que necesitas... —y buscó la palabra correcta— analizar, entender.

De manera que la dejé en su portal y le prometí que buscaría otra opinión.

—Pero no me mientas —dijo antes de adentrarse en la portería.

Al día siguiente, sin pensar realmente en lo que implicaba aquella frase, llamé a otro oncólogo con el que habíamos tratado durante aquellos meses y le pregunté por el cuándo, por el cuánto. Su versión contenía unas palabras que mi madre podía transitar mejor. Escogió la versión soleada de la historia, una historia en la que había vida y no solo defensa, una historia en la que mi madre podía sentirse cómoda.

Cuando se lo expliqué a ella, su expresión se relajó. Regresé a mi abuela en el hospital cuando dijo «Clara» y se le iluminó la cara. Fue ese mismo hilo lo que nos volvió a unir a las tres en un instante, infinitas dimensiones temporales contenidas en aquella cocina. Mi madre se convirtió en mi abuela y entonces, por unos momentos, logré por fin comprenderla y vi el mundo con sus ojos.

Mi madre había hecho todo lo posible para que nadie volviera a abandonarla. Para que nadie se marchara nunca más de su lado. Y en esa estrategia, en esa voluntad de control, había cosas que no podía ver, ríos que no podía cruzar. No es que no quisiera hacerlo, era que simplemente no podía.

Su cabeza no retenía lo que no podía retener y de esa ausencia involuntaria pero tan peligrosa y costosa dependía su vida. Encontró la manera de no ver lo que no había podido ver, aunque el precio hubiera sido perderse a una hija. Era, de algún modo, una superviviente.

—Ahora lo entiendo —le dije.

No sé si fue la muerte de ese primer amor, ella embarazada y mi padre yéndose a Londres, o la amiga de mi padre tomándoles una foto en un restaurante. No sé qué le ocurrió a mi madre para sentir que necesitaba una estrategia. Se había quedado atrapada en un miedo. Y por eso, la hija que ella había tenido y la hija que era yo conformaban dos realidades distintas, casi contrapuestas.

—La familia —me dije—. Mi familia.

La pregunta sobre mi padre se había transformado en la pregunta sobre mi madre. Y ahora, al final, podía verlo. Claro que había estado a mi lado, claro que había querido a su hija. Pero simplemente, esa hija no era yo. O no era un yo completo. Se lo dije a trompicones, como pude, aunque no sé qué palabras utilicé.

—Lo hice todo con buena intención.

Hubiera querido contarle que quizás un cáncer, un linfoma no Hodgkin sirva para esto, para entender. No lo hice. El dolor no es útil, o no siempre, porque solo nos agarramos a su utilidad cuando queremos, como yo, contar una historia con un final feliz.

Me preguntó si más tarde podía acompañarla a buscar un vestido de entretiempo y le respondí que sí. Mientras íbamos hacia la Diagonal ella parloteaba, saltaba de un tema a otro. Quería un vestido de tonalidades claras, quizás amarillo o blanco, rosa, de punto, que fuera cómodo y no tuviera mucho escote porque aún llevaba el port-a-cath, pero mientras buscaba, entre perchas y montones de ropa etiquetada ya para las rebajas, yo no prestaba demasiada atención a lo que iba diciendo, y entendí también, justo al llegar a la última tienda en la que quiso entrar, que el amor tiene muchas formas y maneras de encontrar el camino, pero que la incapacidad de los demás cuenta muchas cosas, y nada de uno mismo.

Se es hijo toda la vida, aunque nos pese, aunque ya no haya padre ni madre. Eso es lo que nos define a todos, aunque lo seamos de la ausencia.

La familia quizás es eso también, no las fotos que nunca veré porque no existen, tampoco mi madre abriendo los ojos y mirando a la persona que está al otro lado de la mesa, su hija, diciéndome, te entiendo y me gustaría cambiar. La familia quizás pase por renunciar a la idea de familia.

Entendí, al fin, después de un año largo de enfermedad, qué le ocurría a mi madre, que había sido una madre sin poder ver a una hija, porque quizás no quería verse a sí misma. También pude entender qué le había ocurrido a mi padre, que tampoco había podido ser padre, por la lejanía y la imposibilidad, por la culpa y la cobardía, y al preguntar por ellos me había topado más bien con una sombra.

Yo tenía una familia, pero nadie me lo contó.

Porque aquella familia que aparece en la foto en la que mi padre luce un reloj fantástico simplemente nunca existió, eran un hombre y una mujer solos, astronautas aislados dentro de su propia historia, y aquella pista, la imagen, fue el detonante de un deseo, el de contar una historia, pero era la mía y no la de mi familia. Porque las familias se fundamentan en el deseo de serlo, así que, siendo más precisos, probablemente yo no procedía de una, sino más bien de una sombra.

Regresamos a casa sin el vestido de entretiempo que quería mi madre. Nos despedimos y me fijé en cómo se iba perdiendo entre el gentío de Gala Placidia. La seguí con la mirada. Pronto le crecería el pelo y ya no tendría que llevar aquella peluca permanentemente peinada que me recordaba al pelo de los pajes de los Reyes Magos. Pronto, quizás durante un tiempo, podríamos olvidarnos de los hospitales.

Sin moverme ni un paso hasta que mi madre se convirtió en un alfiler que se alejaba por Vía Augusta, entendí que mirando hacia fuera había acabado haciéndolo hacia dentro, que mirándolos a ellos dos había terminado poniendo el foco en mí.

Quizás ahora la familia esté en el futuro, en el subjuntivo, y esa sí será la mía, tal vez la única familia que está ahora en mis manos, que ha estado siempre en mis manos, es esto tan pequeño que vi ayer en una ecografía.

Mide cinco centímetros, dijo la ginecóloga. En la pantalla había oscuridad, pero a medida que movía el ecógrafo se vislumbraban regiones más claras. Sentí como si me asomara a la inmensidad del espacio a través de un telescopio. Permanecí en silencio, casi conteniendo la respiración, sin poder apartar la vista de la pantalla, del firmamento. Puntitos blancos, un haz de luz. Un saco oscuro. Constelaciones. Partículas infinitesimales de lo que un día será un brazo, una nariz, una oreja diminuta.

Lo que brilla, en el cielo, es el pasado.

Las historias que miran al pasado solo sirven, en realidad, para poder mirar al futuro.

Agradecimientos

A mis padres, porque como no me contaron nuestra historia tuve que inventármela.

A Carolina, mi editora, que me rescató un día de junio.

A Txell y a Mònica, por creer en este libro antes que nadie.

A Isabel, que me dejó una mesa al lado de Agnès Varda.

A mi amigo Techy, que me invitó a viajar al invierno porteño en un agosto caluroso.

A Angie, Lara, Imma, Marta, Leti, Jennifer, Ana, Pepa, que me escucharon.

A Bernie, que siempre se encarga de recordarme la palabra con la que termina este libro.

Y, por último, a mis tíos, a Mari y a Juan.

Mari, estés donde estés, hasta ahí te mando esta historia.

Índice

Este libro se terminó
de imprimir en
Móstoles, Madrid,
en el mes de
octubre de 2023